Yves H. Schumacher   Die Motteneiererzählung

Yves H. Schumacher

Die Motteneiererzählung

Roman

zocher & peter | zürich

Telefon ++41 (0)44) 382 82 10 | www.zocher-peter.ch | info@zocher-peter.ch
 | ISBN 978-3-907159-43-9
Weitere Angaben am Ende des Buches

Inhalt

Ich habe den Weg zur Wissenschaft gemacht wie Hunde, die mit ihren Herrn spazieren gehen, hundert Mal dasselbe vorwärts und rückwärts, und als ich ankam, war ich müde.

Georg Christoph Lichtenberg

Zertifizierung

Ich, Silvia Kurzovà, Kammersängerin, geboren am 1. Juno 1894 in Karlovy Vary, bezeuge hiermit, dass die vorliegenden Aufzeichnungen vollständig mit der Lebensgeschichte meines verstorbenen Bruders DrSc. Stanislav Kurz, geboren am 29. Februar 1896, übereinstimmen.

Ich beglaubige auch, dass die Offenbarungen über den Gemütszustand meines Bruders seinen Tagebüchern behutsam entnommen wurden und mit meiner Wahrnehmung übereinstimmen. Ferner bestätige ich, dass alle Angaben im Zusammenhang mit der wissenschaftlichen Tätigkeit meines Bruders in Australien von Herrn Professor Paul Foxfoot, Sydney, Sohn von Herrn Dr. Alan Foxfoot, Leiter des Commonwealth Institutes für Wissenschaft und Industrie, überprüft und für richtig befunden wurden.

Prag, 25. Dezember 1968

Kindheit in böhmischen Gewächshäusern

Die Konstellation war ungünstig. Stanislaus Kurz wurde im Zeichen der Fische, mit dem Mond in der Jungfrau und dem Steinbock als Aszendenten, am 29. Februar des Schaltjahres 1896 in der Familienpension von Simon Klein an der Luisenstraße in Franzensbad (heute Františkovy Lázně) geboren, elf Minuten Eisenbahnfahrt von Eger (heute Cheb) entfernt, auf der Hochebene zwischen den Ausläufern des Böhmerwaldes und des Erzgebirges. Nach der Niederkunft ihres einzigen Sohnes Stanislaus ging Ana Kurzovà täglich mit dem Kinderwagen von der Luisenstraße über den Kurpark zum Centralbad hinunter, wo sie jeweils in der Kolonnade mit den ägyptischen Statuen und den staubigen Schusterpalmen (*Aspidistra* spp.) alkalisches Heilwasser aus einer Schnabeltasse trank. Durch regelmäßige Bäder im Stahlquellwasser und Trinkkuren mit glaubersalzhaltigen Säuerlingen heilte sie ihr böses Frauenleiden und handelte sich einen chronischen Durchfall ein.

Die Familie Kurz wohnte unweit von Franzensbad in der Ortschaft Wildstein (heute Skalná), wo sie in der Nähe der «Ton-und Schamotte-Waren-Fabrik Engelhardt Graf Wolkenstein» ein einstöckiges, langgezogenes Steinhaus (Konskriptionsnummer 3799) mit einem großen Garten besaß. Vom Holzzaun aus, der längs der Schotterstraße verlief, waren zwei Treibhäuser mit blinden Glasscheiben zu sehen. An der schönbrunngelben Fassade hing ein Hausschild mit der Inschrift «Plaza da Cuatro Vientos».

Der kleine Stanislaus war mit den Melokakteen der väterlichen Sukkulentensammlung aufgewachsen. Als er fünf oder sechs Jahre alt war, stellten auch die jüngsten dieser Exoten ihr Wachstum ein, und auf dem Scheitel entstand ein zartes Schöpfchen aus Borsten und Wollhaaren. Bei einigen Exemplaren wuchs das weinrote Kopfstück Jahr für Jahr um eine Fingerbreite in die Höhe und bildete mit der Zeit einen obszönen Wurstfortsatz, auf dem ein weißer Flaum krauste. Zum Teil sahen diese Pflanzengebilde wie mit Zucker bestäubte Kirschenknödel aus, aus denen zündrote Früchte leuchteten. Deshalb glaubte der kleine Stanislaus, dass der zur Weihnachtsfeier aufgetischte Baumkuchen ein gebackener Kaktus sei.

In diesem Alter weigerte sich Stanislaus einmal unter Tränen, den Vater ins vordere Gewächshaus zu begleiten. Als man ihn dazu zwingen wollte, schluchzte er noch mehr und sagte, dass er, als ihn die Mutter zur Strafe einmal ins Glashaus eingesperrt habe, von einem grünen Krokodil angefallen worden sei, das sich zwischen den Blattkakteen versteckt gehalten habe. Zum Trost fuhr Ana Kurzovà mit ihm über Schlackenwerth ins Radonheilbad nach St. Joachimsthal (heute Jachymov), wo die radioaktive Strahlung des vulkanischen Keilberges angeblich eine heilsame Wirkung auf eine orthopädische Fehlbildung des Jungen haben sollte.

Als Halbwüchsiger fühlte sich Stanislaus Kurz gegenüber seinen Mitschülern benachteiligt, weil ihn der Wandervogel-Verein wegen seines angeborenen Klumpfußes, den er selbst als *Pes equinovarus congenitus* bezeichnete, nicht aufnehmen wollte. Diese leichte Körperbehinderung zwang ihn, am Stock zu gehen. Außerdem musste er am linken Fuß ein spezielles Schuhwerk tragen, das eine etwas dickere Sohle hatte.

Zu Hause gab es oft Spannungen zwischen Stanislaus und seiner um zwei Jahre älteren Schwester Silvia. Diese wurde vom Vater liebevoll Lobivia genannt, weil Lobivia ein Anagramm von Bolivia ist und dazumal eine artenreiche Kakteengattung bezeichnete. Sie war ein pausbackiges Mädchen mit buschigen Augenbrauen und einer kleinen Stupsnase, das in Eger bei den Barmherzigen Schwestern vom Heiligen Kreuz studierte und Gesangsunterricht bei einem Professor in Marienbad (heute Mariánské Lázně) nahm.

Silvia musste sich über ihren Bruder Stanislaus oft ärgern, da er sie bei ihren täglichen und stundenlangen Gesangsübungen mit einer fast an Absicht grenzenden Regelmäßigkeit störte. Manchmal, wenn die Mutter außer Haus war und Stanislaus in der Küche mit Kochtöpfen, Schwingbesen und Einmachgläsern musizierte oder mit den Holzschuhen Kastagnette spielte, flüchtete sich Lobivia kreischend in den Garten und setzte sich auf den Komposthaufen. Dort hockte sie regungslos, schloss die Augen und stopfte sich mit den ausgestreckten Zeigefingern die Ohren zu. Nachdem sie sich jeweils einigermaßen beruhigt hatte, richtete sie sich auf und sang meistens die Arietta «Voi che sapete» aus «Figaros Hochzeit» oder die Koloraturarie der rachsüchtigen Königin der Nacht aus Mozarts «Zauberflöte». Die hellen Vokale ihrer Sopranstimme drangen wie Silbernadeln bis in die Küche, übertönten die Kakophonie des Bruders und brachten diese schließlich zum Verstummen. Stanislaus schlich sich dann schuldvoll und ergriffen in den Garten, versteckte sich hinter der Eibe bei der Eingangspforte, schaute durch das lichte Geäst auf seine große Schwester hinüber und lauschte dem kristallreinen Gesang. Ihre Kunst war bezaubernd, die Koloratur und das Bewegungsspiel ihrer Gesichtsmuskeln wurden zum vollkommenen Ausdruck einer mit der Natur verschmolzenen Musikalität. Stanislaus durchlebte dabei alle Stimmungslagen zwischen lyrischer Beseeltheit und glühender Leidenschaft. Für ihn waren Lobivias Triller und Staccati sowie ihre seidigen Verzierungen die einer chinesischen Nachtigall; und ihr wundervolles Tremolo im hohen C ließ ihm kalte Schauer über den Rücken rieseln.

Wenn Stanislaus hingegen die monotonen Gesangsproben seiner Schwester nicht mehr aushielt, weil die auf- und absteigende Tonleiter in seinem Kopf immer lauter nachdröhnte, nahm er seine Bücher unter den Arm und zog sich mit Pepita ins Gewächshaus zurück. Pepita war eine junge Dachshündin, ein Langhaardackel mit Schlappohren. Ihr Körper hatte die Form einer Wurst, die an beiden Enden von zwei viel zu kleinen Beinchen getragen wurde. Dieser Wurstkörper war so unendlich lang, dass ihm ein drittes Beinpaar zu fehlen schien.

Silvia verdiente sich hin und wieder ein Taschengeld bei einer Geigenbauerfamilie im nahegelegenen Städtchen Schönbach (heute Luby), wo sie mit der k.k. Staatsbahn (kkStB) hinfuhr. Weil das Mädchen ein einzigartiges Tonhöhengedächnis hatte, vertraute man ihr die Aufgabe an, Geigen, Bratschen und Kontrabässe spielbereit zu stimmen. Als sie einem alten Instrumentenmacher namens Volkmann beim Lackieren des Bergfichten-Deckholzes einer Violine einmal über die Schulter schauen durfte, erfuhr sie einiges über das Geheimnis der angeblich tongebenden Geigenlacke. Sie konnte es kaum glauben – für die Zubereitung des zinnoberroten Farblacks verwendete Herr Volkmann in Spiritus aufgelösten Gummilack und natürliche Farbstoffe wie Krapp, Drachenblut und Cochenille. Das Letztere dieser Farbmittel würden Schildläuse hergeben, deren Wirtspflanzen Kakteen seien. Als Silvia am Familientisch davon erzählte, staunte Stanislaus, dass die Cochenille-Schildläuse den Weg von den mexikanischen Opuntienfeldern von Oaxaca nach dem Sudetenland gefunden hatten.

Der 28. Juni 1914 war in Wildstein ein Tag wie jeder andere. Die Kunde von der Ermordung des österreichischen Thronfolgers Franz Ferdinand in Sarajewo durch die «schwarze Hand» Serbiens war noch nicht bis ins Kronland Böhmen öffentlich durchgedrungen. Das Leben geriet hier wie überall in der Monarchie erst einen Monat später aus den Fugen. Ing. Alois Kurz war am 29. Juli gerade mit dem Wässern der Kakteen beschäftigt, als ihm Stanislaus die Morgenausgabe der deutschsprachigen «Prager Zeitung» ins Gewächshaus brachte und die Nachricht vorlas:

«Endlich ist das große, schwere Wort gefallen: Der Krieg ist erklärt, unsere Armee zieht das Schwert. Seit vielen Stunden warten die Völker Österreichs auf diese erlösende Stunde, da ihr Kaiser zu dem höchsten Recht des Staates greift und den Appell an die Waffen erlässt.

Die Bitterkeiten und Nöte des kleinen Lebens verschwinden nun wie Rauch im Winde, vergessen ist das Vorgestern und Gestern, überstanden alle Ungewissheit, die noch heute über unsrem Reiche lag: das Wort ‹Krieg!› durchrauft wie eine ungeheure Melodie alle Länder unseres Reiches, es vereinigt alle Völker, alle Stämme unseres vielgestaltigen Vaterlandes und hebt die starken Arme hoch, denen nun die höchste Pflicht des Bürgers anheimgegeben ist: zu den Waffen zu greifen.»

Hausvater Kurz erschrak, und sein Gesicht verfinsterte sich. «Das Volk mag nun jubeln, aber die Freude wird schnell verfliegen. Der Krieg wird uns alle ins Unglück stürzen», murmelte er.

Wenige Tage später hatten sich zwei Nachbarsbuben der Familie Kurz zum freiwilligen Kriegsdienst bei der militärischen Meldestelle in Eger einschreiben lassen. Ana Kurzovà schüttelte nur den Kopf. Nach der allgemeinen Mobilmachung vom 31. Juli musste auch Ing. Alois Kurz einrücken. Mit dem Marschbefehl in der Hand sagte er zu seinem Sohn Stanislaus: «Die Kriegshetze gegen Serbien spricht von einem kurzen, siegreichen Feldzug. Aber mir schwant Übles, wenn ich ‹Serbien muss sterbien!› höre. Was auch immer passieren wird, um dich brauche ich mir keine großen Sorgen zu machen. Bei der Musterung wird dir dein Gebrechen wenigstens helfen, vom Kriegsdienst befreit zu werden.»

Stanislaus und Silvia Kurz kümmerten sich in den Kriegsjahren um den Restbestand der weiland artenreichsten Sukkulentensammlung Böhmens, die ihr Vater in langjähriger Arbeit aufgebaut hatte. Jene Kugel-, Säulen- und Blattkakteen, die den ersten Kriegswinter unversehrt überlebt hatten, waren gerade in ihrer hochsommerlichen Ruhepause. Die Arbeit im Gewächshaus verlief nicht immer gütlich. Einmal kam Silvia zur Essenszeit humpelnd und mit schmerzerfülltem Gesicht in die Küche. «Der Topf mit dem großen Ferrocactus ist vom Tisch gefallen, und die verdammten Dornen haben sich in meinen Fuß eingebohrt», sagte sie. Stanislaus erschrak, warf ihr einen bösen Blick zu und rannte sogleich ins Gewächshaus, um das Malheur zu sehen. Der Kaktus lag unversehrt am Boden, und Stanislaus kehrte beruhigt zum Esstisch zurück, während Ana Kurzovà die blutende Fußwunde ihrer Tochter verarztete.

Auf den Gewächshausregalen, wo Ana Kurzovà seit Kriegsausbruch ertragreich Tomaten zog, stand einst die prächtigste Melokak-

Melocactus azureus mit weißer Frucht aus der Sammlung Kurz

teensammlung der Doppelmonarchie, deren Grundstock ein Hofrat des Ministeriums für Handel und Volkswirtschaft dem Ingenieur Kurz übereignet hatte. Die Pflanzen waren eine Nachzucht einzelner Exemplare, die zur Ausbeute der Österreichischen Brasilien-Expedition (1817 bis 1835) gehörten.

Die empfindlichen Melokakteen sind im Winter 1915 allesamt erfroren, derweil Alois Kurz, Feldwebel der 4. Österreichisch-Ungarischen Armee, an der Stellungsfront gegen die Russen zwischen Riga und Czernowitz im Schützengraben lag und sein linkes Bein infolge von Wundbrand verlor. Im Ofen des Gewächshauses, der mit wärmespeichernden Ziegelsteinen umstellt war, wurden die wenigen Briketts verfeuert, die Ana Kurzovà in Eger auftreiben konnte. Während Ing. Alois Kurz in einem behelfsmäßigen Lazarett hinter den Städten Gorlice-Tarnów lag, trug Stanislaus mit Hilfe seiner Schwester Topf um Topf der bereits mit hässlichen Todesflecken gezeichneten Melokakteen vom Gewächshaus zum Fensterbrett des elterlichen Schlafzimmers, das jeweils von der Morgensonne aufgewärmt wurde. Stanislaus erinnerte sich an Vaters Abschiedsworte: «Schau jeden Tag auf die Melokakteen, Bub. Denk daran, sie brauchen unbedingt einen warmen Fuß!»

Der Kohlekeller der Familie Kurz war im Winter 1916 leer, und im Holzofen brannten die letzten Torfziegel und Tannenzapfen, die Stanislaus jede Woche im bewaldeten Umfeld der Kaiserquelle bei Soos einsammeln musste. Am Morgen war das Wasser im Marmorwaschbecken des elterlichen Schlafzimmers mit einer dünnen Eisdecke belegt. Und hinter den Melokakteen glitzerten zarte Eisblumen auf der Fensterscheibe. Die schwarzgefleckten, erfrorenen Brasilianer blieben noch Wochen auf dem Fensterbrett stehen, bis ein fauliger Geruch durch die Räume waberte und der junge Stanislaus Kurz die letzten Hoffnungen auf ihre Wiederbelebung verlor. Jošza, die slowakische Hausangestellte, hielt diese Putreszenz nicht mehr aus. Sie schimpfte auf Böhmisch-Deutsch: «Weg mit diesen Kaktusy, sonst werden wir bald Wirmer und Kichenschaben jede Menge haben!» und brachte die Pflanzenleichen in den Garten. So endete die ganze Melokakteensammlung der Familie Kurz auf den Komposthaufen. Sie wurde zu Erde, welche die Kugelkakteen noch jahrelang mit kräftiger Nahrung versorgte.

Das war zur Zeit, als die Familie die schriftliche Nachricht von der Wildsteiner Gemeindeverwaltung erhielt, dass der Unteroffizier Alois Kurz in der Bukowina heldenhaft gefallen sei. Die Mitteilung legte sich wie ein unsichtbares Totentuch über das Anwesen.

In der Spätpubertät entwickelte Stanislaus Kurz eine ausgesprochen enge Bindung zu allen behaarten Säulenkakteen. In lauen Sommernächten, wenn er sich allein im Gewächshaus aufhielt, ging er zaghaft auf die wollenen Gewächse zu, die im flackernden Kerzenlicht wie Engelshaar schimmerten. Am liebsten kraulte er die schlohweißen Haare der Greisenhäupter *(Cephalocereuses senilis)* und liebkoste die rotbraunen, schopfartigen Cephalien[1] einer Gruppe von *Pachycereuses militaris,* die sich wie Bärenfellmützen der britischen Grenadier-Garde präsentierten. Die feinen Schürfungen durch die Seitenstacheln, das Kitzeln der Borsten – alle die phytoerotischen Erfahrungen von zärtlichem Stechen und Kratzen versetzten den jungen Mann in höchste Erregung.

Diese vielseitigen taktilen Erlebnisse mit unterschiedlich behaarten Kakteenkörpern sollen seine später flatterhaften Beziehungen zur Damenwelt geprägt haben, meinte einmal ein Familienfreund, der in der «Psychologischen Mittwochs-Gesellschaft» an der Wiener Bergstraße 19 verkehrte.

An einem stahlblauen Sonntag im August 1918 nahmen die Kirchgänger den kleinen Umweg in Kauf, der am Anwesen der Familie Kurz vorbeiführte. Sie alle wollten sehen, was sich bis nach Franzensbad herumgesprochen hatte: Der junge Kurz ließ über den offenen Treibhäusern eine Anzahl Scheinwerfer mit Quecksilberdampflampen brennen, die er tagsüber in Betrieb ließ und erst in der Dämmerung abschaltete. Das penetrante Summen des Generators, das auch von der Straße aus zu hören war, störte die Anrainer, die am Holzzaun kopfschüttelnd Maulaffen feilhielten. Was die Leute beschäftigte, waren weniger die seltsamen Quecksilberdampflampen als die Frage, woher der junge Kurz wohl den Treibstoff für diesen nutzlosen Lichtbetrieb hernahm.

1 Cephalien (gr. kephalë «Kopf») sind auffällige Blütenstandszonen, die von einigen Kakteengewächsen gebildet werden.

Zu dieser Zeit war Stanislaus ein drahtiger, gutaussehender junger Mann von 22 Jahren. Sein dunkelhäutiges, scharf geschnittenes Gesicht ließ nicht ahnen, dass seine Mutter Ana Kurzovà eine blonde Tschechin mit madenweißer Haut und einem teigigen Mondgesicht war.

Stanislaus war eitel. Er trug einen schmalen Oberlippenbart und einen modischen Haarschnitt mit einem Mittelscheitel und scharfen Konturen im Nacken, die er jeden Morgen mit Brillantine (Edelmarke «Tres Flores») in Form brachte. Er trug den dunkelbraunen Drillichanzug seines Vaters, den sich dieser vor Kriegsausbruch von einem Schneider in Znaim (heute Znojmo) hatte nähen lassen. Für den Ausgang setzte sich Stanislaus meist eine fesche «Kreissäge» (Florentiner Strohhut) der Tiroler k. u. k. Hoflieferanten P. Ladstätter & Söhne auf. Eine Kommilitonin meinte einmal, dass er, Sohn des deutschen Gärtnermeisters Ing. Alois Kurz, sehr wohl ein friaulischer Adliger oder gar ein Mexikaner der Oberschicht hätte sein können. Dies flattierte Stanislaus ungemein.

An einem Sonntag, an dem Kaiserwetter herrschte, installierte sich der junge Mann auf dem Gartensitzplatz in der Laube neben

Pachycereus militaris

einem Kartoffelfeld beim hinteren Gewächshaus. Er lehnte seine Fritzkrücke mit dem Silberknauf an den morschen Holztisch, band die Hundeleine an ein Tischbein und setzte sich auf die Sitzbank. Während er Löcher in den Himmel starrte, bemerkte er plötzlich, dass der kleine Vogel, der aus Richtung Eger herbeigeflogen kam, ein brummender Jagd-Dreidecker mit einem deutschen Tatzenkreuz auf dem Rumpf war, der sich offensichtlich im Böhmerwald verirrt hatte. Er schaute der irrenden Kriegsmaschine nach, bis sie eine Rauchsäule hinter sich herzog und wie einem unsichtbaren Zapfenzieher folgend heruntertrudelte und zwischen den Tannenwipfeln verschwand. Diese täglichen Anmeldungen des ewigen Krieges, die unerwarteten Sinneseinschläge, das nächtliche Phantom des einbeinigen Vaters im Schützengraben bei Czernowitz – all diese schmerzlichen Begebenheiten erfüllten ihn mit dem sehnlichen Wunsch, dieses düstere, kriegsgeschundene Zentraleuropa hinter sich zu lassen und die Freuden des Südens zu suchen.

Lobivia beobachtete ihren Bruder und fragte sich, womit er wohl am verwitterten Gartentisch beschäftigt sei. Neben Büchern, Heften, Schreibzeug und geöffneten Briefen standen darauf mehrere Tontöpfe mit gedrungenen, graugrünen Kakteen, die weiß beflockt waren. Seltsamerweise hatten diese knollenförmigen Sukkulenten anstelle von Stacheln kaum sichtbare Warzen. Auf den gelben Steckschildern aus dünnem Holz waren mit der pedantischen Handschrift von Ing. Alois Kurz lateinische Artenbezeichnungen und Feldnummern vermerkt.

Einmal überraschte Lobivia ihren halbwüchsigen Bruder, wie er mit dem Gartenmesser einen faustgroßen Kaktus in kleine Stücke schnitt und die klebrige Klinge hingebungsvoll abschleckte. Sie konnte nicht ahnen, dass es sich hierbei um einen Peyote-Kaktus handelte, der von den amerikanischen Ureinwohnern wegen seiner psychotropen Wirkung rituell eingenommen wurde. Die gaffenden Zaungäste schienen Stanislaus bei seinem Drogenexperiment nicht im Geringsten zu stören. Er pickte einen Kaktusschnitz mit der Messerspitze auf, führte ihn zum Mund, kaute ihn bedächtig und verzog dabei das Gesicht, als hätte er in einen Holzapfel gebissen. Während seine Mundwinkel mehrmals zuckten, las er einen sichtlich alten Brief, der an den seligen Ing. Alois Kurz adressiert war.

Nayarit, den 14. Juno 1911

Werther Alois,

Nachdem ich endlich mit Gottes Hilfe die von Coulter beschriebenen Anhalonien, die Du exacterweise Lophophora williamsii nennst und die für die Indianer Peyote oder Peyotl heißen, für Dich gefunden hatte, ging ich der merkwürdigen indianischen Peyote-Communion nach.

Ich bin geehrt, Dir den in Aussicht gestellten Kurz-Bericht über meine Begegnungen mit Huichol-Indianern zu geben. Widrige Umstände und die uns Weißen mitunter feindlich gesinnten Indianer vereitelten meinen Forschungsplan, den Mara'-Akame-Zauberern auf ihren geheiligten Peyote-Exkursionen nach Wirikuta in San Luis Potosi (Feldnummer 715) zu folgen und genaue Aufzeichnungen über das Einsammeln von Lophophora williamsii zu machen. Ich hatte indes Gelegenheit, mich mit einem Eingeborenen namens Ramón Matsuwa aus dem Stamm der Huichol zu unterhalten, der leidlich Spanisch spricht.

Don Ramón berichtete mir mit einer für Indianer ansonsten ungewohnten Ausführlichkeit, dass er jeweils den ersten Cactus, dem er auf dem Boden seiner Ahnen begegne, mit dem Pfeil zu erschießen habe. Der nach weidmännischen Indianerregeln erlegte Cactus sei eine sterbende Rehkuh, die durch die Aufwarthung mit Kukuruzkörnern um Verzeihung gebeten werden müsse. Zu dieser Opfergabe würde Ramón und seine Brüder ein flehendes Lied singen, damit ihnen das sterbende Peyote-Reh verzeihe. Thiere und Pflanzen seyen eigentlich dasselbe, meinte der Indianer und gab mir zu verstehen, dass Peyote sie ins Reich der Tothen und Götterahnen begleite und ihren Stamm vor Krankheiten und Leid zu schützen vermöge.

Mag es sein, dass die Indianer mehr als wir über das ursprüngliche Leben der Pflanzen und Thiere wissen?

Vor einigen Wochen wohnte ich einer Ceremonie in der Sierra Madre Occidental bei. An einem Spätnachmittag *schaute ich einer Gruppe von Musikanten zu, die infolge ihrer einthönigen Musik bald schläfrig wurden. Neben ihnen befand sich eine Kürbisschale, die mit getrockneten Cacteen gefüllt war. Die Landsmänner mahlten die Cacteen und bereiteten damit einen ihnen allem Anschein nach mundenden Trank zu, der sie während der nicht enden wollenden Ceremonie wachhielt. Die versammelten Männer und Weiber bildeten einen Kreis um den sauber gekehrten Platz. Sie traten abwechslungsweise in die Mitte des Kreises und begannen dabei wild im Takte zu tanzen und fielen in den monotonen Gesang ein. Einzelne Indianer blieben regungslos sitzen und schauten unaufhörlich und mit leerem Blick in die Anderswelt. Einzelne weinten bitterlich. Getanzt wurde ohne Unterbruch bis zum Morgengrauen. Dann lagen sie fast alle erschöpft am Boden und schliefen tief.*

Der Verzehr dieser Schnapskopfcacteen könne für Weiße eine folgenschwere Wirkung haben, weil diese den Anblick der indianischen Ahnengötter nicht ertragen könnten, erklärte mir besagter Don Ramón. Darum empfehle ich Dir, werther Alois, diese Dir durch den deutschen Gesandten übermittelten Specimen nicht in Reichweite von naturwissenschaftlichen Laien zu pflegen.

Ich darf hoffen, dass Deine Zöglinge unter dem böhmischen Himmel nicht verkümmern und dann und wann eine jener rosaweißen Blüthen hervorbringen, die von den Huichol-Indianern Tùtu genannt werden. Solltest Du weitere Götterpflanzen aus der mexicanischen Wüste wünschen, dann hole Dich der Teufel. Empfange bitte meine herzlichsten Saludos und grüße mir mein geliebtes Egerland.

Dein ergebener Freund
Waldemar

Der junge Stanislaus Kurz kaute die Kaktusstücke und verzog dabei das Gesicht. Er faltete den Brief wieder sorgsam zusammen und schob ihn in den gelben Umschlag mit der großen mexikanischen Briefmarke zurück. Dann griff er nach einem pergamentgebundenen Buch aus dem Jahre 1829 mit der Signatur einer Prager Bibliothek und dem Titel «Historia General de las cosas de nueva España, que en doce libros y dos volumenes, escribido el R. P. Fr. Bernardino de Shagùn», das dem Heiligen Vater Pius VIII. gewidmet war. Der spanische Pater gab darin ausführliche Schilderungen der indianischen Sitten.

Stanislaus Kurz blätterte eine Weile darin, schlug mehrmals ein deutsch-spanisches Wörterbuch auf und verzog dabei sein Gesicht zu einer Fratze. In seinem Mund zog sich das saure Wasser zusammen; er musste sich übergeben und verspritzte dabei seine Schriftstücke und die schrumpeligen Schnapskopfkakteen samt ihren weißen Blüten. Zwei, drei Minuten später wankte er ein paar Schritte vom Tisch weg und legte sich ins ungemähte Gras hin. Der junge Stanislaus Kurz hatte sich getäuscht. Die wochenlange Zusatzbesonnung der *Lophophora williamsii* durch die teuer erstandenen Quecksilberdampflampen war umsonst gewesen; die Peyote-Pflanzen zeigten keinerlei halluzinogene Wirkung.

***Lophophora williamsii.* Illustration aus einem Lehrbuch der Familie Kurz**

«Böhmen ist nicht Mexiko», sagte sich Stanislaus Kurz, zuckte die Achseln und bemerkte im selben Augenblick seinen Freund Karel, der vom Haus her auf ihn zukam. Der junge Besucher führte eine Tragekiste mit. Er grüßte Stanislaus Kurz im Gehen und fixierte dabei den zerstückelten Schnapskopfkaktus. Als er beim Gartensitzplatz ankam, blieb er breitbeinig stehen und stellte die Holzkiste auf den Grasboden ab. Dann klappte er den Kistendeckel auf, blinzelte mit einem Auge Stanislaus Kurz zu und hob dabei, ganz vorsichtig und ohne ein Wort zu sprechen, ein brandneues Grammophon (Marke «His Masters Voice») aus dem Kasten, das er auf dem morschen Holztisch platzierte. Pepita, die Dachshündin, stand winselnd daneben und folgte mit dem Kopf jeder Handbewegung.

Stirnrunzelnd und mit protzigem Gehabe nahm Karel eine Abspielnadel aus einer kleinen Blechschachtel, führte sie in die Schalldose ein, schraubte sie fest und holte sogleich einen Drehhebel aus der Kiste. Er steckte ihn in ein Loch auf der rechten Seitenwand des Grammophongehäuses und kurbelte eine ganze Minute lang.

Stanislaus Kurz schien tief beeindruckt zu sein. Er schaute respektvoll zu, wie Karel eine Schellack-Schallplatte sorgsam auf den braunen Tellerfilz legte. Als er den Tonarm schwenkte, drehte sich der Teller plötzlich in rasendem Tempo. Stanislaus hörte ein lautes Knacken und Kratzen, das jäh von einem gellenden Posaunenstoß übertönt wurde. Pepita, der Dachs, zuckte zusammen und verkroch sich heulend unter den Tisch. Das Grammophon schmetterte das mexikanischen Volkslied «Cielito lindo» mit einer derartigen Aufdringlichkeit aus dem Schalltrichter, dass die hellen Trompetenklänge des Mariachi-Ensembles die Glasscheiben des Gewächshauses zum Zittern brachten. Stanislaus Kurz schloss die Augen und lauschte der Musik mit einem Ausdruck religiösen Entzückens, legte seinen Körper im Takt und schnippte mit den Fingern.

«Das ist Musik! Spürst du, wie sie zu den Schwingungen unseres Hauses passt?», rief Stanislaus Kurz seinem Freund zu, der sich einige Schritte vom Grammophon entfernt hatte.

«Natürlich!», erwiderte Karel. «Euer Haus hat einen spanischen Namen, den kein Schwein versteht.»

Stanislaus Kurz wurde steif und sagte: «Vater hatte das Haus in Erinnerung an die Chichimeken-Indianer ‹Platz der vier Winde› genannt. Mit den vier Winden sind die Himmelsrichtungen gemeint. Der Norden ist dunkelbraun und stellt die Erde dar. Der Süden ist grün und weist auf die Wasserquelle hin. Der Osten ist gelb und ist die Richtung der Agave, welche das Sinnbild des

Wildstein-Skalná, Postkarte, (1907)

Pflanzenreiches ist. Und zum roten Westen gehört der Kojote, der Vertreter der Tierwelt.»

Karel lächelte und sagte spöttisch: «Das sind Winde, die ihr eigenes Gedankengebäude zusammenfallen lassen.» Dann stockte er und sagte: «Entschuldigung, Stanislaus.»

Stanislaus Kurz überhörte die Entschuldigung und fuhr seinen Freund mit gereizter Stimme an: «Wir sprechen über das Haus eines Verstorbenen. Es fällt so lange nicht zusammen, als hier der letzte Kaktus blüht. Wildstein war die mexikanische Wüste meines Vaters, und die bleibt aus guten Gründen umfriedet.»

Kopfreisen nach Mexiko

Ein paar Jahre später, die Welt lebte wieder in Frieden und Böhmen gehörte zum Freistaat Tschechoslowakei, studierte Stanislaus Kurz im vierten Semester an der deutschen Karls-Universität (vormals k.k. deutsche Karl-Ferdinands-Universität) in Prag Botanik und Entomologie. Daneben belegte er ein Proseminar für spanische Literatur. Er führte ein materiell unbesorgtes Studentenleben, war in Untermiete in einer vornehmen Wohnung auf der Kleinseite, das heißt auf der linken Moldauseite unter dem Hradschin, und ließ sich in den besten Gasthöfen der Stadt verköstigen.

Leider brachte ihm seine wirtschaftliche Unabhängigkeit in der Studentenschaft nur Missgunst ein. Die privilegierten finanziellen Verhältnisse seiner Familie waren auf die weise Voraussicht des Vaters Ing. Alois Kurz zurückzuführen, der fast das ganze Familienvermögen in Gold- und Silberreserven angelegt hatte. Statt österreichische Kriegsanleihen zu kaufen, hatte er sein Geld in goldene Zehnkronenstücke, mexikanischen Silberpesos und Maria-Theresien-Taler umgemünzt.

In den Semesterferien beschäftigte sich Stanislaus Kurz mit der Züchtung von neuen Pflanzensorten und sammelte deshalb alle Bauernkakteen ein, die er in der Gegend auftreiben konnte. Im Frühjahr, als die Echinopsen im Garten standen und ihre steifen Trompetennasen immer weiter hinausstreckten, bis die angeschwollenen Blütenspitzen vor Spannung zu platzen drohten, besuchte er sie jede Nacht. Sobald die Knospen aufsprangen und einen in den tiefen Trichterschlund ziehen wollten, berauschte sich Stanislaus Kurz an ihrem Wohlgeruch und machte sich komplizierte Aufzeichnungen über die unterschiedlichen Duftnoten.

Seine Versuche, die Blüten im Treibhaus durch den Einsatz von gezüchteten Nachtfaltern, namentlich Eulenfaltern (*Noctuidae* spp.) und Spannern (*Geometridae* spp.), auf natürliche Weise befruchten zu lassen, scheiterten kläglich. So ging er dazu über, sie mit einem Tuschpinsel selbst zu bestäuben. Weil die Echinopsen jedoch nicht alle gleichzeitig blühen, sammelte er den Pollen ein, konservierte ihn in kühlgestellten Reagenzgläsern und brachte ihn zu einem späteren Zeitpunkt auf die Narbe von anderen Elternteilen.

In einer lauen Sommernacht bemerkte Stanislaus Kurz, dass sich im Dachstock des Hauses Zwergfledermäuse *(Pipistrellus pipistrellus)* in sogenannten Wochenstuben angesiedelt hatten. Weil ihm bekannt war, dass nachtblühende Kakteen in Südamerika mitunter auch von Fledertieren bestäubt werden, ließ Stanislaus Kurz die Türen und Fenster der Treibhäuser sperrangelweit offen und hoffte, dass seine Trichocereen von den neuen Hausbewohnern aufgesucht würden. Das Bestäubungswunder blieb aber aus. Als Naturwissenschaftler hätte er eigentlich wissen müssen, dass nur tropische Blütenfledermäuse aus der Familie der Blattnasen (*Phyllostomidae* spp.) beim Fressen von Nektar, Pollen und Früchten nachblühende Kakteen bestäuben, während alle europäischen Fledermausarten ausschließlich Insektenjäger sind.

Stanislaus Kurz hatte den ehrgeizigen Plan gefasst, neue Zuchtformen mit ganz besonderen Geruchseigenschaften zu schaffen. Aus diesem Grunde machte er eine Bestandsaufnahme aller vorhandenen Pflanzen verschiedener Herkunft und gab ihnen Nummern, die sie nach Blühwilligkeit und Duftnoten unterschieden. Er kreuzte die von ihm zur Zucht ausgewählten Echinopsis-Arten und -Sorten vornehmlich mit einer intensiv, ja geradezu aufdringlich riechenden *Echinopsis eyriesii* und einem *Trichocereus* ein.

Nachdem er die Sämlinge der ersten Tochtergeneration mit viel Fürsorge aufgezogen hatte, suchte er etwa zwei Dutzend Pflanzen aus, deren rosarote Blüten sich durch eine verschiedene, mehr oder weniger intensive Duftsprache unterschieden. Er ließ sie mit der *Echinopsis-eyriesii*-Mutterpflanze kreuzen und gewann auf diesem Wege einige Kultivare, die einen zwar nach wie vor starken, aber mitnichten penetranten Geruch verströmten. Der ansonsten übersüße florale Geruch der Echinopsen war durch eine liebliche, äußerst schmeichelhafte Fruchtnote verfeinert, die sich wie der Silberklang einer Piccoloflöte über das Pathos der Blechinstrumente legte.

Nach dieser langen Phase botanischer Experimentierlust war Stanislaus Kurz von der Vorstellung besessen, die Duftmoleküle seiner neuen Hybriden durch ein Enfleurage genanntes Absorptionsverfahren fixieren zu können. Dazu legte er die frischen Blüten auf mit Schweineschmalz und Unschlitt dick belegte Glasplatten, die er in einem Holzrahmen gefasst hatte. Sobald das Fett mit dem Aroma gesättigt war, kratzte er die Pomade von den Glasplatten ab und setzte sie für ein paar Wochen in Weingeist an. Das damit erzeugte Parfum, das er «Extrait de cactus» nannte, fand Silvia widerlich.

Deshalb ging er einen Schritt weiter und besorgte sich in einer Prager Apotheke für teures Geld kleine Mengen Ambra (besser bekannt als Walkotze) und Zibet (ein Markierungssekret der Zibetkatze) und versuchte, den Blütenduft an diese tierischen Geruchsstoffe zu binden. Die heftigen Reaktionen seiner Angehörigen auf den bestialischen Gestank von konzentriertem Zibet und das klägliche Scheitern der Experimente entmutigten ihn. Er verlor bald das Interesse an seinen Echinopsen-Hybriden und verschenkte sie alle einer Nachbarin.

Danach legte sich Stanislaus Kurz ins hohe Gras neben dem Gewächshaus. Er hörte die im Gleichschritt vorbeimarschierenden Burschen, die dem strammen sozialdemokratischen Turnverein «Eintracht» angehörten und Parolen für den Anschluss Deutschböhmens an die Republik Deutschösterreich skandierten. Stanislaus Kurz, Sohn eines halbjüdischen Vaters aus Bayern und einer tschechischen Mutter, wollte mit Politik nichts zu tun haben. Was ging ihn die für Ende 1918 vorgesehene Zwangseingliederung der Sudetenländer in die erste tschechoslowakische Republik an! Er kniff die Augen zu und sah viele rote kleine Ringe, die wie Feuerbälle langsam in einen dunklen Abgrund stürzten; dann blinzelte er, und im Himmelblau tanzten die Konturen von Trespen, Zitter- und Silbergräsern. Stanislaus Kurz war auf Reisen und hielt die Zeit an.

Er verwandelte die Schäferwölkchen in Schaumkronen auf den haushohen Wogen des Atlantiks und tagträumte die unendliche Seereise Prinz Ferdinands nach der Kolonie Mexiko nach. Er schiffte sich in Hamburg oder Marseille ein, kehrte in die Prager

Karls-Universität zurück, ging in Vera Cruz an Land, sah einen Pelikan, der sich die Brust aufriss und mit seinem Blut die Jungen ernährte, überquerte zu Fuß den Paso de Cortés, ritt in der brütenden Sonne durch die mexikanische Wüste und stillte seinen Durst mit dem saftigen Fleisch eines Schwiegermutterstuhls *(Echinocactus grusonii)*, den er mit einem einzigen Machetenschlag halbierte, stieg nochmals an Bord eines Regionaldampfers, diesmal in Cádiz, und kam ein paar Sekunden später im Wiener Donauhafen an.

Echinocactus grusonii, **der berühmte «Schwiegermutterstuhl»**

Eigentlich könnte er sich in Wien einschiffen, dachte er, und mit der «Helos», «Uranus» oder «Saturnus» bis ans Schwarze Meer fahren. Auf der Donaureise würde er vielleicht Entdeckungen von größtem wissenschaftlichem Interesse machen. Er könnte unter anderem die gottverlassene Türkeninsel Ada Kaleh besuchen, die vor dem Eisernen Tor mit seinen gefährlichen Riffen, Stromschnellen und Kolken lag, und dort möglicherweise die Erstbeschreibung einer endemischen Faulbaum- oder Kreuzdornart verfassen.

Und in Lom oder Russe, der zweiten beziehungsweise achten bulgarischen Station der Ersten Donau-Dampfschifffahrts-Gesellschaft, würde er sich von den Lohnfuhrwerkern in eines jener jüdischen Kaffeehäuser fahren lassen, wo Ladino sprechende Marranen verkehren. Mit ihnen könnte er sich auf Spanisch verständigen und jenes altertümliche Kastilisch hören, das auch Cortez in Mexiko gesprochen hatte. Am Ende der Schiffsreise, von Galatz aus, hätte er Gelegenheit, das Donaudelta zu erkunden und in der Schilflandschaft Aasgeier, Flamingos und Steppenadler zu sichten. Von Rumänien aus würde er dann leicht nach Spanien kommen.

Der «Service Maritime Roumain» hatte ihm die Fahrpläne

schon vor drei Tagen zugestellt, und von der «Norddeutschen Lloyd Bremen» erwartete er Informationen über das berühmte «Grand Casino» in Konstanza. Mit der Schifffahrtslinie «Donau-Constanţa-Westliches Mittelmeer» würde er über Istanbul, Malta, Genua und Marseille nach Barcelona kommen. Dort müsste er vielleicht nur den Kai wechseln, um einen Dampfer zu finden, der einen mexikanischen Hafen an der karibischen See anlief.

Ana Kurzovà schaute genervt auf die Küchenuhr: «Wo steckt Stanislaus? Es ist schon drei viertel eins!»

Silvia antwortete schnippisch: «Im hinteren Glashaus natürlich, wo denn sonst? Und weißt du, was er dort macht? Er vermanscht die Früchte unserer Blattkakteen (wohl *Epiphyllum* spp.) mit Schlagobers und Eierlikör. Er ist wieder einmal so beschäftigt, dass er mich nicht mal bemerkt hat.»

Ana Kurzovà dreht sich um, riss das Fenster auf und stemmte ihre Hände in die Hüften. «Stanislaus, essen!», rief sie. «Mach keine Fisimatenten!»

Zwei, drei Minuten später schritt Stanislaus wortlos durch die Küche, ging in die Speisekammer und stellte die Schüssel mit der sukkulenten Nachspeise in den Eiskasten. Dabei vergaß er, den kleinen Messinghahn zuzudrehen, über den das Eiswasser entleert werden musste. Danach war die Stimmung auch am Esstisch frostig.

Ana Kurzovà saß an dem einen Tischende. Gegenüber war die Tafel, wie jeden Tag, zum Gedenken an den verstorbenen Vater gedeckt. Stanislaus Kurz blickte stumm zum Geschirrschrank aus Eichenholz, dessen Regale mit rubinroten, böhmischen Kristallgläsern, einer Flasche «Karlsbader Becherbitter», zwei salzglasierten Wildsteiner Steinzeug-Tüllenkannen und einem ausgestopften Neunbinden-Gürteltier *(Dasypus novemcinctus)* belegt waren. Er schien die violetten Eierfrüchte auf dem Rapport der Tapete zu zählen und verzehrte dabei ein Stück Lungenbraten. Stanislaus Kurz war hungrig, und Fleisch gab es selten.

Jošza, die slowakische Hausangestellte mit der gestärkten, weißen Küchenschürze und den dicken Wasserbeinen, schöpfte einen Teller voll Erdäpfelknödel mit viel Pilztunke nach. Stanislaus Kurz liebte die «Schwåmmabröih», diese böhmische Spezialität aus getrockneten Steinpilzen, Birkenpilzen und Eierschwämmen über alles.

Gesottene Knödel gab es, wie in allen Häusern des Egerlandes, fast täglich. Diese Kartoffelklöße hießen in der Gegend «Glitscha». Oft wartete Jošza auch mit Semmelknödeln, Serviettenknödeln oder Bochna Kniala (Gebackene Knödel) auf. Dazu trank Stanislaus Weißbier, das er allwöchentlich im Gasthof «Zum Summerer» an der Franzensbaderstraße am Haferlberg kübelweise besorgte. Zur Nachspeise wurden diesmal Hefeknödel serviert, die Stanislaus Kurz mit einer «Powidel» genannten Zwetschgensauce wortlos verschlang. Dazu schlürfte er eine mit Sacharin gesüßte Tasse Eichelkaffee.

Die Mutter durchbrach die Stille: «Stanislaus, du schaust recht besorgt aus. Suchst du nun Arbeit, oder willst du weiterstudieren? Auf jeden Fall bestehe ich darauf, dass du hier in Böhmen bleibst. Vielleicht findest du eine Arbeitsstelle in Karlsbad. Du weißt doch, Vater hatte gute Beziehungen zu dortigen Hof- und Kommerzialräten.»

Stanislaus Kurz sagte energisch: «Mutter, ich fahr nach Mexiko.»

«Mexiko? Aber Bub, um Gottes willen, was willst du denn in Mexiko?»

«Lass ihn gehen, Mutter!», mischte sich Lobivia ein. «Der kommt bald wieder.»

Stanislaus Kurz antwortete: «Arbeiten möchte ich dort. Ich bin schließlich Botaniker und habe Spezialkenntnisse der mexikanischen Flora.»

«Unsere Familie gehört zusammen!», sagte Ana Kurzovà. Sie faltete eine Weile die Hände und räumte das Geschirr mit gesenktem Blick ab.

Stanislaus Kurz Stimmlage wurde sanft. «Aber Mutter, ich werde in Mexiko selbstverständlich für euch sorgen.»

«Mexiko …, wenn du glaubst, dort ehrliche Arbeit zu finden, dann fahren wir eben hin», sagte Ana Kurzovà. Tränen rollten über ihre Wangen.

«Ich fahre zuerst allein hin, suche Arbeit, kaufe eine Hazienda und hole euch später nach.»

«Wann willst du denn auf die Reise gehen, Bub?»

«Möglichst bald, Mutter.»

Fünf Tage später feierte Stanislaus mit seinen wenigen Freunden Abschied. Das Fest, das er im «Grandhotel Pupp» in Karlsbad (heute Karlovy Vary) gab, war von langer Hand vorbereitet und kostete ihn die perlenbesetzte Krawattennadel seines Vaters, die er bei einem Schleichhändler in Marienbad gegen Lebensmittel eingetauscht hatte. «Hommage au Mexique» hieß es auf seiner Einladungskarte. Karel und seine anderen Freunde konnten gar nicht fassen, welche Kostbarkeiten ihnen Stanislaus Kurz vom verwirrten Personal servieren ließ, während auf der Straße marodierende Kriegsheimkehrer alles Essbare zu ergattern versuchten. Die Festtafel war mit exotischen Speisen gedeckt, und zur Dekoration stand in der Tischmitte ein urtümlicher Felsenkaktus *(Cereus peruvianus* var. *monstrosus).*

Stanislaus Kurz hielt eine gequälte Tischrede und stellte dabei mexikanische Spezialitäten vor, die von ihm ohne jegliche Hilfe in der Hotelküche zubereitet worden waren. Peinlich war dabei die Mischung von unverständlich und falsch ausgesprochenen französischen Wörtern und lateinamerikanischen Vulgärnamen von Kakteen, die Stanislaus Kurz in Lehrbüchern aufgeschnappt und mit lateinischen und griechischen Kakteennamen vermengt hatte:

«Zum Aperitif, meine Herren, gibt es ‹Viznagas›. Das sind geröstete Samen des *Ferrocactus wislizeni*, eine mexikanische Köstlichkeit, die mit ‹Vino de tuna› getrunken wird. Ich habe diesen Wein aus gepressten ‹higos chumbo› [Kaktusfeigen] selbst gekeltert.

Et voilà, ‹Ensalada de Tuna› aus Nopalitos, das heißt aus frischen Opuntientrieben, die ich dieses Frühjahr ernten konnte. Zur Hauptspeise, meine Herren, werden euch Chili con carne, Semmelknödel, Gänsebraten und Maistortillas serviert.

Nun, les desserts, meine Herren: Es gibt ‹Acitron› – in Zucker kandierte Schnitten eines Echinocereus, den ich zu euern Ehren aus Prag habe kommen lassen. Leider haben wir hier keinen Rohrzucker, sodass ich mit böhmischem Rübenzucker vorliebnehmen musste.

Avec cela on offrir la marmelade, die Ihnen meine Mutter aus den Beeren unserer Mammillarien zubereitet hat.»

«Enfin, les boissons!», stammelte er und zeigte dabei mit einer wichtigen Geste zu den Bierfässern, «‹Cerveza de Pilsen› und ‹Eger Aktien-Bier› mit etwas Salz. Ich danke Ihnen allen für die Freundschaft. Disfrute de la comida! Eviva Mexico!»

Die Gesellschaft klatschte Beifall, lachte verlegen, und alle blickten hungrig auf den fetten Gänsebraten mit Rotkraut. Dann kosteten die Geladenen die fremden Köstlichkeiten, verzogen dann und wann das Gesicht und aßen so viel, bis kein einziger Semmelknödel mehr übrig blieb.

Im botanischen Garten von Monaco

Zwischen dem Abschiedsessen und der Abfahrt nach Mexiko waren vier lange Jahre vergangen. Stanislaus hatte so viel Angst vor dem eigenen Mut, so viel Bange im Gepäck, dass er seinen Abreisetermin unzählige Male verschob. In dieser Zeitspanne hatte er unter anderem als wissenschaftlicher Assistent im botanischen Garten in Prag gearbeitet und war verschiedenen Gelegenheitsbeschäftigungen nachgegangen.

Nun war er schon seit einigen Stunden auf der Fahrt nach Mexiko. Er saß im grau gepolsterten Eisenbahnwagen erster Klasse und plauderte mit einem Königsberger Liebespaar, das in die Schweizer Berge zur Kur ging. Die junge Frau war madenweiß und trug zu Schnecken gedrehte Zöpfe. Ihr Freund sah noch kränklicher aus. Er hatte ein hageres Gesicht mit starken Backenknochen und fieberige, tief in den Höhlen sitzende Augen. Im gleichen Abteil saß beim niedergelassenen Fenster ein junger Hamburger, der einen modisch weiten, auf Seide gearbeiteten Sommerüberzieher trug und sich lange Zeit in Bruno Meiers Monografie «Wie ein Ozeandampfer entsteht» versenkt hatte. Es war ein einfacher junger Mann. Er stellte sich bei seinen Mitreisenden mit Hans Castorp vor und erklärte ihnen, dass er für drei Wochen nach Davos-Platz in Graubünden fahre.

Stanislaus Kurz fühlte sich von diesem Buch, das mittlerweile vernachlässigt dalag und mit Kohlepartikeln verunreinigt war, magisch angezogen. Er fragte Herrn Castrop höflich, ob er einen Blick in diese zweifellos aufschlussreiche Schrift werfen dürfe, zumal er sich noch nicht entschieden habe, mit welchem Dampfer er nach Übersee reisen werde. Als die drei Mitreisenden plötzlich realisierten, dass Stanislaus Kurz auf dem Wege nach Mexiko war, schauten ihn alle mit großen Augen an.

Stanislaus Kurz genoss es, Mittelpunkt zu sein. Er zündete sich eine Orientzigarette an (Marke «Simon Arzt», Import aus Port

Said) und vernebelte das Abteil mit süßlich riechenden Rauchschwaden. Daraufhin erlitt die junge Frau aus Königsberg einen heftigen Hustenanfall und spuckte einen blutigen Speichelfaden aus. Stanislaus Kurz wurde von Panik ergriffen, flüchtete in die Toilette und wusch sich unter dem dünnen Wasserstrahl die Schwindsuchtbakterien von den Händen. Dann wechselte er den Sitzplatz und freute sich, in Zürich umsteigen zu können. Dort hätte er zwar gerne die berühmte Kakteensammlung eines Herrn Jakob Gasser besucht, aber dazu reichte die Zeit nicht.

Er stellte sein Gepäck im Hauptbahnhof ein und fuhr mit der Städtischen Straßenbahn Nummer 10 in Richtung Bellevue-Platz an der Seemündung. An der Bahnhofstraße wehte ein laues Sommerlüftchen, das den Duft von Lindenblüten auf die offene Tramplattform trug. Wie südlich doch Zürich war! Der lateinische Einfluss, die Nähe zu Frankreich, zu Spanien, das heißt zu Mexiko, war überall spürbar. Der alte Ober im Kaffeehaus «Odeon» sagte: «Monsieur», «Sie wünschet, Monsieur» und «Adieu, merci». Stanislaus Kurz war begeistert, Ostmitteleuropa hinter sich gelassen zu haben.

Die Fahrt von Zürich über Mailand nach Monaco schien wie im Fluge zu vergehen. Stanislaus Kurz konnte es nicht fassen, dass die Sprachgrenze auch gleich die Vegetationsgrenze bildete. Kaum hatte die Gotthardbahn die Levantina und Bellenz hinter sich, fuhr der Zug unentwegt an vornehmen Gärten mit Palmen und amerikanischen Agaven vorbei und kreuzte, nach der Zollkontrolle in Chiasso, wundersame italienische Lokomotiven mit einem Frontführerstand sowie Dampffahrzeuge der «Rete Mediterranea», welche aus der Zeit der alten Länderbahnordnung stammten.

In Italien war überhaupt alles anders als erwartet. Die Züge verkehrten mit teutonischer Pünktlichkeit, und das Essen schmeckte scheußlich. Im Bahnhofbuffet von Mailand bestellte sich Stanislaus einen Teller Reis und zwei Panini genannte Handbrote. Diese waren helle Brötchen mit einem schneeweißen Teig, der nach nichts schmeckte und eine Rinde hatte, die gleich zerkrümelte. Der pappige Reis war versalzen, und die Italiener am Nachbartisch schauten verwundert zu, wie der Ausländer den Risotto, den er wohl für Milchreis hielt, mit einigen Löffeln Marmelade zu versüßen versuchte.

Casino und Hotel «Monte Carlo», um 1930

Als er abends in Monaco ankam, ließ er sich mit der Pferdedroschke in eine nette Pension namens «Villa Radium» am Boulevard des Moulins fahren. Am nächsten Morgen schien eine stechende Sonne. Nach dem mageren Frühstück setzte sich Stanislaus Kurz seinen Strohhut auf und legte den langen Weg zu den «Jardins Saint Martin» zu Fuß zurück. Zur Orientierung diente ihm der Stadtplan in Baedekers Reiseführer «Riviera und Südost-Frankreich».

Unterwegs machte er vor einem Früchtestand halt und wunderte sich, dass hier schon vor den Herbstmonaten reife Feigenkakteen feilgeboten wurden.

Er kaufte sich ein paar dieser rot-gelben, mit «Figues de barbarie» angeschriebenen Früchte und setzte sich damit auf die nächste Sitzbank. Er schälte sie mit seinem Taschenmesser so geschickt, dass keine Widerhaken in seinen Fingern stecken blieben. Dann verschlang er das süßsaure Fruchtfleisch mit einer derartigen Lust, dass der herunterrinnende Saft seinen hellen Leinenanzug bekleckerte.

Augustin Gastaud, der Obergärtner des monegassischen Fürstenhauses, welcher mit Ing. Alois Kurz vor Ausbruch des Großen Krieges korrespondiert hatte, empfing Stanislaus Kurz zur Mittagszeit im Ozeanografischen Museum. Nach einem kurzen gemeinsamen Spaziergang im botanischen Garten von St. Martin fuhren sie mit einem lindgrünen Panhard über die Rue Grimaldi und die Avenue de Monte Carlo zum Casino. Sie gingen ins «Hôtel de Paris», das nach Meinung von Monsieur Gastaud ein vorzügliches Restaurant unterhielt.

Als sie den Prunkbau betraten und in den Empire-Speisesaal geführt wurden, war Stanislaus Kurz von dessen luxuriöser Pracht überwältigt. Sie erinnerte ihn an die kaiserliche Üppigkeit, die er von den Sommerfrischen in Karlsbad und Marienbad sowie von Abbazia an der österreichischen Riviera her kannte. Der Essraum mit seinem überwölbten Mitteltrakt, den Marmorsäulen und den Seitenarkaden hatte die Schwülstigkeit des Fin de Siècle. Flachbögen schwangen sich von einem Pfeiler zum anderen, und Karyatiden mit prallen Brüsten stützten die Säulenkapitelle mit dem aufliegenden Gebälk.

Der Raum schien ihm eine Ode an den botanischen Garten zu sein. Überall glitzerte goldenes Laubwerk auf tannengrünem Grund. Griechische Akanthusblätter, napoleonische Lorbeerranken und römische Rosetten zierten Schmuckkapitelle, Bogenlaibungen und Gewölbekappen. Auf dem Silber der mit Limoges-Porzellan gedeckten Tische spiegelten sich die Palmetten der funkelnden Empire-Lüster und die drei nackten Grazien des Wandbildes. Gigantische Blumengestecke mit gelben Rosen, Iris und Asparagus erfüllten den Raum mit einem dezenten Duft.

Der Obergärtner, ganz in Schwarz gekleidet, mit Melone und blütenweißem Vatermörder altmodisch, aber adrett gekleidet, hatte etwas Aristokratisches. Stanislaus Kurz fühlte sich in seinen sportlichen Knickerbockern leicht deplatziert, und er bewunderte die Eleganz der anderen Gäste mit dem lustvoll distanzierten Gefühl eines Schlüssellochguckers.

Monsieur Gastaud versuchte ihm zu erklären, dass es sich bei den Herrschaften am Nebentisch um die berühmte französische Dichterin Colette handle, die im «Hôtel de Paris» unter dem Namen Madame Thevault logierte. Sie speiste mit Prinz Léon Radziwill. Die Namen sagten Stanislaus Kurz nichts; selbst die Anwesenheit des Königs und der Königin Aman Oullah von Afghanistan ließ ihn unberührt.

Stanislaus Kurz wunderte sich immer mehr, dass sein Vater in der Lage gewesen war, mit dem Obergärtner in Briefwechsel zu stehen, zumal die Deutschkenntnisse des Monegassen für einen Gedankenaustausch unzureichend waren. Aber beide Männer bemühten sich um ein nettes Tischgespräch. Sie unterhielten sich in einem amüsanten Kauderwelsch aus Französisch, Deutsch und Spanisch über die wirtschaftlichen Schwierigkeiten und Entbehrungen der vergangenen Jahre. Nach längerem Radebrechen hatte der Obergärtner den glänzenden Einfall, die Verständigung mit lateinischen und altgriechischen Eigenschaftswörtern zu erleichtern, die sie beide der botanischen Nomenklatur entlehnen konnten.

Der Garçon in Livree brachte die ledergebundenen Wein- und Speisekarten herbei. Monsieur Gastaud bemerkte, dass sein junger Gast mit leerem Blick über dem französischsprachigen Text brütete.

«Ich empfehle Ihnen le grand menu du jour», sagte Monsieur Gastaud. «Wenn Sie rotes Fleisch lieben, recommendiere ich ‹éguilletes de boeuf à la mode›. Das ist der plat préféré von roi Gustave V de Suède.» Er las ihm das Menü auf Französisch vor.

Petite marmite
Homard à la gelée au Champagne
Eguillettes de boeuf à la mode aux quatres purées
Salade de Mesclun
Vasque de fraises
Corbeille de frivolités

Monsieur Gastauds böhmischer Gast verstand kein Wort. Dennoch war Stanislaus Kurz darauf bedacht, fremde Welten auch kulinarisch zu erfahren.

«Dazu trinken wir noch eine Coupe de Champagne und eine Flasche ‹Château Latour Pauillac, millésime 1899›. Lieben Sie Bordeaux?», fragte Augustin Gastaud. Stanislaus Kurz, der nur mildsüßen Dalibor und česká aus Böhmen kannte, zuckte mit den Achseln und meinte: «Ich kenne die französischen Weine noch nicht. Ich lasse mich gerne überraschen.»

Der französische Obergärtner bestellte und versuchte zu erklären, welche Spitzenjahrgänge der Bordelais aus der Vorkriegszeit unter den endlosen Kellergewölben des «Hôtel de Paris» lagerten. Während dieser umständlichen Erläuterungen ließen sie sich die Vorspeisen servieren, und Stanislaus Kurz trank dazu seine erste Coupe de Champagne – einen trocken prickelnden «Mumm Crémant de Cramant».

Die «petite marmite» entpuppte sich als goldgelbe Fischsuppe und schien, dem entzückten Gesichtsausdruck Stanislaus Kurz' nach zu schließen, die vielleicht köstlichste Komposition zu sein, die er je in seinem Leben genossen hatte. Der markige Grundton von frischen Tomaten, nativem Olivenöl, Knoblauch und Safran verschmolz mit den ätherischen Obertönen der Sonnenkräuter, Lorbeerblätter und Anissamen zu einem provenzalischen Geschmacksklang, der mit den feinen Fleischstückchen der Knurrhähne, Krabben und Seeteufel jene unverwechselbar temperierte Gaumenstimmung der «soupe de poissons» schuf.

Monsieur Gastaud bemerkte Stanislaus Kurz' stille Begeisterung und schöpfte ihm einen zweiten Teller nach. Alsdann gingen sie zum «Homard à la gelée au Champagne» über. Das in glitzernder Gelatine aufgewartete Hummerfleisch bereitete ihm ein derart überraschendes Erlebnis, dass er, irritiert von der fremden Konsistenz mit dem leicht federnden Biss, nicht in der Lage war, den feinen Geschmack einzuordnen.

Der Kellermeister brachte die Bordeaux-Flasche, entkorkte sie und schenkte Monsieur Gastaud den purpurfarbenen Wein zur Verkostung ein. Dieser roch am Glas, nahm einen herzhaften Schluck und schaute den Kellner nickend an. Dann erhob er das tulpenförmige Glas und sagte zu Stanislaus Kurz nicht «A votre santé!», sondern «Que Dieu benisse Monsieur votre père!».

Stanislaus Kurz wollte sich keine Blöße geben und machte deshalb jede Handbewegung von Monsieur Gastaud nach. Er schnupperte, die Hakennase tief im Bordeaux-Kelch, als hätte er es mit einer frischg geöffneten Trichterblüte zu tun. Er atmete ein Bukett aus Cassis und reifen Brombeeren ein, das für ihn den warmen Tenor eines Violoncellos hatte. Zu diesem Cantus firmus stimmten sich, bei nochmaligem Einatmen, tatsächlich balsamische Aromen

Im botanischen Garten von Monaco

der Echinopsenblüten ein, die gleich einer Oboe den Kontrapunkt setzten. Stanislaus Kurz war entzückt, seine Augen glänzten. Er nahm, wie Monsieur Gastaud, einen Schluck, mit dem er Zunge und Gaumen sanft umspülte. Der lange Abgang überraschte ihn – die zerbrechlichen Anflüge von Vanille und Harz waren verweht, der Kontrapunkt einem kantigen Nachklang gewichen.

«Er ist noch sehr jung», sagte Monsieur Gastaud, als wollte er sich für das ganze Gut «Château Latour» entschuldigen.

Die «Eguillettes de boeuf à la mode» waren für Stanislaus Kurz schlichtweg ungenießbar. Nach der ersten Gabel ließ er die noch blutigen Rindsfiletstreifen angewidert stehen und kostete die pürierten Kartoffeln, Eierfrüchte, Courgetten und Karotten.

Wie kann sich ein Hotel dieses Renommees nur leisten, den Tafelspitz so lieblos zu kochen, dass die feinen Streifen innen noch rot sind?, dachte er sich, lächelte höflich und wartete gespannt auf die «Salade de Mesclun», die er sich als kalten Fischsalat vorgestellt hatte.

Die Enttäuschung war groß. Der Garçon servierte eine Mischung von verschiedenen Blattsalaten, Brunnenkresse und Endivien, die an einer für Stanislaus Kurz viel zu pikanten Senfsauce angemacht war. Der Maître de service musste das enttäuschte Gesicht des jungen Gastes bemerkt haben, denn er kam zum Tisch und versuchte ihm in einem honigsüßen Tonfall zu erklären, dass «Mesclun» das provenzalische Wort für «Gemischtes» ist.

Die «Vasque de fraises» war ein überwältigender Aufbau von glänzenden Erdbeeren. Stanislaus Kurz genoss die gekühlten Früchte mit der dicken Sahne, die vom Springbrunnen-Arrangement wie ein weißer Lavastrom zäh herunterfloss. Plötzlich, innerhalb von Sekunden, schlug die Herzenslust in Übelkeit um. Stanislaus Kurz wurde weiß wie Schlagrahm. Monsieur Gastaud bemerkte sein Unwohlsein und nannte es «Herzweh». Auf die kleinen mintgrünen und veilchenblauen Patisserien, die zum Kaffee im versilberten Porzellan serviert wurden, musste Stanislaus Kurz verzichten.

Am späteren Nachmittag ließ er sich von Monsieur Gastaud mit seinem lindengrünen Panhard zum Felsen von Monaco zurückführen, um dort einen Verdauungsspaziergang im exotischen Garten zu machen.

«Attention, der jardin exotique ist en construction. Sehr gefährlich», sagte der Obergärtner und verabschiedete sich.

Stanislaus Kurz atmete die frische Meeresluft bis in die Spitzen seiner Lungenflügel ein. Er fühlte sich bald besser und ging zum

Eingang des botanischen Gartens. Unterwegs blieb er unter einer Strandkasuarine *(Casuarina equisetifolia)* stehen und sah sich die blattlosen Rutenzweige mit den zapfenförmigen Blütenständen an. Der frische Geruch der Pflanze erregte ihn wie wollig behaarte Kakteen, und er saugte diesen für ihn fast aphrodisischen Duft mit offensichtlicher Wollust ein. Nach einer Weile ging er im steilen Felsengelände weiter und verstand, was Augustin Gastaud gemeint hatte: Die dreizehn Jahre zuvor von Fürst Albert I. von Monaco veranlassten Gartenarbeiten, die während der Kriegsjahre hatten eingestellt werden müssen, waren wieder aufgenommen worden und hatten den Felsen von Monaco in eine wilde Baustelle verwandelt.

Stanislaus kletterte im warmen Abendlicht über unbehauene Felsen, zurückgelassene Baumaschinen und Holzbretter und gelangte so zur imposanten Gruppe der Säulenkakteen. Er balancierte auf den unendlich langen Schattenstreifen der Cereen und Trichocereen, hielt mit der waagerecht gehaltenen Fritzkrücke das Gleichgewicht und stolperte einige Augenblicke später über die verästelten Schatten der afrikanischen Wolfsmilchgewächse, die den Weg wie kolossale Kandelaber säumten.

Am Fuße einer *Neobuxbaumia polylopha* blieb er stehen und ließ seinen Blick den endlosen Stamm hinaufgleiten. Alsdann schloss er die Augen und sah viele rote kleine Ringe, die wie Feuerbälle langsam in einen dunklen Abgrund stürzten; im Himmelblau tanzten geradezu unanständig pralle, fleischfarbene Kaktusblüten. Stanislaus Kurz war wieder auf Reisen und hielt die Zeit an. Er verwandelte die summenden Kreiselwespen und brummenden Holzbienen in schwirrende Kolibris, horchte auf das rasche Zirpen der Zikaden und vernahm dabei das Rascheln der Klapperschlangen. Dann hörte er das Rumpeln der Gürteltiere, das Röcheln der Leguane sowie das ferne Heulen eines Kojoten.

Stanislaus besichtigte die Anlage wie ein Mondwandler. Er zitterte vor Erregung und sprang von einem Baum zur anderen. In seinem Kopf drehte sich die binäre Nomenklatur der Sukkulenten wie das Roulette um Rot und Schwarz. Die Realität des exotischen Gartens hatte seine mexikanischen Träume ein Stück weit eingeholt.

Von Kaktus zu Kaktus jagend, blieb er vor einer kapitalen *Opuntia ficus-indica*, einem gemeinen Feigenkaktus, stehen. Die Farbe seiner fetten Stängelglieder, die sich wie flachgeklopfte Keulen präsentierten, pendelte, im Wechsellicht des abendlichen Wolkenhimmels, zwischen puderigem Blaugrün und frischem Meergrün. Stanislaus zog ein kleines in Leinen gebundenes Notizbuch aus der Rocktasche und machte sich Aufzeichnungen über den Habitus des Kaktus. Er beugte sich über die unteren Stängelglieder (Stanislaus Kurz nannte sie in seinen Aufzeichnungen niemals Glieder oder Flachsprossen, sondern immer Kladodien oder Platykladien) und bemerkte unter den verholzten Teilen einige Skelette – abgestorbene Pflanzensegmente, die von der mediterranen Sonnenglut so lange ausgemergelt worden waren, bis nur noch das vertrocknete Netzwerk der Leitgefäße übrig geblieben war.

Aus den alten, wie von Gicht befallenen Segmenten schossen hellgrüne Triebe mit weichen, dornförmigen Blättern. Die Vitalität dieser Triebe schien den ganzen Pflanzenbestand in ein Magnetfeld einzuschließen. Der Feigenkaktus hatte die urweltliche Anmutung eines Dinosauriers, eines Tyrannosaurus, eines vegetabilen Lemuren, der den umliegenden Araceen und Agaven die Lebenskraft abzapfte.

Stanislaus Kurz trat nah an eines dieser Keulengebilde, das wie ein Schweinsohr aufgerichtet war und ihm eine kanariengelbe Blüte entgegenhielt. Er nahm sein Brennglas aus der Westentasche, hielt es über die Blüte, deren Blätter ringförmig um die Mittelachse lagen, und zählte die Staubblätter. Gedanklich war er derart tief in der Nektarkammer der Blüte versunken, dass er einen einsam und wie zufällig herbei flanierenden Herrn nicht bemerkte, der vor dem gewaltigen Kaktusbusch ebenfalls innehielt.

«Sie scheinen Fachmann zu sein. Lieben Sie Feigenkakteen?», fragte er Stanislaus Kurz auf Französisch. Dieser fühlte sich gestört und empfand die Frage, die er ohnehin nicht ganz verstand, als plumpe Anbiederung. Er schüttelte den Kopf und antwortete in einem gereizten Tonfall: «No le entiendo!»

Nach einem kurzen Wortabtausch in mehreren Sprachen unterhielten sich die beiden Männer auf Deutsch. Der Flaneur, so stellte sich bald heraus, war vor dem Großen Krieg als rechte Hand des «High Commissioner of Australia» in London tätig gewesen und hatte in diplomatischer Mission viel Zeit in Berlin verbracht.

Er gab sich als Agraringenieur aus und wiederholte nach der Gesprächseröffnung seine Frage von wegen Experte und Liebe zu den Feigenkakteen. Stanislaus Kurz erklärte ihm, dass er endlich Gelegenheit habe, viele freiwachsende Species ungestört zu betrachten.

Ohne gefragt zu werden, raunzte der Australier: «Ich hasse sie, diese Opportunisten, diese grenzenlosen Anpasser, von denen über zwei Dutzend Arten von Amerika nach Australien verschleppt wurden. Wir nennen sie ‹Prickly pears›, das heißt Stachelbirnen. Die werden uns alle überleben. Sie werden unsere Kulturen überkrauten und die Menschen ins Meer zurückdrängen. Wenn du das Unkraut ausrotten willst, schießt es dir seine gottverdammten Angelborsten in die Haut, die sich mit ihren unsichtbaren Widerhaken immer tiefer einbohren und dich in den Wahnsinn treiben. Du kannst dieses Unkraut aus dem Boden reißen, es mit einer Spitzhacke zerlöchern oder mit dem Messer zerschneiden, bis nur noch verstümmelte Sprossen am Boden liegen. Aber seine Wunden trocknen unter der Sonne ab, und jedes einzelne Segment schlägt wieder Wurzeln. Wenn du Jahre später nochmals hingehst, wird dir eine neue, noch größere Kakteenkolonie den Weg versperren …»

Das Thema der durch Opuntien hervorgerufenen Kalamitäten war für Stanislaus Kurz zwar nicht neu, schien ihn aber brennend zu interessieren.

«Weiß man eigentlich, wann die ersten Opuntien in Australien eingeschleppt wurden? Und waren es *Opuntia inermis?*», fragte er schüchtern.

«Das ist eine alte Geschichte. Eingeführt hat sie der erste Gouverneur von Neusüdwales, Marinekapitän Arthur Phillip. Als die ‹First Fleet›[2] 1787› in Rio de Janeiro angedockt war, kam er in den Besitz von Opuntien, die von Cochenille-Schildläusen *[Dactylopius*

---

2 Flotte von Schiffen, die am 13. Mai 1787 Portsmouth in England verließ, um Australien zu besiedeln. An Bord waren insgesamt 756 Strafgefangene und 550 Besatzungsmitglieder. Befehlshaber der elf Schiffe war Kapitän zur See Arthur Phillip.

coccus Costa] befallen waren. Vermutlich hatte er die Absicht, das mexikanische Monopol des Cochenille-Handels zu brechen und mit einer eigenen, australischen Produktion die Waffenröcke der britischen Kolonialsoldaten rot färben zu lassen. Außerdem wurden Opuntiensprossen wegen ihres hohen Wassergehalts auch als Viehfutter zur Überbrückung von Dürreperioden vorgesehen. Interessant ist, dass es sich bei diesen vor hundertfünfzig Jahren in den dazumal britischen Kolonien Australiens verwilderten Pflanzen anscheinend um *Opuntia monocantha* handelte und nicht etwa um *Opuntia inermis*, die heute die meistverbreitete Pestopuntie ist. Wann die anderen Species eingeführt wurden, wissen wir nicht genau.»

«Wie lange hat es gedauert, bis die Verwilderung der Kakteen offiziell als Landplage deklariert wurde?», erkundigte sich Stanislaus Kurz.

«Die erste staatliche Maßnahme erfolgte schon im letzten Jahrhundert. Die Regierung von Neusüdwales erließ 1886 ein Gesetz zur Vernichtung der Opuntien. Danach wurden Landeigentümer verpflichtet, auf ihrem Grundstück gefundene Kakteen auszumerzen.»

Stanislaus Kurz unterbrach die weiteren Ausführungen des Diplomaten: «Entschuldigen Sie, aber Sie scheinen ein persönliches Problem mit diesen Pflanzen zu haben!»

«In der Tat, ich habe ein sehr persönliches Problem. Das ganze Weideland meines Vaters im Bundesstaat Queensland ist von verwilderten Opuntien besetzt! Sie wuchern und wuchern, und jedes Jahr fressen sie uns einige tausend weitere Acres Land weg. Seit Jahren sind im Sommer die Brunnen leer. Die Kakteen saugen uns das Wasser aus dem Boden.» Die erste staatliche Maßnahme gegen den Feigenkaktus erfolgte 1886, als die Regierung von Neusüdwales den «Prickly-Pear Destruction Act» erließ. Dieses Gesetz machte die Eigentümer und Besitzer des Landes, auf dem die Pflanze gefunden wurde, für ihre Vernichtung verantwortlich.

Stanislaus Kurz wollte etwas einwenden, aber der Australier gab ihm dazu keine Gelegenheit. Er sprach weiter: «Das flache Wurzelwerk dieser Millionen von Opuntiengewächsen durchwirkt die alte Erde von Queensland und Neusüdwales mit einem gigantischen

Netzwerk. Schon um die Jahrhundertwende waren zehn Millionen Acres verpestet, das heißt vierzigtausend Quadratkilometer. Das entspricht in etwa der Fläche Dänemarks oder der Schweiz. Mittlerweile haben die Opuntien schon über 47 Millionen Acres [über 19 Millionen Hektar] in Beschlag genommen. Vierzig Millionen allein in Queensland und sieben Millionen in Neusüdwales. Australien ist für die Kakteen ein einziges Treibhaus. Nichts konnte sie bisher aufhalten; keine Dürren, keine Regenfluten, keine Feinde aus dem Tierreich.

Der ganze Kontinent scheint ihnen ausgeliefert zu sein. 1920 schätzten wir das Ausbreitungstempo der Pflanze auf hunderttausend Quadratkilometer pro Jahr.»

«Und, was tun Sie nun dagegen?», fragte Stanislaus Kurz.

«Wir tun alles, was möglich ist. Wir setzen Feuer, Gift und Krankheiten ein; aber das Unkraut verdirbt nicht!», sagte der Australier und zog die Augenbrauen hoch.

Stanislaus Kurz blickte auf die Seite und murmelte: «Die Natur lässt sich eben nur mit der Natur bekämpfen.»

Der Diplomat schaute den sonderbaren jungen Mann mit dem eleganten Gehstock verwundert an und schwieg einen Augenblick. Dann sagte er: «Besuchen Sie mich morgen im ‹Hôtel Métropole›, bitte. Ich muss mit Ihnen reden, es ist wichtig. Sagen wir um vier Uhr, zum Tee. Mein Name ist übrigens Reginald Attenborough.»

Stanislaus Kurz verneigte sich. «Angenehm, Kurz. Doktor Stanislaus Kurz.» Neugierig wie er war, fügte er nach einer kurzen Pause entschieden bei: «Gut, ich werde kommen.»

Schlag vier Uhr schritt Stanislaus Kurz am nächsten Tag beim Portier mit dem grauen Frack vorbei, der wie ein einsamer Pinguin vor dem Hotel stand. Er würdigte ihn keines Blickes und ging durch die schwere Drehtüre ins Foyer. Obwohl er in der vergleichsweise bescheidenen «Villa Radium» am Boulevard des Moulins logierte, fühlte er sich im «Métropole» gleich zu Hause. Er kreuzte Pagen mit himbeerroten, tortenrunden Mützen, geschäftige Portiers in Samtgehröcken und Zylinderhüten sowie Damen mit modischen Bubiköpfen und tiefgegürteten, exotisch bestickten Tageskleidern. An der Empfangsloge standen zwei weniger junge Damen mit angewinkeltem Spielbein und trommelten mit ihren langen, scharlachroten Krallen auf den Tresen.

Die Szene erinnerte Stanislaus ans «Grand Hotel Pupp» in Karlsbad, wo die feine Welt einander modisch zu übertrumpfen versuchte.

Aus einem Salon floss das tonmalerisches Geplätscher eines Charakterstückes, dessen zweite Klavierstimme im Geraune der Gäste und im Geklimper des Porzellans unterzugehen schien. Stanislaus Kurz kannte diese seichte Kaffeehausunterhaltung aus Böhmen, wo moderne Ensembles in Pariser Besetzung «Karneval in Flandern», «In der Waldschmiede» oder «Die Köhlerin ist trunken» spielten. Schwaden von Tabakrauch mit einem Hauch von Zedernholz wehten an ihm vorbei und vermischten sich mit den floralen Parfumwolken von «L'heure bleue». Für ihn war das der sündige Wohlgeruch der langen Prager Nächte, dessen fruchtige Note mit einem Anflug von Vanille und Tonkabohne sich wiederum mit der Erinnerung an den betörenden Duft seiner Echinopsenblüten vermischte. Seine Nasenflügel zitterten wie dazumal, als er die Nase in die langen Trichterblüten steckte und im Geruch Lateinamerikas schwelgte.

Stanislaus Kurz schaute zwei zierlichen jungen Damen mit Bubikopf-Frisuren nach und versuchte, ihre englischen Pieptöne zu verstehen. Während sie wie aufgescheuchte Flamingos über den

Hotel Métropole, Monte Carlo

türkisblauen Teppich trippelten, lange Arabesken zogen und ihre Tuniken aus Musselin-Seide im Luftzug flattern ließen, trapste ihnen eine kurzbeinige Dame wie ein flügellahmer Schwan nach und gluckste im Havannarauch der dicken Herren, die breitbeinig in Lederfauteuils saßen.

Reginald Attenborough kam mit ausgebreiteten Armen auf Stanislaus Kurz zu und begrüßte ihn überschwänglich. Er führte ihn auf die Terrasse, wo sie an einem Ecktisch Platz nahmen.

«Tee?», fragte Herr Attenborough und bestellte gleich, ohne eine Antwort abzuwarten, zwei Portionen russischen Tee, Milch und frisches Gebäck.

«Sie sind hier im Urlaub, Doktor Kurz?»

«Nein, auf der Durchreise nach Mexiko.»

Der Australier schaute ihn verwundert an. Die beiden Männer plauderten daraufhin über Mexiko. Reginald Attenborough überschüttete seinen Gast mit Fragen über die Pflanzenwelt. Je mehr der Australier wissen wollte, desto zutraulicher wurde der Böhme.

«Gestern sagten Sie mir, dass man die Natur nur mit der Natur bekämpfen sollte. Was meinten Sie damit genau, Doktor Kurz?»

Stanislaus Kurz wich dem Blick seines Gegenübers aus, schaute auf den Boden und antwortete: «Ich dachte, dass man in Australien versuchen könnte, Kakteen mit Kakteen zu bekämpfen.»

«Das verstehe ich nicht», sagte der Australier.

«Vielleicht ließen sich die zu vernichtenden Kakteenarten durch eine gärtnerische Züchtung verdrängen, die selbst dornenlos und unfruchtbar ist.»

«Sehr interessant, Doktor Kurz. Warum fahren Sie nicht über Australien nach Mexiko?»

Stanislaus Kurz schaute ihn befremdet an, dachte lange nach und sagte dann betreten: «Ich wäre nie auf diese Idee gekommen.»

Attenborough konterte wie aus der Pistole geschossen: «Wir Australier brauchen dringend Biologen, Biochemiker, Botaniker, Entomologen, Ethnologen, Genetiker und Agronomen. Ich biete Ihnen eine Stelle als Volontär im Forschungslaboratorium von Sherwood bei Brisbane an. Ich bin übrigens Delegierter des ‹Queensland Department of Lands›, das eine Sonderkommission – die ‹Commonwealth Prickly Pear Control Commission› – zur

Bekämpfung der Opuntienplage in unserem Bundesstaat beschäftigt.»

Stanislaus Kurz fiel ihm ins Wort: «Ich weiß, dass *Opuntia inermis* und *Opuntia stricta* in Australien sehr invasiv sind. Aber das sind ja nicht die einzigen Pestkakteen in Australien. Was ist mit *Opuntia tuna, Opuntia bentoni* und *Opuntia vulgaris?*»

«Das sind nur andere, veraltete wissenschaftliche Namen für *Opuntia inermis* und *Opuntia stricta*», murmelte der Australier. «Aber Sie haben natürlich recht. Zu den Pestkakteen gehören auch *Opuntia aurantiaca, monacantha, tomentosa, streptacantha, imbricata* sowie *Harrisia martinii* und *Acantocereus pantagonus.* Darüber hinaus gibt es noch ein Dutzend weitere potenziell gefährliche Opuntienarten, die aber vorderhand unter Kontrolle sind.»

Stanislaus Kurz wurde neugierig: «Wie groß ist denn die Kolonie Queensland?»,

«Etwa so groß wie Mexiko. Die Landfläche beträgt knapp 668 000 Quadratmeilen, das heißt über 1,7 Millionen Quadratkilometer.»

Stanislaus Kurz schwieg, blickte aufs Meer hinaus und umklammerte die Teetasse. Bilder von Kakteen und Kängurus jagten durch seinen Kopf. Dann fasste er sich wieder und fragte fürwitzig: «Sind die Australier nie auf die Idee gekommen, Kakteen wirtschaftlich zu nutzen?»

«Die Farmer haben alles versucht. Zuerst dachten sie, man könne aus Opuntien Alkohol gewinnen. Sie sind aber bald darauf gekommen, dass ihr Zuckergehalt dafür viel zu gering ist und die Destillation unrentabel wäre. Abgesehen davon soll Kaktusschnaps entsetzlich schmecken. Auch die Produktion von Essig, Sirup und Hefe aus Kaktusfeigen erwies sich als Reinfall. Dann kamen unsere Ingenieure auf die absonderliche Idee, aus Kakteen Papier herzustellen. Aber die Papierqualität war miserabel, weil Opuntien, wie Sie sicher wissen, nur etwa sieben Prozent Faserstoffe enthalten. Nein, nein, Opuntien sind – wie sagen die Deutschen? – äh, Nichtsnutze. Nicht mal die Rinder mögen sie!», sagte der Australier und schüttelte den Kopf.

«Was hätte ich in Australien denn zu tun, wenn ich so fragen darf?»

Reginald Attenborough plusterte sich auf: «Uns helfen, die kontinentale Opuntienplage zu besiegen. Wir könnten den Forschungsauftrag auf Ihre Spezialkenntnisse zuschneiden und Sie später nach Mexiko delegieren, wo bereits eine Anzahl australischer Fachleute nach Kakteenfeinden suchen. Böhmische Botaniker haben im Australischen Bund Weltruf erlangt», sagte Reginald Attenborough.

Stanislaus Kurz zog eine Augenbraue hoch.

«Ja, Thaddäus Haenke, der Humboldt Österreichs, war der erste Böhme, der Ende des 18. Jahrhunderts seinen Fuß auf australischen Boden setzte.»

«Das wusste ich nicht», gab Stanislaus Kurz unumwunden zu. «Und heute, gibt es viele Böhmen in Australien?»

«Keine Ahnung, aber ein paar hundert werden es wohl sein», erwiderte der Diplomat.

Stanislaus Kurz war verlegen und zerbröselte ein Stück Madeleine zwischen den Fingern.

«Wann könnte ich nach Australien reisen, ich meine, wie sehen Sie den zeitlichen Horizont?»

«So schnell wie möglich. Ich empfehle Ihnen aber, vorher noch einen Umweg über die Kanarischen Inseln zu machen.»

«Nach Afrika?»

«Richtig. Dort soll es große Opuntienfelder geben, auf denen Cochenille-Läuse gezüchtet werden. Für die australischen Fachleute wäre es interessant zu erfahren, unter welchen Bedingungen der Schildlausbefall zur Vernichtung der Pflanzen führt.»

«Wie komme ich dorthin?»

«Keine Sorge, Stan! Wir organisieren für Sie alles. Ich fahre mit Ihnen nach Marseille. Im Konsulat des Vereinigten Königreichs machen wir dann einen Vorvertrag und besorgen die notwendigen Schiffstickets. Überlegen Sie sich alles in Ruhe! Wir sehen uns morgen wieder.»

Stanislaus stand wortlos auf, reichte dem Diplomaten die Hand und verließ fluchtartig das Hotel. Er fühlte sich überrumpelt und gleichzeitig geschmeichelt. Eine Reise nach Spanien, die Aussicht auf eine wissenschaftliche Tätigkeit in Australien … Stanislaus Kurz war durcheinander; alles schien ihm unwirklich: die knarrenden Droschken, die konversierenden Franzosen, die schreienden Straßenverkäufer, die lachenden Matrosen – sie alle waren Schattenfiguren, verselbstständigte Puppen eines mexikanischen Straßentheaters. Er ging wie trunken am Casino und am «Hôtel de Paris» vorbei, irrte durch die Straßen und gelangte schließlich zur «Villa Radium».

Das Treffen am nächsten Tag war kurz. Der Australier übergab Stanislaus einen Brief, der an den Generalkonsul des Vereinigten Königsreiches in Marseille adressiert war. Unter umständlichen Entschuldigungen erklärte Attenborough, dass er überraschend nach London müsse und deshalb leider nicht in der Lage sei, ihn nach Marseille zu begleiten.

Schon am nächsten Vormittag meldete sich Stanislaus Kurz im britischen Generalkonsulat an der Rue d'Arcole in Marseille und verlangte den Konsul General persönlich zu sprechen, um ihm das Empfehlungsschreiben von Mr Attenborough zu überreichen.

Der Empfang war kühl, und die Verständigungsschwierigkeiten waren groß. Der Generalkonsul war ein älterer Herr, der einen taubengrauen Anzug mit einer frischen Nelke im Knopfloch trug. Er nahm den Brief entgegen, klemmte sich ein Monokel in die Augenhöhle und las die Mitteilung.

Ohne mit der Wimper zu zucken, sagte er: «Wir sind über alles informiert, Doctor Kurz. Geben Sie uns bitte Ihren Reisepass! Da Sie nicht wissen können, wie lange Sie sich in Australien aufhalten werden, erhalten Sie ausnahmsweise ein unbefristetes Visum.»

Stanislaus Kurz verstand nichts. Darum ersuchte ihn der Generalkonsul Platz zu nehmen und sich einen Moment zu gedulden. Nach einer ungebührlich langen Wartezeit kam der Diplomat in Begleitung einer jungen Dolmetscherin zurück.

«Ich hatte vorhin das Wort ‹Exception› verstanden. Warum bin ich eine Ausnahme?», fragte Stanislaus Kurz.

Der Diplomat nuschelte ein paar unverständliche Sätze, und die junge Dame übersetzte: «Die Einwanderungspolitik des ‹Commonwealth of Australia›[3] ist restriktiv geworden. Die Bundesregierung hat für alle Länder Europas, außer für Großbritannien, Ein-

3 Offizieller englischer Name für Australien

wanderungsquoten gesetzt. Für tschechoslowakische Staatsbürger sind es gemäß dem Kontingent des diesjährigen ‹Immigration Acts› genau dreihundert Personen pro Jahr. Außerdem muss jeder Einwanderer, der in Australien keinen Bürgen hat, vierzig Pfund Landegeld aufbringen können. Aber das betrifft Sie nicht. Sie sind Gast der Universität Brisbane.»

Stanislaus Kurz bekam das Visum Nr. 229 und ein Schiffsticket «London–Sydney», das er gleich bezahlen musste. Schüchtern erkundigte er sich nach dem Zusatzticket für die Reise nach den Kanarischen Inseln. Der Generalkonsul schüttelte den Kopf, entschuldigte sich und meinte, dass es sich hierbei um ein Missverständnis handeln müsse. Von einem Vorvertrag war auch keine Rede mehr.

Stanislaus Kurz war enttäuscht, aber nichts hielt ihn davon ab, trotzdem nach den Kanarischen Inseln zu fahren. Bis zur Verschiffung nach Australien hatte er noch über einen Monat Zeit. Er ging in ein Café, trank am Tresen einige Gläser fades französisches Bier und dachte mit aufgestütztem Kopf über seine ungewisse Zukunft nach. Dann ging er zum Bahnhof und fuhr noch gleichentags nach Barcelona weiter.

Cochenille-Ernte auf Lanzarote

Stanislaus Kurz war glücklich, nach der langen Segelfahrt auf dem spanischen Dreimaster «Diana» endlich wieder festen Boden unter den Füßen zu haben. Arrecife, der Hauptort Lanzarotes, sah nicht wie eine richtige Stadt aus, der Ort glich eher einer Ansammlung von weißen Kalkkuben am Rande der Wüste. Er schlenderte an Häusern mit knallroten und azurblauen Haustüren und Fensterprofilen vorbei. Einige Türen der ärmlichen Häuser waren halb offen. Aus den finsteren Wohnhöhlen drangen Kindergeplärr, Tiraden von keifenden Frauen und mitunter helle Gitarrenklänge. Genau so hatte er sich Vera Cruz in Mexiko vorgestellt.

An der Seepromenade blieb er vor den behäbigen Häusern mit kastanienbraunen Holzbalkonen, Schiebefenstern und Faltwerktüren stehen, als würde er in den Fassaden lesen können, und er guckte durch die Jalousien, hinter denen ihm fächelnde Mexikanerinnen zuzublinzeln schienen.

Unweit vom Hafen von Naos, an der Spitze einer winzigen Halbinsel, sprach ihn ein schwarzhäutiger Mann an und erklärte ihm, dass dieser Ort «Punto del camelo» heiße, weil hier früher Kamele aus Spanisch-Marokko und Rio de Oro an Land gebracht worden seien. Der Afrikaner war ein würdiger Mann, der sich Alfonso nannte und aus Mauretanien stammte. Kein Zweifel, Stanislaus Kurz war in Afrika.

Don Alfonso pfiff zwei Gepäckträger herbei und führte ihn zum «Hotel Oriental», das angeblich die beste aller fünf Herbergen der Insel war. Stanislaus Kurz bezog ein hübsches, weiß gekalktes Zimmer mit einer unendlich hohen Decke. Der junge Reisende war stolz darauf, mit dem Gastwirt Spanisch radebrechen zu können. Er war der einzige Gast in der Herberge und erfuhr, dass sich hier, außer Beamten, Offizieren und Händlern, nur selten Fremde aufhielten. »Warum sollten sie auch nach Lanzarote kommen?», sagte der Spanier. «Hier gibt es nur Asche, Zwiebeln, Wein und Schildläuse.»

Vor Mitternacht ging Stanislaus in den menschenleeren Speisesaal hinunter und bestellte einen Teller Fischsuppe. Danach aß er in Meerwasser gegarte Pellkartoffeln, die «Papas de arrugadas» hießen und ihm so gut wie Kartoffelknödel schmeckten. Dazu trank er strohgelben, hochprozentigen Wein, der Aromen von Lakritze und verbrannter Erde hatte.

Am nächsten Tag verließ Stanislaus das «Hotel Oriental» um fünf Uhr früh und schritt der Küste entlang. Er kam an Salinen vorbei, die sich am Ufer erstreckten. Obgleich er mehrere Tage auf See gewesen war, hatte er den intensiven Geruch des Atlantiks noch nie so stark wahrgenommen. Er genoss diese würzigen Geruchsschwaden von Algen, Sole und Jod, die ihm der Passatwind ins Gesicht schlug. Er setzte sich auf den Boden, lehnte mit dem Rücken an einen Drachenbaum *(Dracaena draco)* und schaute auf die Salinen, die von Windmühlen mit frischem Meerwasser gespeist wurden.

Die zu einem gigantischen Schachbrett zusammengesetzten Becken sahen wie große Treibhausfenster aus. Jeder einzelne Salzgarten war ein Himmelsspiegel, ein Widerschein von glitzernden Sonnenstrahlen und trägen Wolken. Und jeder Salzgarten bildete ein mit schwarzem Sand abgegrenztes Farbfeld einer Malpalette mit schimmernden Pastelltönen, die von Perlmuttsilber und Azurblau über Muschelrosa bis hin zu gebrannten Erden reichten. Neben den Becken standen Ketten von konischen Salzbergen, die in der Sonne wie verschneite Vulkane gleißten. Weiß vermummte Arbeiterinnen mit Palmstrohhüten bewegten sich sachte zwischen den Becken und wedelten mit ihren langen Holzrechen, so als seien es Blindenstöcke. Das von den Salzkristallen gespiegelte Sonnenlicht hatte sie offensichtlich schon vor Jahren geblendet.

Stanislaus Kurz kramte aus seiner Rocktasche ein altes Buch über Lanzarote hervor, das er bei einem Händler in Barcelona erstanden hatte, und vertiefte sich darin. Was er über Vulkanismus las, faszinierte ihn umso mehr, als er sich in Böhmen mit den Schichtvulkanen des Egerer Beckens befasst und in Prag Vorlesungen in Geologie belegt hatte.

«Am 1. September 1730, zwischen neun und zehn Uhr abends, öffnete sich in der Nähe von Timanfaya plötzlich die Erde. Aus ihrem Schoß erhob sich ein gewaltiger Berg, aus dessen Gipfel Flammen loderten, die 19 Tage unaufhörlich brannten.

Wenige Tage später öffnete sich ein neuer Schlund, aus dessen Innerem unermessliche Lavaströme herausflossen, die sich tobend über Timanfaya, Rodeo und einem Teil der Mancha Blanca ergossen. Die Lava verschlang die Dörfer; anfänglich sprudelnd und schnell wie Wasser, später zäh und schwer wie Honig. Unter gewaltigem Donner erhob sich ein neuer Fels, der den Fluss der Lava änderte. Nun floss sie nicht mehr nach Norden, sondern westwärts. Sie erreichte die Dörfer Macetas und Santa Catalina und malmte sie nieder.

Am 11. September erneuerte sich die Gewalt der Lava. Sie bedeckte und verbrannte das Dorf Mazo und stürzte danach acht Tage lang als feuriger Katarakt unter furchtbarem Tosen ins Meer, sodass tote Fische in riesigen Mengen an der Oberfläche schwammen oder ans Ufer geworfen wurden. Das dauerte acht Tage. Nachher beruhigte sich alles, und die Eruption schien vorüber zu sein. Am 18. Oktober bildeten sich indessen drei neue Schlunde über dem verwüsteten Dorf Santa Catalina. Rauchwolken quollen heraus und verbreiten sich über die ganze Insel. Sie trugen Asche mit sich, und überall fielen dicke Wassertropfen. Finsternis, Asche und Rauch schlugen die Einwohner von Yaiza und Umgebung mehr als einmal in die Flucht. Aber sie kehrten jeweils zurück, weil dieser Explosion keine weiteren Zerstörungen folgten. Zehn Tage später fiel das ganze Vieh tot um. Der stinkende Dunst hatte es erstickt. Vom 1. bis zum 20. November stiegen Rauch und Asche aus den Kratern.

Am 27. November wälzte sich ein neuer Lavastrom mit unglaublicher Geschwindigkeit den Berg hinunter. Er erreichte das Meer am 1. Dezember und verfestigte sich zu einer Insel, um die tote Fische schwammen. Am 16. Dezember veränderte die Lava unerwartet ihre Richtung. Sie lief nicht mehr ins Meer, sondern südwestlich und verbrannte dabei die Gemeinde Chupadero und verwüstete anschließend die fruchtbare Ebene von Uga. Dort machte sie halt und erkaltete.

Am 7. Januar 1731 verschlangen neue Eruptionen die alten

Krater. Aus zwei Öffnungen quoll Lava, begleitet von großen Rauchwolken. Aus ihnen zuckten rote und blaue Blitze. Es donnerte. Das erschreckte die Inselbewohner umso mehr, als sie den Donner nicht kannten. Am 10. Januar erhob sich aus den Erdspalten ein neuer Berg, der noch am gleichen Tag in sich zusammenstürzte. Ein Stein- und Aschenregen fiel auf die ganze Insel, und die Lava suchte sich ihren Weg durch den ‹Malpais›, bis sie das Meer erreichte. Am 7. März bildeten sich gleichzeitig sieben Kegel. Tingafa wurde zerstört. Am 4. Juni barsten drei Feuerschlünde. Das Beben, der Donner und die Flammen schreckten die ganze Insel. Das geschah in der Nähe von Timanfaya. Die Öffnungen vereinigten sich zu einem einzigen, riesigen Kegel. Die Lava stürzte sich ins Meer. Aus einem Krater schoss Asche, und aus einem zweiten stieg ein weißer Dampf, den man so bisher nie gesehen hatte. Das Meer hatte gekocht.

Am 21. Januar erhob sich ein unermesslicher Berg, viel höher als alle anderen, und verschwand gleichentags wieder im eigenen Krater. Dabei erfolgte die schrecklichste Explosion, die die Insel seit dem Anfang der Eruptionen erlebt hatte. Die ganze Insel widerhallte vom Getöse des verschwindenden Berges, der mit Aschen und Steinen zugedeckt wurde.

Am 18. Juni erhob sich ein neuer Kegel, der höchste unter denjenigen, die auf den Ruinen von Mazo, Santa Catalina und Timanfaya hervorgebracht worden waren. An seiner Flanke öffnete sich ein Krater und warf Flammen und Aschen, derweil ein anderer, bei Mazo gelegener Berg einen dicken, weißen Dampf ausstieß, wie man ihn bis anhin nie gesehen hatte. Das ganze westliche Ufer der Insel war mit toten Fischen belegt, und unter ihnen waren die seltensten und außergewöhnlichsten Arten, die kein einziger Insulaner kannte. Aus dem Ozean stiegen Flammen und Rauchmassen auf, begleitet von heftigen Detonationen.

Während der Monate Oktober und November folgten sich die Eruptionen ziemlich überall, und am 25. Dezember 1731 – welch traurige Weihnacht! – wurde die ganze Insel vom heftigsten Beben erfasst, das seit Beginn des Desasters vermerkt wurde. Am 28. Dezember ergoss sich ein riesiger Lavastrom eines neuen Kraters über Jaritas, das wie San Juan Bautista bei Yaiza zerstört wurde …»

Stanislaus legte die Aufzeichnung von Padre Don Andres Lorenzo Curbelo, Pfarrer der Gemeinde Yaiza, beiseite und schloss die Augen. Er sah sich mit seiner Mutter und Maria Sklodowska, der späteren Madame Curie, im radioaktiven Radonheilbad am Fuße des Keilbergs schwimmen und spürte, wie die heilsamen Strahlen seinem Klumpfuß schmeichelten. Dann hörte er ein böses Grollen und Rumpeln aus dem Innersten des Berges kommen. Der Vulkan rumorte immer lauter, und die dampfende Kegelspitze schleuderte urplötzlich unter ohrenbetäubendem Getöse und Gezische schwarze Lavatrümmer und weißglühende Pechsteinbrocken in die Luft, die krachend in das hintere Treibhaus einschlugen.

Er öffnete die Augen, wischte sich den Schweiß von der Stirn und lockerte seine seidene Halsbinde. Dann schritt er weiter durch die Mondlandschaft mit violetten Bergen. Er kämpfte gegen den steifen Küstenwind, stolperte dabei mehrmals über das Geröll von Bims und Basalt und zerschnitt sich die Hände an den messerscharfen Kanten der Lavasteine. Rundherum gab es Abgründe aus pechschwarzem, versteinertem Gletschereis, auf dem sich stellenweise Tabaiba-Sträucher wie Schimmelpilze ausbreiteten. Er ging lange Zeit auf den Rändern der Krater, stieg über Schlackenberge und durchquerte Lavafurten.

Lanzarote schien ihm streckenweise gespensterhaft, tot. Von den prachtvollen Vogelarten, die es auf den Kanaren geben sollte, hörte er nicht das leiseste Piepsen. Die Kanarienvögel *(Serinius canarius)*, Kanaren-Schwanzkehlchen *(Sxicola dacotiae)*, Raubwürger *(Lanius excubitor koenigi)* und Kanarenpieper (*Anthus berthelotii)* schienen allesamt verflogen zu sein. Selbst die Kaninchen, die hier die Stämme der spärlich und kümmerlich wachsenden Bäume annagten, waren unsichtbar. Nur einmal schreckte er eine Kragentrappe *(Chlamydotis undulata)* auf, die sich in einem jener unzähligen künstlichen Bodentrichter aufhielt, in denen die Bauern ihre Weinstöcke im Windschatten zogen. Der Laufvogel rannte wie ein kleiner Strauß weg und verschwand hinter der schwarzen, halbkreisförmigen Steinmauer am Rande der Mulde.

Nach stundenlangem, beschwerlichem Gehen im offenen Gelände erblickte Stanislaus Kurz einen Feldweg, auf dem ein bulliger alter Mann und ein knochendürres Dromedar langsam dahinschritten. Er ging auf den Alten zu und erkundigte sich nach dem Weg zu den Opuntienplantagen.

Der Bauer war freundlich. Er band den kleinen Lederkoffer auf den Rücken des Dromedars und erklärte sich sofort bereit, Stanislaus Kurz zu den Opuntienfeldern zu führen. Auf Lanzarote schien alles steinig oder sukkulent zu sein. Der Weg führte an Vulkanhöhlen und kreideweißen Häusern vorbei, wo fetter Kanaren Hauswurz *(Aeonium lancerottense* Praeger) wie Schuppentiere auf den Dächern krochen und seltsame Wolfsmilchgewächse im Garten standen. Der Bauer erklärte ihm, dass er mit dem Latexsaft dieser Tabaiba-Sträucher *(Euphorbia balsamifera)* die Euter seiner Ziegen verklebe, damit sie von den durstigen Zicken nicht wund gesaugt würden. In alten Zeiten sei diese Wolfsmilch auch zur Konservierung von Leichen genutzt worden.

Plötzlich stand Stanislaus Kurz vor einem Feld mit Feigenkakteen *(Opuntia ficus-indica* [L.] Miller). Er musterte die armlangen Sprossachsen – Kladodien, wie er sie fachmännisch nannte –, die mit flauschigen Schildläusen vollkommen verwarzt waren.

Er stützte sich mit der Lende auf den Silberknauf seiner Fritzkrücke, zog ein Rasiermesser aus der Westentasche, klappte es auf und löste damit behutsam eine der linsengroßen Schildläuse vom erstbesten Kaktustrieb ab. Dann kramte er ein Brennglas aus einer Rocktasche und betrachtete damit das seltsame Tier auf der Klinge. Der kleine Kopf und der ovale Leib waren mit einem derart feinen Zwischenglied verbunden, dass sich Stanislaus Kurz nicht gewundert hätte, wenn sich der Körper mit den drei Beinpaaren selbstständig gemacht hätte. Er betrachtete die Cochenille sehr genau, nahm sie dann zwischen Daumen und Zeigefinger und zerrieb sie. Daraufhin betrachtete er mit sichtlicher Befriedigung seine purpurrot gefärbten Fingerkuppen, die im Sonnenlicht bläulich schimmerten.

«Benvenido, Señor!»

Stanislaus Kurz zuckte zusammen und sah sich einem untersetzten Herrn gegenüber. Mit seinen schwarzen Rosinenaugen blickte er Stanislaus Kurz freundlich an und fragte, ob er der Botaniker aus Ostmitteleuropa sei. Stanislaus blickte erstaunt auf und nickte. Der Einheimische streckte ihm die schweißfeuchte Hand zum Gruß hin und stellte sich vor: «Ich bin der Gutsbesitzer und heiße Jaime Béthencourt. Ich habe gestern Ihren Brief aus Barcelona bekommen. Fühlen Sie sich hier wie in Ihrem eigenen Garten.»

Der fremde Herr rieb sein glänzendes Doppelkinn. «Der Garten gehört heute Ihnen. Ich stehe für alle Fragen über die Cochenille-Zucht zur vollen Verfügung.»

Stanislaus Kurz bedankte sich mit ein paar angelernten spanischen Floskeln und sagte dann: «Darf ich den Herrn fragen, wie häufig hier die Kakteen gelaust werden?» Stanislaus Klein stellte die Frage so eindringlich, als erwarte er eine präzise, ausführliche Antwort.

«Ich gratuliere Ihnen zu Ihrem exzellenten Kastilisch, Señor! Wo haben Sie unsere Sprache erlernt – in Mexiko?»

«Ja genau, das heißt in Böhmen», stammelte Stanislaus Kurz verlegen.

Der Gutsbesitzer schaute ihn etwas irritiert an und ging auf die Frage ein: «Die Cochenille-Lese erfolgt zwei- bis dreimal pro Jahr

Cochenille-Schildläuse auf einer Opuntie

in den Sommermonaten, kurz vor der Eiablage jeder Lausgeneration, weil ihr Gehalt an Karminsäure in diesem Stadium am höchsten ist. Wenn die Läuse ihre Eier legen, bildet sich an der Bauchseite der Insekten ein weißes, flockiges Wachsgespinst, das die Eier schützend umhüllt. Den zur Zucht bestimmten Schildläusen pusten wir hingegen nach dem Ablegen der Eier den grauen Exkrementenstaub weg, damit sich der Nachwuchs besser entfalten kann. Nachdem die Jungen geschlüpft sind, sammeln wir die schwarzen Muttertiere ein und rösten sie. Diese vorzügliche Cochenille-Sorte nennen wir ‹negra›, weil sie pechschwarz aus dem Ofen kommt.»

«Sie verwenden also nur die Weibchen?»

«Natürlich, die kleinen, hellroten Männchen kreuchen und fleuchen und sind zu nichts nutze. Die Weibchen rühren sich hingegen kaum von der Stelle, an der sie ihren Saugrüssel einmal eingegraben haben. Sie bleiben auf ihren Eiern sitzen, bis sie sterben und vertrocknen. Die zurückbleibende leere Schale beschützt dann ihre letzte Eiablage.»

«Ich denke, die Produktion ist hier sehr bedeutend», sagte Stanislaus Kurz.

«Das war einmal, mein Freund. Im 19. Jahrhundert war die Cochenille-Zucht der Haupterwerbszweig der Kanarischen Inseln, nachdem ein Schädling unsere Reben verwüstetet hatte. Wir exportierten einige hundert Millionen Kilogramm pro Jahr. Aber nach der Erfindung der künstlichen Teerfarbstoffe in Deutschland fiel Ende des letzten Jahrhunderts die Nachfrage nach Cochenille zusammen. Heute leben wir am Rande des wirtschaftlichen Abgrunds. Auf Teneriffa und Gran Canaria sind die Produzenten deshalb auf Bananen- und Tomatenzucht umgestiegen.»

«Wie groß ist denn die Cochenille-Ausbeute?», wollte Stanislaus Kurz wissen.

«Wir ernten jährlich etwa dreihundertfünfzig bis vierhundert Kilogramm pro Hektar. Für ein Kilogramm Cochenille, das etwa fünfzig Gramm reines Karmin hergibt, werden rund 140 000 bis 400 000 Tiere benötigt.»

«Ich wundere mich, dass die Pflanzen bei diesem Parasitenbefall nicht absterben», bemerkte Stanislaus Kurz.

Der Gutsbesitzer lächelte und sagte: «Pflanzen und Cochenille-Läuse sind im Gleichgewicht. Aber hierfür haben wir eine Menge zu tun. Um die Pflanzen zu stärken, brechen wir im Frühjahr die jungen Triebe ab und sammeln später auch die Früchte ein. Dann sorgen wir durch die regelmäßigen Ernten dafür, dass die Läuse nicht Oberhand über die Opuntien gewinnen und ihnen den ganzen Lebenssaft aussaugen.»

«Ich habe gelesen, dass der rote Farbstoff die Cochenille vor Parasiten schützt. Ich nehme deshalb an, dass sie keinerlei Fressfeinde haben», bemerkte Stanislaus Kurz.

«Leider doch», sagte Señor Béthencourt. «Eine ganze Reihe von Marienkäferarten, namentlich *Coccinella* spp. und ein paar andere Schmarotzer stellen ihnen nach. In unseren Opuntienplantagen ist vor allem ein kleiner schwarze Glanzkäfer namens *Cybocephalus nigritulus* am Werk. Wenn wir welche miternten, rösten wir sie mit den Cochenille-Läusen einfach mit, weil sie mit dem Karmin ihrer Wirte vollgepumpt sind.»

Stanislaus Kurz wollte eine weitere Frage stellen, doch der Gutsbesitzer unterbrach ihn.

«Ich muss Sie leider verlassen, aber besuchen Sie mich bitte nach der Siesta in meinem Verwaltungsgebäude hinter der Windmühle, ich möchte Ihnen unsere besten Cochenille-Qualitäten zeigen», sagte er und entfernte sich.

Die Morgensonne stand schon fast im Zenit, und die Opuntien warfen unsichtbare Schatten auf den Tuffboden. Stanislaus Kurz schlenderte auf den Terrassenfeldern der Plantage und schaute mit Wollust den jungen Cochenille-Pflückerinnen nach, die alle windelweiße Stoffhauben trugen. Die breite Krempe umfasste das ganze Gesicht der jungen Frauen und versagte ihnen jeden Seitenblick. Sie schritten singend von Pflanze zu Pflanze und strichen jedem erreichbaren Spross die Läuse mit einer langstieligen Metallrakel liebevoll ab, die wie Sahnetropfen in die Sammelbüchsen aus Zinkblech fielen.

Um ein Uhr mittags waren die Terrassen der ganzen Plantage menschenleer. Stanislaus Kurz zog den verschwitzten Rock aus und setzte sich in den kurzen Mittagsschatten einer Windmühle. Er trank einen Schluck Malvasia aus seiner flachen silbernen Feld-

Cochenille-Ernte auf Lanzarote

flasche und aß ein paar gekochte Pellkartoffeln mit drei Stück Zucker. Zur Nachspeise genoss er eine Kaktusfeige, die er am Wegrand von einer *Opuntia ficus-indica* gepflückt hatte. Dann legte er sich rücklings auf den schwarzen Boden und kniff die Augen zu. Wie vor Jahren in Wildstein sah er viele rote kleine Ringe, die wie Feuerbälle langsam in einen dunklen Abgrund stürzten; dann blinzelte er, und im tiefen Himmelblau zeichneten sich die Konturen von riesigen Kakteensprossen ab. Stanislaus Kurz war wieder in der mexikanischen Wüste angelangt und hielt die Zeit an.

Am späteren Nachmittag, als die Mittagshitze etwas abgeflaut war, klopfte er an die Tür des einstöckigen Anwesens des Gutsbesitzers. Eine wortkarge Frau führte ihn in einen düsteren und kühlen Empfangsraum, dessen Jalousien offensichtlich den ganzen Tag geschlossen blieben und schmale Sonnenstreifen auf die mit Basaltbändern eingefasste Mahagonidiele warfen.

Der mit Eichenmöbeln eingerichtete Raum hatte etwas ungemein Bedrückendes. Entlang der Wand waren bordeauxrote Polsterstühle gereiht, auf deren Armlehnen gestärkte Spitzendecken lagen. An der Wand hing, etwa einen halben Meter unter der Decke, ein goldgerahmtes Porträt von König Alfonso XIII. Die kolorierte Fotografie war leicht vergilbt und zeigte den gönnerhaft lächelnden

Bourbonenherrscher neben einem orange blühenden Feigenkaktus. Stanislaus war in einem der Polstersesseln versunken und trank aus einer irdenen Mokkatasse. Er schlürfte richtigen tintenschwarzen, zuckersüßen Kaffee. Das Getränk wollte ihm eigentlich nicht richtig schmecken – er vermisste den bitteren, adstringierenden Geschmack der Eicheln aus dem Böhmerwald, die er in den entbehrungsreichen Kriegsjahren oft selbst hatte rösten und mahlen müssen. Dazu gab es ein Gläschen Schnaps, der auf Lanzarote aus Opuntienblüten gebrannt wurde und ein klebriges Ofengebäck mit dem Geschmack von Datteln, Zimt und Muskatnuss, das Jaime Béthencourt «Bizcochon de San Diego» nannte.

Stanislaus Kurz folgte dabei einem höchst merkwürdigen Gespräch zwischen dem ihm gegenübersitzenden Gutsbesitzer und einem zu dessen Rechter platzierten französischen Pater. Dessen würdevoller Auftritt in schwarzer Soutane mit römischem Kragen verlieh dem ohnehin gruftigen Raum etwas vollends Bedrückendes.

Aus der Bekanntmachung wusste Stanislaus Kurz, dass der Geistliche Padre Pablo hieß, Mitglied der «Ordensgemeinschaft Gesellschaft Jesu» war und einen Lehrauftrag an einer katholischen Hochschule für Agrikultur in Angers im Anjou bekleidete. Er sei Spezialist für ökologischen Landbau und befinde sich in Spanien auf einer Klosterreise, hatte ihm sein Gastgeber erklärt.

Der Pater war glattrasiert und hatte ein fahles Antlitz mit einer hohen Stirn und stahlblauen Augen. Die Tränensäcke und zwei tiefe Falten, die sein Gesicht vom oberen Ansatz der Nasenflügel bis zu den scharf gezeichneten Mundwinkeln durchfurchten, brachen die Härte seines Ausdrucks. Seine feinnervigen, kreideweißen Hände mit den manikürten Fingernägeln ließen keinen Zweifel aufkommen, dass der Spezialist für Landbau kaum je Gartenarbeiten selbst verrichten musste. Stanislaus Kurz horchte dem Redeschwall des Geistlichen, den dieser mit ausladenden Gesten begleitete.

«Die Cochenille-Zucht ist eine doppelte Ausbeutung der Natur. Wir usurpieren Pflanzen und züchten darauf Tiere, um diese dann milliardenfach umzubringen. Wie viele Tiere müssen ihr Leben für die Textilfärbereien lassen? Wie viele Tiere sterben für die Produktion von Lippenstift oder für diesen bitteren italienischen

Aperitif?», bemerkte der Geistliche. Seine metallische Stimme widerhallte im Raum.

«Campari?», fragte Stan.

«Ich glaube. Ja, ‹Campari› heißt dieser Likör», sagte der Pater.

Don Jaime schaute ihn mit verwunderten Augen an und antwortete: «Der Gedanke ist in der Tat bestechend, ehrwürdiger Pater, aber ich bin leider ein schlechter Rechner. Verlangen Sie deshalb von mir um Himmels willen nicht, dass ich unsere letzte Ernte in Schildlausleben umrechne und Abbitte leiste. Wir sind den Cochenille-Läusen unendlich dankbar, denn ohne sie wären hier Hunderte von Bauern arbeitslos. Und die Schildläuse geben doch die schönste Farbe der Welt her, finden Sie nicht auch, ehrwürdiger Pater?»

«Ich verlange gar nichts von Ihnen, meine Herren. Ich will Ihnen nur etwas bewusst machen. Keine andere Farbe hat der Menschheit und der Natur so viele Qualen bereitet wie Rot. Rot ist eben eine Farbe, die fast immer mit Macht und Selbstgefälligkeit einhergeht. Denken Sie an die Billionen und Aberbillionen von Cochenille-Läusen, Purpurschnecken, Kermes- und Gummilack-Läusen, die seit der Antike ihr Leben für die Gefallsucht der Menschen lassen mussten.»

Stanislaus dachte sich seinen Teil, verzichtete aber höflichkeitshalber darauf, den Geistlichen auf die scharlachroten Soutanen der Kardinäle anzusprechen.

Der Pater fuhr mit seinen Monolog unbeirrt fort: «Wenn man die Lebenserwartung einer Zucht-Cochenille in Relation zu einem Menschenleben setzt und die Lebensverkürzung aller Tiere Ihrer Plantage kumuliert, dann nehmen wir den Schildläusen eine kollektive Lebenszeit weg, die bis zur Schöpfung zurückreicht. Ist es nicht die Winzigkeit des Tieres, die Ihnen das Gefühl gibt, ein Insektenleben sei weniger wert als ein Primatenleben? Aber Sie täuschen sich, meine Herren! Nehmen wir einmal an, Sie könnten Ihr Körpervolumen auf die Größe einer Schildlaus reduzieren. Und nehmen wir weiter an, Sie hätten als Schildlaus die Fähigkeit, einzelne lebende Moleküle wahrzunehmen. Die Moleküle wären für Sie als Schildläuse unendlich viel kleiner als Schildläuse für Menschen. Würden die Moleküle eines Kubikzentimeters Gestein schildlausgroß wachsen, wären die Massen so gewaltig, dass damit ganz Spanien mit einer dicken Kiesschicht belegt werden könnte. Dieser Vergleich stammt übrigens nicht von mir, sondern von einem französischen Ordensbruder, der sich mit der kosmischen Evolution befasst und als Geologe und Paläontologe die Ordowüste in der inneren Mongolei erkundete.

Ich will Ihnen nur klarmachen, dass die Lebensberechtigung nicht vom Körpervolumen abhängt. Hat nicht jedes Geschöpf Gottes Anrecht darauf, seinen Lebensweg bis zum natürlichen Ende zu gehen? Wer gibt uns das Recht, die Lebenszeit anderer Wesen gewaltsam zu verkürzen?»

Stanislaus Kurz fiel ihm ins Wort und sagte, ohne auf die rhetorische Frage einzugehen: «Gestatten Sie mir, ehrwürdiger Pater, dass ich meine bescheidene Meinung ausdrücke und Ihnen widerspreche. Ich denke kaum, dass das Leben der Pflanzen und Tiere niedrigster Entwicklungsstufe mit einem Menschenleben verglichen werden darf. Wenn Sie das tun, stellen Sie bewusstes und unbewusstes Leben auf die gleiche Stufe.»

Der Gutsbesitzer hatte sich die Ausführungen des Jesuitenpaters schweigend angehört, blinzelte Stanislaus Kurz dabei zu und verdrehte einige Male die Augen zum Himmel.

Pater Pablo unterbrach Stanislaus Kurz in einem perfekten Deutsch: «Warum nicht? Sie haben eine menschenzentrierte Sichtweise, und das ist Ihnen nicht zu verargen. Mir geht es aber um den naturzentrierten Blickwinkel. Indem sich die Pflanzen nach der Sonne recken und ihre Blüten täglich öffnen, bekunden sie einen gleichermaßen starken Lebenswillen wie die Schildläuse, die unentwegt damit beschäftigt sind, sich mit dem Lebenssaft der Kakteen vollzusaugen. Weil ich also davon ausgehen darf, dass Kakteen und Schildläuse vom gleichen Lebenswillen wie Sie, junger Herr, geleitet werden, meine ich, dass Pflanzen und Tiere auch den gleichen Lebenswert wie menschliche Wesen haben.»

«Das möchte ich nicht bestreiten, Hochwürden, aber Sie werden doch sicher einräumen, dass der Mensch, im Gegensatz zu einer Pflanze oder einem Insekt, seinen eigenen Lebenswert sehr wohl kennt.»

«Das ist ein unzulässiger Umkehrschluss! Sie können doch das

Recht auf Leben nicht von einem höheren oder tieferen Bewusstsein abhängig machen. Neben dem Lebenswert gibt es doch noch etwas anderes, das unbedingten Respekt vor anderen Kreaturen verlangt: die Leidensfähigkeit. Weil wir Gründe zur Annahme haben, dass jedes Lebewesen Leid und Freude empfinden kann, haben wir überhaupt kein Recht, irgendwelche bewussten Handlungen zu begehen, die einem Geschöpf Qualen bereiten.»

«Als promovierter Botaniker kann ich Ihnen versichern, ehrwürdiger Pater, dass es keinerlei wissenschaftliche Anzeichen dafür gibt, dass Insekten oder Pflanzen nur die geringsten Schmerzempfindungen oder Gefühlsregungen haben. Deshalb würde ich es nie wagen, von der Leidensfähigkeit einer Laus oder einer Pflanze zu reden.»

«Wie alt sind Sie, lieber Doktor Kurz?»

«Fünfundzwanzig, warum?»

«Nur so. Vielleicht werden Sie eines Tages verstehen, was ich meine ...»

Don Jaime, der dem deutschsprachigen Dialog nicht folgen konnte, nutzte die Gesprächspause und sagte: «Kommen Sie, meine Herren, ich will Ihnen unsere Manufaktur zeigen.»

Die drei Männer verließen das Gebäude und begaben sich zur Cochenille-Produktionsstätte, die nur wenige Gehminuten entfernt lag. Der Gutsbesitzer öffnete die Holztüre und bat die Gäste in den düsteren Gang hinein. Alle drei blieben auf der Türschwelle stehen, und jeder gab den zwei anderen mit Floskeln und Handzeichen Vortritt. Sie komplimentierten so lange, bis Don Jaime vorausging und die erste Flurtüre öffnete, auf der ein kleines, seitlich abgeschlagenes Emailleschild mit der Bezeichnung «Lavoratorio» hing.

Der Arbeitsraum bot ein desolates Bild. Auf einem Tisch standen, zwischen Lachen und Spritzern von einstmals verschütteten und mittlerweile verkrusteten Farblösungen, verschiedene Erlenmeyer- und Stehkolben, zerknüllte Faltenfilter, ein Reagenzglashalter mit schmutzigen Probiergläsern und ein seltsames Glasgerät, vermutlich ein Destillationsapparat, dessen Kühlspirale oberhalb eines Zweiwegehahnes zerbrochen war. An der Wand hingen, auf einer Holzleiste aufgenadelt, einige Tuchfetzen, die wie ein Farbkreis alle Blut- und Feuertöne zwischen Scharlach-, Karmin- und

Krapprot zeigten. Die purpurfarbene Staubschicht auf den Laborgeräten verriet, dass hier seit geraumer Zeit keine Färbereiversuche mehr angestellt wurden. Stanislaus Kurz bemerkte einen handgeschriebenen, vergilbten Rezeptzettel an der Wand, den er abschrieb und später ins Deutsche übersetzte.

Carmoisin hell / Beize:
51,5 g Wolle oder Seide
7 g Alaun
7 g Weinstein
7 g Kleie
Reine Seide 1,5 Stunden kochen und verkühlen lassen. Brühe: am Vorabend 3 g Cochenille und 2 g Weinstein einweichen. Am nächsten Tag mit der obenstehenden Brühe auskochen.

Da sich weder Stanislaus Kurz noch der Jesuitenpater für das verlotterte Laboratorium erwärmen konnten, gingen sie wortlos weiter und betraten die gegenüberliegende Röstkammer. Ein brandiger, süßlicher Geruch lag in der Luft, der Stanislaus Kurz an geröstete Eicheln erinnerte und ihm das saure Magenwasser zusammenlaufen ließ.

Zwei alte Arbeiter mit glasigen Augen, deren Hände, Kleider und Schuhe scharlachrot verkrustet waren, nahmen von den Besuchern keine Notiz. Sie waren wortlos damit beschäftigt, Körbe voller Schildläuse auf Rostbleche auszuschütten, um die noch lebenden Insekten sogleich von Hand gleichmäßig zu verteilen, als hätten sie frische Linsen zu dörren. Ein dritter Arbeiter schob die Ofenbleche wie ein Bäckermeister für einige Minuten in den heißen Ofen. Stanislaus Kurz stellte ihm eine Frage zur Dörrdauer und schaute ihm dabei eine kurze Weile in die Augen. Der Mann gab keine Antwort, sein Blick war leer, tot. Seine tränenden Augen, die im Schimmer des Holzofenfeuers flackerten, waren mit einem Netzwerk von scharlachroten Äderchen durchwirkt.

Stanislaus Kurz fürchtete sich, und er blickte verlegen zur Seite. Er sah ein Rostblech auf dem Erdboden liegen, auf dem noch Reste von fetten Maiskuchen lagen, die sich die Arbeiter offenbar zum Mittagessen gebacken hatten.

Der Gutsbesitzer gab langatmige Erklärungen zum hohen Carmingehalt der kanarischen Cochenille ab. Weder der Pater noch Stanislaus Kurz schienen sich dafür zu interessieren. Als sie wieder an die frische Luft traten, schauten sie im Vorhof zwei jungen Leuten zu, die pralle Jutesäcke auf einen Eselskarren verluden. Der Pater zog sich derweil in die Kapelle zurück, um, wie er sagte, zum Heiligen Antonius von Padua, dem die Franziskaner im 18. Jahrhundert das Gotteshäuschen konsekriert hatten, ein Stoßgebet für die Reisenden zu sprechen.

«Das sind 30-kg-Säcke, die wir nach Cádiz verschiffen lassen», bemerkte der Gutsbesitzer stolz. Nach einer längeren Schweigepause rief er einem der beiden Bauernjungen schroff zu: «Geh, Juanito, leg zwei Säcke Grana für die Herren auf die Seite!»

Dann wandte er sich mit einem breiten Lächeln an Stanislaus Kurz und sagte: «Wissen Sie, Señor, der ehrwürdige Pater ist von Gran Canaria nach Lanzarote hinübergesegelt, um unsere berühmte Cochenille für eine Klosterfärberei in Frankreich zu bestellen. Es ist mir natürlich eine Ehre, der heiligen katholischen Kirche die allerbeste Qualität zu schenken, die unsere Schildläuse hergeben.»

Stanislaus wunderte sich über diesen widersprüchlichen Pater und verabschiedete sich höflich. Dann wuchtete er den Cochenillesack auf die linke Schulter und zog von dannen. Als er außer Sichtweite war, schüttete er den Inhalt des Sacks unter einer Opuntie aus.

In Arrecife trieb ein Schiff vor Anker, das auf Stanislaus Kurz zu warten schien. Dieser suchte gleich die «Compania de Vapores Correos de Africa» auf und wurde dort dem Kapitän des Frachtschiffes vorgestellt, der sich zufälligerweise im Büro aufhielt. Nach einigem Zögern erklärte sich dieser bereit, den jungen Tschechen an Bord zu nehmen. Das war eine glückliche Fügung, denn der kleine Dampfer lief ausgerechnet Cádiz an, weil dort Bananen, Zwiebeln, Cochenille und Postsäcke zu löschen waren.

Die Rückfahrt zum spanischen Festland war ruhig und ereignislos, denn Stanislaus Kurz war der einzige Passagier an Bord. Die Besatzung ließ ihn in Ruhe, und er verbrachte die paar Tage mit der Aufzeichnung seiner kanarischen Impressionen, die er später nach Hause schicken wollte.

Im Hafen von Cádiz ließ er sich mit einer der vielen Barkassen an Land bringen, die einen Pendeldienst zwischen den Linienschiffen und der Pier besorgten. Er stellte sein Gepäck in der Passagierhalle ein und ging in die Stadt, um die Weiterfahrt nach Gibraltar zu organisieren. Unterwegs entdeckte er ein Bierhaus mit der Aufschrift «Cerveceria aleman. Maier & Co». Er kehrte ein, trank einen Humpen «Löwenbräu» und las deutsche Zeitungen, die von revolutionären Unruhen in Spanien berichteten.

Dann bummelte er weiter und suchte die Reiseagentur «Ibarra & Co» an der Beato Diego de Cádiz auf, die ihm vom Ober empfohlen worden war. Der Angestellte riet ihm dringend davon ab, mit der Eisenbahn nach Gibraltar zu fahren. Vermutlich sei das Eisentor an den britischen Linien geschlossen, meinte er, weil sich spanische Aufständische nach Gibraltar absetzen wollten. Der Gouverneur der britischen Kronkolonie sei nicht bereit, spanische Flüchtlinge aufzunehmen. Zudem habe Kriegsminister Joseph de la Cruz mit dem Obergeneral der französischen Armee in Spanien vereinbart, vor der «Linea de Concepción», der sandigen Grenzlinie zwischen dem spanischen Festland und dem neutralen Boden, Truppen zu stationieren. Der Seeweg über Algeciras sei indessen sicher, sagte der Beamte.

Die kurze Überfahrt war tatsächlich problemlos. An der Old Mole in Gibraltar standen dunkelhäutige Gepäckträger, die Stanislaus Kurz auf Englisch und Spanisch ansprachen und einander arabische Wörter zuzischten. Als einer ihm das «Hôtel de Paris» vorschlug, erhellte sich Stanislaus Kurz' Gesicht, weil er an seinen Aufenthalt in Monaco denken musste. Er willigte ohne Zögern ein, ihm für die Gepäckbeförderung den unverschämt hohen Preis von zwei Crowns zu bezahlen. Die Zolldurchsuchung am Hafentor dauerte nur wenige Minuten.

Der englische Beamte sprach kaum Spanisch und interessierte sich nur für die eleganten «Muratti Ariston»-Zigaretten, die sich Stanislaus Kurz aus Monaco mitgebracht hatte. Nach einigen Minuten passierte er die Schranke und besorgte sich, auf Anweisung des Zollbeamten, eine Aufenthaltsbewilligung in der gegenüberliegenden Polizeistation. Dann stieg er in eine Pferdedroschke und ließ sich zum «Hôtel de Paris» kutschieren.

Der kurze Weg durch die schattigen Gassen der Stadt war eher bedrückend. Alles war mausgrau wie der überragende Felsen, der die Stadt jede Minute zu überrollen drohte. An der Waterport Street, gleich gegenüber dem Postamt, hielt die Droschke an. Stanislaus Kurz schaute sich die Hotelfassade skeptisch an. Das «Hôtel de Paris» war nur ein Plagiat, ein bescheidener Abklatsch des richtigen «Hôtel de Paris» in Monaco. Da er bis zur Abfahrt seines Dampfers nur etwas mehr als 24 Stunden zur Verfügung hatte und nichts verpassen wollte, ließ er sich an der Empfangsloge gleich alle Sehenswürdigkeiten der Kolonie vorstellen: die Säulen des Herkules, den Affenfelsen und die mit Frauenhaarfarn bewachsenen Höhlen, die Europa Main Road mit dem Wohnsitz des Admiral-Superintendenten, das maurische Kastell oberhalb der Artilleriekaserne sowie die Almeda mit der subtropischen Pflanzenanlage und dem abendlichen Militärkonzert.

Als Stanislaus Kurz am späteren Vormittag aus einem tiefen Schlaf erwachte, versöhnte er sich mit dem «Hôtel de Paris». Das englische Frühstück mit Haferbrei, Eier, Speck, weißen Bohnen und fetten Würstchen entschädigte ihn reichlich für den enttäuschenden Anblick der Fassade. Als er satt war, hielt er vor dem Hotel ein Taxi an und fuhr über die Europa Main Road zum Felsen hinauf. Der versengte Berg strahlte eine unerträgliche Hitze ab, und ein heißer Ostwind schlug ihm staubige Böen ins Gesicht. Der Fahrer musste kurz anhalten und die Fenster des Automobils schließen.

Stanislaus Kurz bemerkte derweil eine Anzahl Opuntiensträucher auf den Abhängen der Felskuppe. Er verließ das Taxi aufgeregt und ging zu Fuß weiter. Die Abhänge waren aber dermaßen steil, dass er keine Chance hatte, zu den Kakteen hinaufzukommen. Es blieb ihm nichts anderes übrig, als auf dem Fahrweg zu marschieren. Er hielt links und rechts nach Affen Ausschau. Der Portier im «Hôtel de Paris» hatte ihm doch versichert, dass sich auf dem Felsen Magoten aufhielten, die einzigen wilden Affen Europas. Gibraltar würde so lange britisch bleiben, als es auf dem Felsen noch Affen gebe. Er hatte sich Herden mit Hunderten von kreischenden und tollenden Berberaffen *(Macáca silvána)* vorgestellt, die sich zwischen Sandsteinbrocken und Opuntiensträuchern lausten. Er hatte sich auch überlegt, wie er sich verhalten würde, wenn ihn ein feistes Magotenmännchen angreifen würde. Notfalls könnte er es sich mit der Fritzkrücke vom Leibe halten, dachte er. Er hoffte, außer Affen auch ein paar Klippschliefer *(Procavia capensis)* zu sehen. Dass auf dem Felsen von Gibraltar Klippschliefer leben, wusste er noch aus der Gymnasialzeit. Der Geografielehrer hatte davon erzählt. Aber Stanislaus sah keine Affen und keine Klippschliefer.

Sein Fuß schmerzte, aber er humpelte dennoch weiter, bis er die Affenhöhle erreichte, die sich zwischen den Klippen versteckt hielt. Sie war leer. Er kehrte enttäuscht um, ging an der Baustelle vor dem Governor's Cottage vorbei und sprach einen Straßenarbeiter an, der gerade einen Handkarren Steine kippen wollte. Der alte Mann war Spanier und sagte:

«Ja, die Affengeschichte, die erzählen die Engländer jedem Touristen. Aber es gibt hier kaum mehr Affen. Die letzten hat mein Vater 1906 gesehen. Gott sei Dank.»

Stanislaus Kurz wollte ihn auch fragen, wo sich die Klippschliefer aufhielten. Weil er aber das spanische Wort für Klippschliefer nicht kannte, versuchte er, ihm zu erklären, dass es sich hierbei um die kleinsten Verwandten der Elefanten handle, die zur Ordnung der Hyracoidea gehörten, nicht viel größer als Kaninchen seien und gerillte Sohlen hätten.

«Kleine Elefanten?», fragte der alte Mann stirnrunzelnd. Er schüttelte langsam den Kopf und wollte wissen, ob der junge Tourist Engländer sei. Dann wandte er sich, ohne eine Antwort abzuwarten, von ihm ab und kippte weiter Steine aus.

Stanislaus stieg auf eine Anhöhe und genoss den dunstigen Ausblick auf die Hafenanlagen, in denen drei gewaltige Dampfer vor Anker lagen. Welcher mochte wohl die «Mooltan» sein? Der Portier des «Hôtel de Paris», der sich in der Seefahrt auszukennen schien und vermutlich einmal Steward gewesen war, weil unter seiner Manschette die ausgefranste Schwanzflosse einer tätowierten Seejungfrau hervorragte, hatte ihm erklärt, die schwarze «Mooltan» sei eine neue Perle der britischen Seefahrt und eigens für den australischen Postverkehr gebaut worden. Sie komme aus London, werde unter der Flagge von Belfast segeln und müsste Gibraltar am übernächsten Tag, das heißt am Montag, den 29. August, Punkt 7.40 Uhr, auslaufen.

Über Ceylon nach Queensland

Die Überseefahrt an Bord der «Mooltan» war für Stanislaus Kurz ein Wechselbad der Gefühle. Er verbrachte die ersten Tage in seiner geräumigen Einbettkabine Nr. 29 und studierte Englisch. Erst am späten Nachmittag schlenderte er meistens eine Stunde auf dem Sonnendeck, wo er aufs Meer hinausschaute und die letzten Sonnenstrahlen genoss. Nach dem Abendessen in einem der beiden Esssäle auf dem A-Deck begab er sich manchmal in den überfüllten Rauchsalon hinüber und kam mit britischen Auswanderern ins Gespräch. Nicht, dass er sich für ihr Schicksal sonderlich interessiert hätte, aber die belanglosen Plaudereien gaben ihm die willkommene Möglichkeit, seine noch dürftigen Englischkenntnisse zu vertiefen.

Unter den mehr als fünfhundert britischen Passagieren gab es für ihn zwei Menschentypen: die Abenteurer in der zweiten und drit-

Die RMS Mooltan (III) der britischen Reederei «Peninsular and Oriental Steam Navigation Company (P&O)»

ten Klasse und die Heimkehrer in der ersten Klasse. Die Abenteurer waren junge Männer, denen im engstirnigen England der Nachkriegszeit nur Hürden im Wege standen. Sie hatten keinerlei Aussicht gehabt, sich aus den Abgründen von London oder Liverpool zu befreien, ohne die Inseln für immer zu verlassen.

Australien war für sie die letzte Hoffnung auf eine menschenwürdige Existenz, in der sie nicht mehr in ihre düsteren Wohn- und Arbeitslöcher zurückgestoßen werden konnten, aus denen sie mit größten Anstrengungen herauszukriechen versucht hatten.

Die kleinere Zahl der Auswanderer, die Heimkehrer, waren Patrioten und Kriegshelden, die den moralischen Zerfall im Mutterland beklagten und in den australischen und neuseeländischen Kolonien, den Bastionen britischer Sittlichkeit, die alte Heimat mit den Werten der viktorianischen Zeit wiederzufinden hofften. Stanislaus Kurz fürchtete sich vor den Abenteurern und langweilte sich unter den Heimkehrern in der ersten Klasse.

In der Deckklasse setzte sich Stanislaus einmal neben einem älteren Mann, der ein merkwürdiges Akkordeon auf den Knien hielt. Stanislaus musterte das fünfeckige Instrument neugierig.

«Das ist eine Anglo Concertina, System Wheatstone Lachenal», erklärte ihm der Mann und spielte ihm gleich die traurige Melodie der Ballade «Molly Malone» vor.

Der Mann war unheimlich. Er hatte ein dunkelgraues, hageres Gesicht mit hohen Backenknochen, einem Schmiss auf der Wange und einen stechenden Blick. Seine langen, fetten Haare fielen ihm bis über den Hemdkragen. Er trug einen fadenscheinigen Gehrock aus schwarzem Tuch und, was noch viel auffälliger war, er hatte ein Holzbein. Der Typ sei ein «Pavee» und produziere sich als Glas- und Klingenfresser, flüsterte ihm ein junger Bergwerker abschätzig zu. Erst viel später erfuhr Stan, dass «Pavees» nicht etwa Falotten, sondern Fahrende aus Irland sind.

Am nächsten Abend sah Stan, was der Junge mit «Klingenfresser» gemeint hatte. Der Mann stand mit seiner Concertina auf dem Achterdeck und war von viel Volk umringt. «Wenn ihr zwei Pounds zusammenbringt, esse ich sechs Rasierklingen», schrie er den Leuten zu. Das Geld war bald beisammen, und der Typ schob sich eine Rasierklinge nach der andern in den Mund. Sein sich hin und her bewegender Adamsapfel zeigte jedes Mal eine Schluckbewegung an. Dann zog er einen etwa fünfzig Zentimeter langen Zwirnfaden aus der Tasche, den er zu einem kleinen Knäuel wickelte und ebenfalls schluckte. Ein paar Sekunden später zog er den Faden aus dem Mund. Die sechs Rasierklingen waren darauf feinsäuberlich aufgereiht. Die Zuschauer konnten es kaum fassen und blieben mit offenem Mund stehen. Stanislaus fürchtete sich vor diesem Mann und ging ihm fortan aus dem Weg. Dessen Gauklertrick konnte er sich nie erklären.

Am 12. Tag nach der Abfahrt von Gibraltar und einem Zwischenhalt in Marseille legte das Schiff in Port Said an. Zur Überraschung der Passagiere kam eine Band an Bord und spielte mit altägyptischen Instrumenten eine Bambutiyya genannte Tanzmusik, die angeblich Mitte des 19. Jahrhunderts in Nordägypten zur Unterhaltung der Seeleute und Hafenarbeiter kreiert wurde.

Nachdem die «Mooltan» aus dem Hafen von Port Said ausgelaufen war, passierte sie den Suezkanal im gemächlichen Tempo von etwa acht Knoten (ca. 15 km/h). Stanislaus nahm ein üppiges Mittagessen ein und legte sich anschließend zur Siesta nieder.

Ein unheilvolles Gefühl bedrückte ihn. Er war von der Vorahnung erfüllt, dass der «Mooltan» ein schrecklicher Seesturm bevorstehe. Bilder von Seenot kreisten in seinem Kopf. Er würde sich von der Panik nicht anstecken lassen, er war ein guter Schwimmer, er würde selbstverständlich allen Frauen und Kindern großmütig den Vortritt zu den Rettungsboten lassen und mit der Besatzung so lange wie nötig an Bord verharren.

Als er nach dem Mittagsschlaf wieder an Deck stand, suchte er den Horizont stundenlang nach Gewitteranzeichen ab, schaute immer wieder auf das Wetterglas, verlangte von der Besatzung meteorologische Vorhersagen und ließ sich die Rettungsboote zeigen. Das Unglück der «Titanic» – er war damals 16 Jahre alt gewesen – hatte ihn seinerzeit sehr erschüttert. Die «Titanic» war schließlich auch ein britischer Dampfer gewesen.

Beim Ausgang des Suezkanals, an den Bitterseen, spiegelten sich im Fuß der Dünen winkende Kinder im Wasser, und der heiße Wind trug den Ruf des Muezzins an Bord. Streckenweise waren ganze Landstriche mit verwilderten Opuntien bewachsen, an denen sich Ziegen und Kamele gütlich taten. Stanislaus Kurz war bezaubert. Wie unlängst in einem Kintopp am Prager Wenzelsplatz zogen Bilder des Orients an ihm vorbei. Diese friedvollen Augenblicke wurden ihm plötzlich durch Myriaden von lästigen Fliegen vergällt. Ein älterer Herr schaute vergnügt zu, wie Stanislaus Kurz wild um sich schlug, um die Fliegenschwärme zu vertreiben.

«Die arabischen Fliegen sind harmlos!», rief er ihm schmunzelnd zu. «Sie kennen offenbar die australischen Buschfliegen noch nicht!» Stanislaus Kurz schaute den Witzbold verärgert an und zog sich in seine Kabine zurück.

Am 16. Reisetag – die «Mooltan» hatte in Aden den Anker gelichtet und stach in die offene See – bemerkte Stanislaus tatsächlich einige schwarze Wolken, die vom Passatwind über den tiefblauen Himmel von Nordosten nach Südwesten gejagt wurden. Die See war unruhig; auffrischende Winde schlugen Schaumköpfe auf die Wellen. Stanislaus war aufgewühlt. Eine halbe Stunde später stand das Gewitter kurz vor der Entladung.

Der Himmel verdunkelte sich binnen Minuten, und stürmische Böen (Beaufortgrad 8) fegten über das Deck und peitschten ihm Gischt ins Gesicht. Die «Mooltan» begegnete dem hohen Wellengang mit einem starken Stampfen und Rollen. Die Besatzung ließ sich nicht aus der Ruhe bringen. Der Kapitän stand rauchend auf der Achterbrücke, und der Rudergänger wich kein Jota vom Kurs ab. Stanislaus Kurz verkroch sich indessen in seine Kajüte und zog den Vorhang zu. Er spürte die Gewalt der Riesenwellen, die über das Deck krachten, und er hörte, wie der mittlerweile zu einem Orkan herangewachsene Sturm alle Deckaufbauten zerfetzte. Er war überzeugt, dass der mörderische Seegang bereits die Ruderanlage weggerissen hatte, und vermeinte, ein extremes Schlingern zu erleben. Ein ohrenbetäubender Lärm drang in seine Kabine. Als er nach einer unruhigen Nacht aufwachte, strahlte der Himmel, und die Schäden waren bereits behoben.

Er fühlte sich bisweilen sehr einsam. Er wich den gesellschaftlichen Bordaktivitäten aus, nachdem er Zeuge einer absonderlichen Sportveranstaltung geworden war, die seines Erachtens nur von einem kranken englischen Geist ausgebrütet gewesen sein konnte. Eines Abends wurde nämlich kurz vor Sonnenuntergang ein

Flachrennen auf dem Sonnendeck veranstaltet. Nur feuerten die Zuschauer keine Pferde oder Windhunde an, sondern Frösche. Neun richtige Frösche, bräunliche Grasfrösche *(Rána temporária)*, hüpften auf dem noch heißen Deck zwischen Abschrankungen aus Holzlatten. Die Zuschauer hatten Wetten abgeschlossen und schrien auf ihre Favoriten ein. Da zwei Frösche in Schockstarre verfallen waren, kümmerten sich ein paar junge Leute um sie. Sie übergossen die Tiere mit Wasser und quakten sie an, als hätten sie es mit gemeinen Grünfröschen zu tun.

Stanislaus Kurz wandte sich von diesem absurden Gesellschaftsspiel angewidert ab und blickte steuerbord auf die offene See. Auf der Höhe von Hurghada hörte er entzückte Schreie von jungen Frauen. Er stürmte mit anderen Passagieren zusammen auf die Backbordseite und sah eine Schule von Delphinen, die das Schiff eine Weile begleitete. Die spiralförmigen Luftsprünge dieser Zahnwale waren phänomenal. Ein vorbeigehender Deckoffizier erklärte den Leuten, dass diese Meisterschwimmer sogenannte Indopazifische Große Tümmler *(Tursiops aduncus)* seien, die sich ansonsten in Küstennähe aufhielten.

Als Stanislaus Kurz am nächsten Tag wieder auf dem Promenadendeck stand, aufs Rote Meer hinausblickte und den blauen Himmel nach Gewitterwolken absuchte, ereignete sich eine folgenschwere Begebenheit. Während der Dampfer auf ruhiger See mit schätzungsweise 15 Knoten regelmäßig dahinfuhr, spuckte einer der beiden Schornsteine plötzlich stoßweise Rauchwolken aus und erzeugte dabei ein dumpfes, grollendes Geräusch, das tief aus dem Maschinenraum zu kommen schien. Dem Kamin entwichen Rußschwaden, die sich teilweise über dem Deck für einen kurzen Augenblick in kleine, schwarze Schneeflocken verwandelten. Der erste Offizier, der zufälligerweise vorbeischritt, wischte sich einen Rußflecken lässig von der Schulter und schmierte sich dabei lange Schlieren auf die blütenweiße Uniform.

Fünf Schritte von Stanislaus Kurz weg stand eine jüngere Dame an der Reling, die er schon in Gibraltar beim Verlassen ihrer Luxussuite bemerkt hatte. Während sie zum Schornstein blickte, stieß sie einen leisen Schrei aus und fuhr sich mit der Hand ins Auge. Stanislaus Kurz begriff sofort, dass sie von einem Rußpartikel getroffen worden war. Er ging auf sie zu, reichte ihr sein frisches Tränentuch und führte sie zum Schiffsarzt, der ihr den Fremdkörper aus dem Auge entfernte und eine Kompresse mit Borwasser auflegte. Belinda Flower, so stellte sich die Dame vor, erklärte Stanislaus Kurz, dass sie mit ihrem Mann auf einer Teeplantage im Hochland der Kronkolonie Ceylon lebe und Englischlehrerin sei. Sie habe in London ihre kranke Mutter besucht und sei nun auf der Rückfahrt nach Ceylon.

Stanislaus Kurz und Belinda Flower trafen sich fortan jeden Nachmittag im Verandasaal unter der Brücke. Sie tranken zusammen Tee und spielten manchmal mit anderen Passagieren Bridge. Stanislaus Kurz wurde dabei ein gelehriger Englischschüler.

Der Abschied im Hafen von Colombo fiel ihm schwer. Er küsste Belinda Flower auf die Stirn und wusste, dass er sie nie wiedersehen würde. Ein Gefühl von Einsamkeit und die ungewisse Zukunft bedrückten ihn, als laste ein schweres Bleigewicht auf seinen Schultern. All seine Gedanken kreisten in den folgenden Tagen nur noch um die Frage, ob er nicht den größten Fehler seines Lebens begangen habe, sich auf diese unendliche Schiffsreise nach einem Kontinent zu begeben, auf dem es keine endemischen Kakteen gab und auf dem er keine Menschenseele kannte. Auf welchen aussichtslosen Handel mit einem fremden Diplomaten hatte er sich eingelassen? Zweifel, ob er mit seinen dürftigen praktischen Erfahrungen den Erwartungen der australischen Behörden überhaupt gerecht werden konnte, nagten an seinem Gewissen.

Stanislaus Kurz sah sich als Gefangener, als Sträfling, der ins Internierungslager von Brisbane deportiert wurde. Er fühlte sich wie ein wertloses Stück Brennholz, das von den Wellen des Ozeans ziellos herumgetrieben wurde und eines Tages als Schwemmgut auf einer finsteren Inselküste verrotten würde. Er blieb morgens lange im Bett liegen und verzichtete auf die Mahlzeiten. Alle Bordgeräusche verstärkten sich in seinen Ohren zu dröhnendem Lärm. Das Gelächter und Geplapper der Passagiere auf dem C-Deck, das Weinen der Kinder im Spielraum, ja selbst das seichte Klavierspiel aus dem Salon nahmen in seiner Wahrnehmung die Gestalt von stacheligen Geschossen an, die seinen Körper peinigten. In diesem

Zustand der Verzweiflung und düsterer Tagträumereien stürzte er in die tiefsten Abgründe seiner Seele. Als sich die «Mooltan» dem Äquator näherte, blieb er in der Kajüte liegen und schlief.

Sein seltsames Verhalten musste der Besatzung aufgefallen sein, denn der Schiffsarzt klopfte an seine Kabinentür und sagte: «Ich würde mich freuen, wenn Sie mich zum Sonnendeck begleiten würden. Neptun ist mit seiner Tochter an Bord gestiegen und wird die Passagiere, die zum ersten Mal in sein Reich südlich des Äquators segeln, in seine Geheimnisse einweihen.»

Stanislaus hielt ihn für verrückt, aber er sah sich genötigt, sich der Äquatortaufe anzuschließen. Auf dem Sonnendeck thronten vor dem Schwimmbecken der fette, bärtige Neptun mit dem Dreizack in der Hand und eine Seejungfrau in einer langen meergrünen Robe auf Friseurstühlen. Ihre Gesichter waren mit Fäden und Papierfetzen vollgeklebt. Stanislaus Kurz erkannte unter diesen Masken unschwer den Zahlmeister und den ersten Steward.

Neben ihnen stand der Friseur. Er hatte große, leuchtende Gummiohren und fuchtelte mit einem Rasierapparat in der Luft herum. Unter den grölenden Zuschauern waren zwei zottelige Eisbären, die plötzlich den vierten Offizier packten und ihn kopfüber in die Wanne schmissen. Dann stießen die Eisbären, unter schallendem Gelächter der Zuschauer, den Barbier samt Rasierapparat ins Nass. Dieser zappelte und quakte wie ein Teichfrosch, und seine mit Farbstoff gefüllten Rocktaschen zogen im Wasser farbige Schlieren. Zum Schluss, als eine ganze Schar pudelnasser Personen am Beckenrand stand und wie Ölgötzen dreinschaute, überreichte Neptun allen ein Diplom mit einem roten Siegel, das ihnen die Fähigkeit attestierte, über alle sieben Weltmeere zu segeln.

Am Abend wurde Stanislaus Kurz zum Tisch des Schiffsarztes gebeten, an dem ihn alle mit einer derartigen Herzlichkeit begrüßten, dass er sich fragen musste, ob die Gesellschaft vom Schiffsarzt allenfalls über seinen Gemütszustand ins Bild gesetzt worden sei. Es herrschte eine aufgeräumte Stimmung. An der Decke des Speisesaals hingen Trauben von bunten Luftballons und Papierschlangen, die sich in der Spiegelwand unendlich vervielfältigten. Die meisten Personen waren verkleidet oder hatten Pappnasen und Spitzhütchen an, die am Saaleingang abgegeben worden waren.

Der Steward ging auf Stanislaus Kurz zu, reichte ihm die Speisekarte und sagte: «Good Evening, Sir. The Equatorial Menue. Thank you, Sir.»

Stanislaus Kurz nahm die Karte wortlos entgegen, studierte sie und runzelte dabei die Stirn. Sein finsterer Gesichtsausdruck fiel den Tischnachbarn auf, und sie hielten ihn für einen Gourmet, der sich zwischen den kulinarischen Alternativen schwer entscheiden konnte.

Fancy Night Dinner

Soups
Nemours Creme Bretonne

Hot Dishes
Roast Loin of Veal & Bacon
Quails en Casserole Demidoff
Roast Haunch of Lamb
Celery Villeroi
Roast Fowl Salad

Vegetables
Cabbage Boiled & Fried Patatoos

Sweets
Metropole Pudding
Coffee Cream Ices

Savoury
Beignets au Parmesan

Cold Buffet
York Ham Roast, Beef Terrine of Capon

Dessert
Pineapple, Oranges, Apples
French Plums
Assorted Nuts
Coffee

Stanislaus Kurz rief mit einem Fingerschnalzen den Steward herbei und zeigte auf jene Wörter der Speisekarte, deren Bedeutung ihm bekannt war: «Lamb, Celery, Salad, Coffee, Parmesan, Roast Beef, Oranges und nochmals Coffee.»

Der Kellner las jedes Mal den Wortlaut der ganzen Zeile vor und versuchte, Fragen des jungen Passagiers zu klären. Dieser überhörte ihn geflissentlich und starrte auf die Karte. Darauf zuckte der Steward mit den Schultern und entfernte sich vom Tisch.

Der auffallend merkwürdige Reisende bemerkte nicht, dass ihm das ganze Menü serviert wurde. Da er aber keinen Hunger hatte, kostete er von jedem Gang nur einige Bissen.

Der Schiffsarzt schenkte ihm reichlich «Bordeaux Rouge Supérieur» ein. Der Alkohol hob seine Stimmung, und mit der Zeit schien er die die Atmosphäre sogar zu genießen. Nach dem Essen stand der Kapitän von seinem Tisch in der Mitte des Speisesaales auf, erhob das Burgunderglas und sagte feierlich: «To His Majesty the King», und die ganze Gesellschaft stand auf und prostete dem abwesenden König zu.

Der Gedanke an das immer näher rückende Zwischenziel Australien und das reinigende Licht des Indischen Ozeans trösteten Stanislaus Kurz über den Abschied von Belinda Flower hinweg und erheiterten ihn von Tag zu Tag mehr. Er spazierte nachmittags auf dem Promenadendeck, suchte mit dem Zeiss-Fernglas seines Vaters Ing. Alois Kurz stundenlang den reglosen Horizont ab und hoffte, irgendwelche Seetiere zu sichten.

Wenn er das linke Auge vor dem Okular fest zusammenkniff, bemerkte er wahrhaft wundersame Dinge, die offenbar allen anderen Passagieren entgingen: britische Ostindien- und Auswandererschiffe – vollgetakelte Karavellen und Jagten[4] mit gewaltigen Rahsegeln an den vorderen zwei Masten. Dann auch amerikanische Walfänger, die dem baumhohen Blast eines Pottwals nachjagten. Er sah Schulen von gaukelnden Delphinen, ganze Schwärme fliegender Fische und hin und wieder Atolle, die auf keiner Schiffskarte verzeichnet waren. Auf deren Kokosstränden gab es Millionen von Kaninchen und Herden von Hausziegen, die dem

4 Dreimastige niederländische Segelschiffe , vorwiegend im 16. und 17. Jahrhundert

Dampfer mit flehenden Blicken nachschauten und lautlos um Hilfe meckerten.

Stanislaus Kurz wusste aus Büchern, dass Seefahrer sie hundert Jahre zuvor ausgesetzt hatten, als Proviant für Schiffbrüchige.

Als die «Mooltan» nach 54 Reisetagen an einem Dienstag, es war der 25. Oktober 1921, endlich in Sydney anlegte, herrschte ein mildes Frühlingswetter. Das Thermometer zeigte 69 °F (ca. 21 °C). In der Passagierabfertigungshalle fühlte sich Stanislaus Kurz wie in einem Termitenbau. Er wurde zu einem ruppigen Einreiseoffizier geschleust, der ihn mit Fragen über den Zweck seines Australienaufenthalts löcherte. Stanislaus versuchte, ihm zu erklären, dass er weder Deutscher noch Österreicher, sondern Bürger der ersten tschechoslowakischen Republik sei.

Stanislaus Kurz, der dachte, hier mit offenen Armen von einer Regierungsdelegation in Empfang genommen zu werden, musste, nachdem zwei Zollbeamte seine beiden Überseekoffer wie Maulwürfe durchwühlt hatten, das Hemd ausziehen und sich gleich den gewöhnlichen Immigranten einer sanitarischen Untersuchung unterziehen.

Als er endlich alle demütigenden Kontrollen und Formalitäten über sich hatte ergehen lassen, begegnete er auf der Pier einem sehr britisch aussehenden Mann, der zur Jacke mit Clubkrawatte khakifarbene Shorts und hellblaue Kniesocken trug. Er hielt ein Pappschild in der Hand, auf dem «Dr. Stanislaus Kurz» stand. Kurz ging auf ihn zu und stellte sich förmlich vor. Dieser schüttelte ihm die Hand, klopfte ihm auf die Schulter und nannte ihn Stan. Es war ein Beamter des «Department of Land» von Neusüdwales. Er führte Stan zum Bahnhof und überreichte ihm im Namen des «Commonwealth Prickly Pear Boards» einen Briefumschlag. Darin lag eine Bristolkarte mit einem Willkommensgruß sowie ein Fahrplan, auf dem «General Information. Timetable. Queensland. The Queen of the Commonwealth. Price 6 D» stand. Dazu waren zwei Fahrkarten beigefügt. Jene bis zur Grenze zu Queensland war für die zweite Klasse gültig.

Um 15.30 Uhr fuhr der Zug nach Norden los. Es war eine alte Eisenbahn mit blockartigen Wagen, scheppernden Fenstern und harten Holzsitzen. Merkwürdigerweise schaute Stan kaum aus dem Fenster. Dabei hatte er auf der fast achtwöchigen Seefahrt den Anblick von australischen Landschaften so sehr herbeigesehnt. Vielleicht verunsicherte ihn die fremdartige Vegetation, vielleicht war es die geografische Annäherung an seine ungewisse Zukunft, die ihn davon abhielt, sich den neuen Realitäten zu öffnen. Jedenfalls war er stundenlang in einem englischen Wörterbuch versunken und lernte verbissen technische Vokabeln.

Fast neunzehn Stunden dauerte die Fahrt bis Wallangarra, einem gottverlassenen Grenzort zwischen Neusüdwales und Queensland, wo die Stephensonsche Normalspur zur Schmalspur wechselte. Dort stieg Stan in den mit «Parlour Car» angeschriebenen Salonwagen des Postzugs ein, zu dem nur Erstklass-Passagiere Zutritt hatten. Dieser Luxuswagen hatte Panoramafenster und eine Aussichtsplattform. Er bildete den Schluss des Zuges, weil er am weitesten von der Ruß speienden Dampflokomotive mit dem angebauten Kohlenwagen entfernt war. Es war ein eleganter Zug mit einem geräumigen, verspiegelten Damenabteil, elektrischem Licht und Ventilatoren, die für eine frische Brise sorgten. Selbst eisgekühltes Bier war im Buffetwagen erhältlich.

Der Zug fuhr in einem atemberaubenden Tempo durch das Buschland. Der monotone Takt, dieses Zeitmaß des technischen Aufschwungs, versetzte Stan in Aufregung. Er nutzte den zehnminütigen Aufenthalt in Warwick, um zur Dampflokomotive vorzugehen und den Lokführer anzusprechen. Die Tür stand offen, und der schwarz glänzende Eisenbahner war gerade damit beschäftigt, mit einer Handvoll Putzfäden die Messingbuchsen des Kessel- und Heizdruckmessers sowie die Hebel der Dampfpfeife, der Handbremse und des Feuertüröffners zu polieren. Im Führerstand roch es nach Geschwindigkeit – nach Kohle und Motorenöl. In den Röhren zischte der heiße Atem des Fortschritts. Die Herztöne der atemlosen Kolben und das Keuchen des Dampfkessels peitschten Stan auf. Er stieg in die futuristische Lokomotive hoch, auf den Führerstand der Neuzeit. Eine Dampflok dieser Klasse, die auf Kartätschen zu laufen schien, war tatsächlich schöner als die Nike von Samothrake, sagte sich Stan und dachte dabei an das futurische Manifest von Filippo Tommaso Marinetti, das an der Prager Universität Wellen geschlagen hatte.

Der Eisenbahner beachtete Stan kaum und pflegte seine Dampflok mit der fordernden Zuneigung, die sonst nur Reiter ihren arabischen Vollblutpferden schenken, wenn sie kurz vor einem Galopprennen stehen. Stan störte den Lokführer offensichtlich, der ihm seine Fragen zum Zylinderdurchmesser, zum Kolbenhub und zum Dampfdruck der Maschine mit wirschen Erklärungen beantwortete. Es war eine gewaltige in Ipswich gebaute Lokomotive mit dem Namen «Centenary». Sie zog neun Wagen mit einem Gesamtgewicht von 224 Tonnen. Stan bewunderte diese ungemein stolze Maschine mit ihrem fünfzackigen Freiheitsstern im Mittelpunkt der frontalen Rauchkammertür und einem elektrischen Scheinwerfer vor dem Rauchfang. Unter den beiden Puffern, auf denen ebenfalls ein Freiheitsstern glänzte, schob die Lok ihren rostförmigen Schienenräumer wie Biberzähne vor sich her.

Gegen Mitternacht legte sich Stan im Erstklasswagen schlafen. Als er in der Früh erwachte, schaute er vom Liegebett aus lange Zeit zum Fenster hinaus auf die rote Erde. Nun war auch seine Seele in Australien angekommen. Der Zug ratterte in vollem Tempo und pfeifend durch die Bahnhöfe von Thagoona, Walloon, Karrabin und Wulkuraka.

Er wunderte sich darüber, dass die Gleise und Bahnsteige klatschnass waren, obschon der Himmel kobaltblau war. Der Schaffner erklärte dem staunenden Einwanderer, dass alle Bahnhofsvorstände von Queensland die Anweisung erhalten hatten, ihre Station jeweils vor der rasenden Durchfahrt des Postzuges gründlich wässern zu lassen, um Staubwirbel zu verhindern.

Der Postzug erreichte Brisbane pünktlich um 6.37 Uhr. Stan stieg benommen aus, rief zwei Kofferträger herbei und blieb auf dem Bahnsteig stehen. Es vergingen keine zwei Minuten, da kam ein strahlender junger Mann auf den verloren wirkenden Reisenden zu.

«Sie sind Dr. Stanislaus Kurz, vermute ich. Herzlich willkommen in Queensland!», sagte er, ohne eine Antwort abzuwarten, und streckte ihm die Hand entgegen. «Ich bin Dick, Dick Robinson, Senior Accountant (Oberbuchhalter) der ‹Queensland Royal Commission on Prickly Pear›. Wir fahren zur Brisbane Universität, wo Sie

Eine GWR 4575 Class 2-6-2T an der Spitze eines Nahverkehrszuges mit Oberlichtwagen auf der Strecke nach Warwick

Doctor Alan Foxfoot, Leiter des Commonwealth Instituts für Wissenschaft und Industrie empfangen wird.»

An der Roma Street, gleich gegenüber dem Bahnhof, hatte Dick Robinson ein altes, schwarz lackiertes australisches Automobil (Marke «Summit») geparkt. Die Gepäckträger schleppten die beiden Überseekoffer herbei und zwängten sie durch die Tür auf das Lederpolster der hinteren Sitzbank. Dick Robinson drückte jedem Gepäckträger einen Schilling in die Hand und kurbelte den Motor an.

Im Institut wurde Stan von Dr. Foxfoot und zwei weiteren Herren, deren Funktion eher undurchsichtig war, empfangen. Vorgestellt wurde ihm auch eine junge Stenotypistin namens Rose Bellington. Sie servierte Tee, wurde aber kaum beachtet.

Stan musste von der langen Seereise, von Böhmen und von Monaco berichten. Er rang zwischendurch nach Worten, konnte sich aber schon recht verständlich ausdrücken.

«Sagen Sie hier keinem Menschen, dass Sie deutscher Abstammung sind! Man würde Ihnen misstrauen, denn für die Deutschen herrscht in Australien immer noch eine Einreisesperre. Zu viele unserer Jungs mussten ihr Leben im Kampf gegen Deutsche und Osmanen bei Gallipoli lassen», brummte Alan Foxfoot.

Stan wollte bei den Australiern gleich Eindruck schinden. Er stemmte seine Arme in die Lenden und sagte wichtig: «Ich komme direkt von den Kanarischen Inseln, wo ich mich mit der Cochenille-Zucht gründlich auseinandergesetzt habe. Ich werde Ihnen meine Erfahrungen gerne zur Verfügung stellen. Möglicherweise kriegen wir die Opuntienplage mit der richtigen Dactylopiusart schnell in den Griff.»

Alan Foxfoot lächelte und klopfte Stan väterlich auf die Schulter: «Das interessiert uns sehr. Wir haben bisher nur sieben verschiedene Schildlausarten eingeführt, und unsere Entomologen können diese mehligen Tierchen kaum voneinander unterscheiden.»

Stan suchte nach Worten und fragte mit etwas schüchterner Stimme: «Und, sind Sie schon, äh, das heißt, haben Sie mit dem Einsatz von Schildläusen schon Erfolge gehabt?»

«Wir hatten Glück mit *Dactylopius ceylonicus*. Darum sind Sie nun hier. Sie werden uns helfen, den biologischen Kampf weiterzuführen.»

Stan wurde verlegen und sagte: «Ich nehme an, dass Sie die *Dactylopius ceylonicus* schon lange kennen.»

Alan Foxfoot holte aus: «Seit 1795, als die kleine brasilianische Schildlaus zum Aufbau der Farbstoffindustrie in Indien und Ceylon eingeführt wurde. Sie brachte dort alle *Opuntiae monocantha* zur Strecke. Wenn diese Laus Kakteen in Ceylon abmurkste, sagten wir uns, dann wird sie auch den Opuntien in Australien den Garaus machen.»

Ceylon! Ein Schatten huschte über Stans Gesicht, als Dr. Foxfoot dieses Wort aussprach. Ceylon, Belinda Flower … Stan trank einen Schluck Tee und fragte dann mit erstickter Stimme: «Und, tat sie das?»

«Bevor der Große Krieg ausbrach», erklärte Alan Foxfoot, «hatten wir eine Expertengruppe nach Ceylon delegiert, die gleich eine Portion Schildläuse nach Hause schickte, welche sie *Coccus indicus* nannte. Es waren Gott sei Lob und Dank die Richtigen, die *Coccus ceylonicus*. Doktor Jane Black, die damalige Leiterin unserer Versuchsstation in Dulacca, züchtete sie und setzte sie 1913 in Nord-Queensland aus, östlich von Mackey, wo die verdammten Kaktusbäume [*Opuntia monocantha*] unter anderem die Ufer des Flusses Suttor meilenweit verbarrikadierten. Die Wirkung war tödlich: Innerhalb von neun Monaten saugten sie die Kaktusbäume so lange aus, bis diese zusammenbrachen. Erstaunlich ist, dass auch kleine Populationen die mächtigsten Opuntien mit den dicksten Hauptsprossen zu Fall brachten.»

Stan bemerkte beiläufig: «Amerikanische Wissenschaftler sind der Meinung, dass einzelne Coccidae ein starkes Toxin sekretieren.»

Die Herren des Instituts warfen einander vielsagende Blicke zu, und Alan Foxfoot sagte: «Das würde in der Tat vieles erklären. Leider schmeckt den ceylonesischen Läusen in Australien nur die *Opuntia monocantha.* Alle anderen Opuntien, sei es *Opuntia inermis* oder sei es *Opuntia stricta,* werden von ihnen verschmäht. Darum fängt die Arbeit jetzt erst richtig an.»

Nach dem Tee wurde Stanislaus Kurz in ein geräumiges Wohnhaus in einem Außenbezirk geführt.

«Bis auf Weiteres sind Sie hier zu Gast, Stan», sagte der Stenograf und erklärte ihm, dass das Anwesen einem befreundeten Wissenschaftler gehöre, der sich dienstlich für längere Zeit in Texas aufhalte.

Am nächsten Tag stand Dick Robinson pünktlich vor der Türe und fuhr mit Stanislaus Kurz nach Sherwood. Alan Foxfoot und die vier weiteren Mitglieder des «Commonwealth Prickly Pear Board», die Herren Anthony Dunn, David Mandelbaum, Peter Fletcher und Dr. Eric Gladstone, standen beisammen und gaben Stanislaus Kurz einen herzlichen Empfang. Sie führten ihn durch das Gebäude und zeigten ihm vorerst das Laboratorium, in dem Jasper Shufflebottom, ein Entomologe, und seine beiden Assistenten Paul Smith und Reginald Frazer damit beschäftigt waren, Schnitte der Kakteenlaus *Diaspis echinocacti* für ein mikroskopisches Präparat zu erstellen.

Jasper Shufflebottom war ein kantiger Mensch von hünenhafter Gestalt mit groben, wie aus Sandstein gehauenen Gesichtszügen. Er hatte schlegelgroße Schweißhände mit stark abgekauten

Fingernägeln. Stan hielt ihn für einen brutalen Typ. Er wunderte sich, dass er mit seinen dicken Fingern überhaupt in der Lage war, mit Objektträgern, feinen Deckgläsern und mikroskopischen Präparaten umzugehen.

Mr Mandelbaum stellte Stan vor: «Das ist Doktor Stanislaus Kurz. Er ist Naturwissenschaftler und wird uns helfen, die biologische Bekämpfung der Kakteenplage voranzutreiben.»

Paul Smith und Reginald Frazer grüßten freundlich nickend. Jasper Shufflebottom schaute ihn hingegen argwöhnisch an.

«Sind Sie Deutscher?»

Die Frage überraschte Stan, und er antwortete wahrheitsgemäß, aber in der für ihn typisch umständlichen Art – wie immer, wenn er sich bedrängt fühlte:

«Nein, ich bin Deutschböhme und wurde als Österreicher geboren, weil Cisleithanien ein Kronland der österreichisch-ungarischen Doppelmonarchie war. Nach dem Großen Krieg, das heißt Ende 1918, wurde ich dann aufgrund des Versailler Friedensvertrags Bürger der tschechoslowakischen Republik.»

«So etwas habe ich mir gedacht, also doch Deutscher mit tschechoslowakischem Pass», mäkelte Jasper Shufflebottom und wandte sich wieder seiner Arbeit zu.

Kaum hatte sich Stan in Sherwood eingelebt, luden ihn seine Arbeitskollegen zur Einweihung des ersten Koala-Naturreservats der Welt ein, das keine halbe Stunde von Brisbane entfernt auf der Halbinsel «Tree Fig Pocket» errichtet worden war.

«Darauf freue ich mich sehr», sagte Stan. «Ich habe bisher noch nie einen Koalabären gesehen. Sind sie aggressiv?»

Alan Foxfoot lächelte und schüttelte den Kopf.

«Aber nein, Koalas sind keine Bären, sondern harmlose Beutelsäuger *[Phascolarctos cinereus]*. Hier in Ostaustralien sind sie endemisch und leben auf den Bäumen. Aber im Süden gibt es Leute, die Koalas als gefährlich betrachten, weil sie sich wie Kakteen vermehren und bald zu einer Landplage werden könnten.»

«Vielleicht wirst du im Reservat auch einen Joey zu sehen bekommen», warf Rose Bellington ein.

«Was ist das?», fragte Stan.

«Ich meine einen jungen, knuddeligen Koala. Für uns ist alles, was jung oder klein ist, ein Joey. Auch Kleinkinder oder Welpen sind Joeys.»

Das «Lone Pine Koala Sanctuary» schien auch für die Australier eine Attraktion zu sein. Jedenfalls gab es am Eingang eine lange Menschenschlange mit vielen aufgeregten Kindern. Die Belegschaft des Laboratoriums stand beisammen und wartete auf Rose Bellington.

«Schau unsere Flapper!», sagte Anthony Dunn und zeigte auf Rose Bellington, die hüpfend auf die Gruppe zukam.

«Flapper?», fragte Stan.

«Ja, so heißen bei uns modisch schicke Girls, die wie Schmetterlinge daherkommen.»

Rose Bellington war tatsächlich nach dem letzten Schrei gekleidet und zeigte sich erstmals in einem kniekurzen Rock mit gerollten Seidenstrümpfen. Zudem hatte sie sich einen Bubikopf schneiden lassen und trug dazu ein schwarzes Pailletten-Stirnband.

Unter dem Portal stand ein jüngerer Mann, den man Stan als Claude Reid und als Initianten des Refugiums vorstellte.

«Willkommen im ‹Lone Pine Koala Sanctuary›», sagte der junge Mann zu Stan. «Wir werden Ihnen unsere ersten vier Pensionäre vorstellen. Es sind zwei Koala-Pärchen. Jack und Jill und Cutie und Cuddles. Die Anlage ist ein natürliches Refugium für kranke und verletzte Koalas. Wir werden aber auch viele verwaiste Jungtiere aufnehmen müssen, weil es in Australien geldgierige Vollidioten gibt, die den Koalas wegen ihres silbergrauen Pelzes nachstellen. In den östlichen Bundesstaaten wurden etwa zwei Millionen Koalas ihres Felles wegen gejagt, was in Victoria und Neusüdwales beinahe zu ihrer Ausrottung geführt hatte. Die Tiere leben bei uns hier in Sicherheit, und das Risiko, dass ‹Tree Fig Pocket› mal von einem Buschfeuer erfasst wird, ist äußerst gering. Dingos, Füchse und andere Fressfeinde brauchen Koalas hier auch nicht zu fürchten.»

Im Buschland hielt Stan Ausschau nach Feigenbäumen, weil es davon in Australien einzigartige Arten gab. Da er nichts dergleichen erkennen konnte, wandte er sich an Claude Reid und fragte nach dem Standort der berühmten australischen *Ficus macrophylla*.

«Das war einmal. Hier gab es aber nur einen dieser Giganten», erklärte der Anlagebesitzer. «Der Baum soll eine dermaßen ausladende Krone gehabt haben, dass darunter ganze Viehherden oder vierhundert Menschen Platz finden konnten. Davon haben wir noch eine Fotografie aus dem Jahre 1866.»

Stan ging auf dem Feldweg neben Rose Bellington, und sie plauderten über Belanglosigkeiten. Ihre erotische, einfühlsame Stimme und ihr Hüftschwung berührten ihn. Er bemerkte erstmals, dass ihre Oberlippe und Wangen mit einem hellblonden Flaum bedeckt waren, der im Sonnenlicht wie Vellushaar glänzte. Von diesem Moment an fühlte er sich von ihr magisch angezogen.

Nach einem längeren Spaziergang erreichten sie eine mindestens fünfzig Meter hohen Eukalypte, um die herum sich ein paar Familien geschart hatten. Ein uniformierter Ranger trug einen Koala herbei, ging damit auf Stan zu und sagte: «Das ist Jack, Sie können ihn ruhig kuscheln.»

Stan blickte ängstlich auf die Greifhände des Tiers mit den scharfen Krallen und nahm es zögernd in die Arme. Es hatte den aromatischen Geruch von Eukalyptusöl und gab Stan das Gefühl, ein riesiges Hustenbonbon zu tragen. «Keine Angst, er ist noch duselig von zehn Pfund Eukalyptusblättern, die er heute verschlungen hat», erklärte der Ranger.

«Was gebt ihr ihm sonst noch zu fressen? Mögen Koalas auch Opuntientriebe?», fragte Stan.

«Oh nein», erwiderte der Ranger lachend, «sie vertilgen praktisch nur Blätter von *Eucalyptus microcorys* und *Eucalyptus viminalis.* Ab und an fressen sie auch Blätter von anderen Eukalyptusarten. Ausnahmsweise begnügen sie sich mit Teebaum- oder Kirschbaumblättern. Aber Kakteen – never, die könnten sie gar nicht verdauen.»

Stan errötete. Mit seiner Frage hatte er sich als Naturwissenschaftler eine Blöße gegeben. Zumindest empfand er dies so.

In den folgenden Wochen wandte Stan für die Vorbereitung der bevorstehenden Feldforschung viel Zeit auf. Er stöberte bei einem Händler regelmäßig in Reiseberichten früherer Australienforscher. Seine wertvollste Anschaffung war das «Tagebuch einer Landreise in Australien von Moreton-Bay nach Port Essington während der

Der Großblättrige Feigenbaum *(Ficus macrophylla)* auf «Tree Fig Pocket», 1866

Jahre 1844 und 1845» von Ludwig Leichhardt. Weil dieser sowohl Botaniker als auch Zoologe und Geologe gewesen war, tat Stan es ihm gleich und beschaffte sich für seine Feldarbeit im Outback dieselben Präzisionsinstrumente, die der preußische Entdecker auf seinen Expeditionen mitgeführt hatte. Zu Stans Ausrüstung gehörten neben seinem Zeiss-Fernglas deshalb bald auch ein Chronometer, ein Handkompass, ein Sextant, ein künstlicher Horizont sowie ein kleines Quecksilberthermometer. Er hätte sich auch gerne einen Cyanometer zugetan, der zur Messung der Himmelsbläue diente.

Als er Alan Foxfoot darauf ansprach, bekam dieser einen Lachanfall und meinte: «Sehr romantisch! In welchem Jahrhundert lebst du denn? Einen Cyanometer kannst du allenfalls in den Museen von Paris oder Wien sehen. Seit Alexander von Humboldt verwendet ihn wohl keiner mehr.»

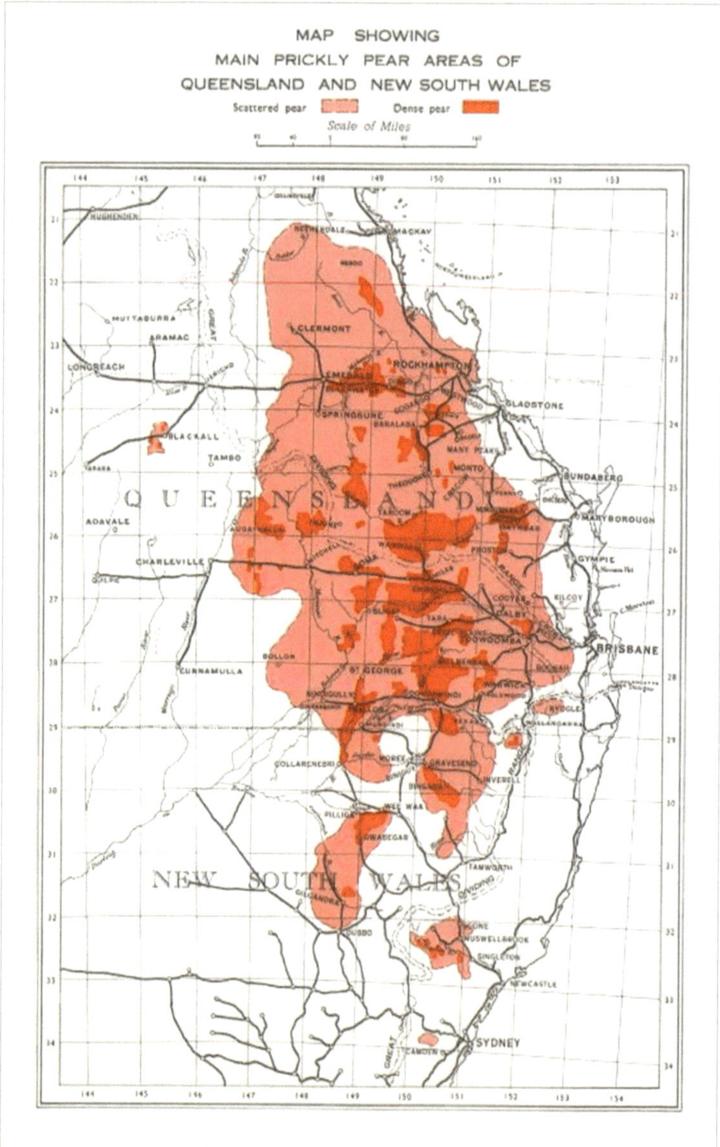

Die Verbreitung der Opuntienplage in Queensland und Neusüdwales, 1925

Opuntia stricta

Opuntia ficus-indica

Opuntia inermis

Opuntia robusta

Opuntia streptacantha

Opuntia tomentosa

Opuntia monacantha

Opuntia dillenii

Opuntia autriantaca

Acanthocereus tetragonus

Die «Nachtblühender Mondschein- oder Apfelkaktus« genannte *Harrissia martinii*

Eine alternative Sicht auf die Botanik

Die Wenigsten kannten seinen richtigen Namen. In Rockhampton und Brisbane nannten ihn alle Gum Man. Aber eigentlich wusste niemand, warum Gum Man Gum Man hieß. Man nannte ihn schon so, als er vor der Jahrhundertwende als Schiffsjunge aus Neuseeland herübergekommen war.

Gum Man hatte sein Schiff verlassen und schlug sich in den ersten Jahren als Landarbeiter durch. Dann ließ er sich als Gärtner bei einem englischen Einwanderer anstellen. Er, der mit zwanzig kaum richtig lesen und schreiben konnte, lernte, kein Mensch weiß wie, etwas Griechisch und Latein und unternahm einsame Streifzüge durch die australische Wildnis. Mit Dreißig hielt er in Brisbane Vorträge über die Flora Australiens und lichtete mit seiner deutschen «Tropen-Nettel»-Kamera viele Entenorchideen *(Caleana* spp.*)* ab. Seine Fotografien habe er einmal im «Royal Botanic Garden Sydney» ausgestellt und damit großen Erfolg gehabt.

Stan hörte im Laboratorium von Sherwood erstmals von diesem merkwürdigen Orchideensammler, der sich für den größten Kenner der australischen Flora hielt.

Ein Laie sei er, der alle Fachleute mit langen Briefen bombardiere und King George V. ein lächerliches Manifest zugestellt habe, bemerkte Jasper Shufflebottom und fügte spottend bei: «Gum Man taucht an allen botanischen Veranstaltungen auf. Wenn du ihm zufälligerweise begegnen solltest, gehst du dieser Nervensäge besser aus dem Weg.»

Stan logierte einige Tage im Hotel «Criterion» in Rockhampton und hörte im Pub beiläufig vom Gum Man reden. Er erkundigte sich nach ihm und erfuhr, dass dieser in einem kleinen viktorianischen Holzhaus auf der Seeseite ein einsames Leben führte. Es sei das einzige Haus mit einem feuerroten Dach, hinter dem sich eine Gartenanlage befinde, sagten die Männer im Pub.

Stan fand das Holzhaus mit dem roten Blechdach nach längerem Suchen. Es war ein zuckeriges Häuschen aus der Jahrhundertwende, dessen verwitterter, einstmals weißer Ölanstrich teils wie aufgeplatzte Brandblasen aussah, teils wie Hautfetzen von der Fassade herunterhing. Die feuerrote Haustüre hatte weiß gestrichene Kassetten. Ein mit dünnen Balken abgestützter Balkon bildete zugleich das Vordach der Arkade, dessen spitzenartig durchbrochenes Stichbogenfeld sich oberhalb der feuerroten Haustüre entlang schwang. Im wildwuchernden Vorgarten mit urweltlichen Farngebüschen herrschte eine heillose Unordnung. Leere Ölfässer, zerlegte Fahrräder, rostige Schaufeln, zerschlagene Blumentöpfe, ein alter Kinderwagen und dergleichen Unrat mehr lagen so herum, als hätten die Bewohner das Haus fluchtartig verlassen müssen.

«Was wollen Sie?», fragte ihn ein aus dem Garten herkommender Mann in moosgrünen Shorts und himmelblauen Kniesocken in einem grummeligen Tonfall. Er trug einen Filzhut, an dessen Krempe ein Fliegenvorhang aus aufgeschnürten Flaschenkorken baumelte und sein knorriges Gesicht mit den feuerroten Augenbrauen verdeckte. In der Hand hielt er eine doppelläufige Jagdflinte.

Passagiere an der Park-Avenue-Route in Rockhampton

«Ich bin Doktor Stan Kurz aus der Tschechoslowakei. Ich suche hier Herrn Arthur Blacksmith, der Gum Man genannt wird.»

«Ja, das bin ich. Was wollen Sie?», fragte Gum Man. Stan erklärte ihm, dass er Botaniker sei und sich für Orchideen interessiere. Daraufhin wurde der Typ sogleich umgänglicher und führte ihn in den Garten hinter dem Haus. Dann verschwand er für eine Weile und ließ Stan auf den heißen Steinplatten stehen. Hinter einer Schneise im Buschzaun sah Stan einen Holzrost, auf dem unzählige Töpfe mit Orchideen standen, deren Blüten von prächtigen Schmetterlingen besucht wurden. Es waren Grasgelblinge *(Eurema hecabe)* und Schwefelemigranten *(Catopsilia crocale)*. Daneben flatterte eine Große Eierfliege *(Hypolimnas bolina)*, die im Sonnenlicht lilablau irisierte.

Gum Man erschien mit einigen Flaschen «Fourex»-Bier, die er sich unter die Arme geklemmt hatte. Mit der Flinte in der Hand wies er Stan an, auf der Gartenbank unter einer sechzig Fuß hohen, mimosenhaften Silberakazie mit doppelt gefiederten Blättern *(Acacia decurrens)* Platz zu nehmen. Gum Man erklärte, dass er sich nur noch bewaffnet im Garten aufhalte, weil in den letzten paar Tagen schon dreimal ein «Saltie» (Salzwasserkrokodil) vom Meeresufer her in die nach sommerlichen Unwettern überschwemmten Nachbargärten eingedrungen sei.

Das Leistenkrokodil *(Crocodylus porosus)* sei, im Gegensatz zum «Freshie» genannten Australien-Krokodil *(Crocodylus johnsoni)*, das im Süßwasser Nordaustraliens lebe, ein angriffiger Menschenfresser. Stan bekam Gänsehaut; Schreckensbilder seiner kindlichen Albträume vom grasgrünen Krokodil im Gewächshaus kamen hoch. Er überspielte seine Todesangst vor knochigen Reptilien, die hier überall im blühenden Hinterhalt lauern konnten, und wechselte das Thema. Er erzählte dem Mann, der im Schatten der Akazie den braunen Hut in den Nacken geschoben hatte, von seinem Forschungsauftrag und von der väterlichen Kakteensammlung in Böhmen. Dieser hörte sehr aufmerksam zu, öffnete mit den Zähnen zwei «Fourex»-Bierflaschen, die gleich überschäumten, und reichte eine an Stan weiter.

«Ja, die Kakteenplage», sagte er, «die Menschen sind selbst schuld. Nachdem Europa nach Australien gekommen war, streckte die Natur ihre Stacheln heraus. Die Kakteen sind nur eine Sache, die Bienen eine andere. Früher waren die Honigbienen völlig harmlos. Seit sie aber mit einer europäischen Art gekreuzt wurden, stechen sie, wo sie können. Aber verglichen mit der Hyazinthenpest ist das noch nichts.»

«Hyazinthenpest? Welche Hyazinthen? *Eichhornia crassipes?* Erzählen Sie mir davon!», sagte Stan.

Gum Man setzte die Flasche an, trank sie halb leer und verscheuchte mit einer spastischen Handbewegung die ungemein lästigen Buschfliegen *(Musca ventustissima)* vom Gesicht, die, unbeirrt vom Fliegenvorhang, seine Nasenlöcher anzupeilen schienen.

Dann dachte der Sonderling einen Augenblick nach und meinte: «Ja natürlich, ich spreche von der hübschen blauen Wasserhyazinthe. Nicht nur Australien – die ganzen Tropen sind davon verpestet. Jede Pflanze verdoppelt sich nach zehn Tagen. In einer einzigen Wachstumsperiode können also zehn kleine Hyazinthen auf einem Acre Land mehr als eine halbe Million Ableger bilden, die sich zu einem dicken Teppich verweben. Unter diesem Biopanzer erstickt das Leben. Die Wasserhyazinthen verkrauten alles – Bäche, Seen, Weiher, Sümpfe. So entstehen Dämme, die Flüsse und Kanäle überschwemmen; sie bringen Wasserturbinen zum Stillstand und legen die Schifffahrt lahm.

Ich kann Ihnen genau sagen, wann diese Katastrophe anfing: 1884. Die Amerikaner hatten die Pflanze aus dem Amazonasbecken nach New Orleans gebracht – für die Gartenausstellung zur Hundertjahrfeier der Unabhängigkeit. Die Ausstellungsbesucher haben sie dann in die Welt hinausgetragen, um ihre Gartenteiche zu schmücken. 1885 grassierte die Wasserhyazinthe jedenfalls schon in Australien und in Afrika. Und zur Jahrhundertwende waren schon der ganze Kongo und seine Zuflüsse mit Wasserhyazinthen verkrautet, sodass sich die Pest bis nach Abessinien und ins Nyassaland ausbreiten konnte.

Amerika mobilisierte seine Genietruppen, die mit Mistgabeln bewaffnet in den Kampf geschickt wurden. Die Schlacht war gleich verloren. Die Pflanzen wucherten schneller, als sie von den Soldaten abgetragen werden konnten. Die Armee versuchte alles. Sie jagte die Pflanzenteppiche mit Dynamit in die Luft und streute

Arsenik in die Gewässer, sodass gleich auch alle Tiere zugrunde gingen. Kürzlich ist sie sogar mit Flammenwerfern vorgegangen. Wissen Sie, was nun passiert? Die verbrannten Pflanzen regenerieren sich, sie vermehren sich noch schneller als vorher und wachsen in doppelter Größe nach. Aber Gum Man kann lange reden ...»

Ein plötzliches Rascheln in einem Gebüsch unterbrach ihn. «Hier, ein Karnickel!», rief Stan und zeigte mit dem Finger auf ein erschrecktes Kaninchen, das flink durch den Garten hüpfte. Gum Man entsicherte blitzschnell das Gewehr, legte es an, aber – zu spät, das Kaninchen war zwischen den Orchideen verschwunden. Er senkte das Gewehr und schimpfte wie ein Rohrspatz: «Das ist auch so etwas mit diesen gottverfluchten Karnickeln. Überall hopsen sie auf den Feldern herum, untergraben den Boden, fressen die Felder ratzekahl und vermehren sich wie die Kakteen. 1920 wurde ihre Population auf zehn Milliarden geschätzt. In Westaustralien hat man kürzlich Katzen in der Wildnis ausgesetzt, damit sie auf die Kaninchen losgehen. Aber man wird sich wundern – die Katzen werden sich selbst in den Schwanz beißen. Verwilderte Hauskatzen stellen kleinen einheimischen Säugetieren sowie zahlreichen Reptilien- und Vogelarten nach und bringen ihre Bestände in Gefahr. Das ist eben so: Wenn Tiere und Pflanzen keine natürlichen Feinde haben, werden sie selbst zu Feinden der Natur!»

Nach einer längeren Schweigepause fragte ihn Stan, wie er denn zu seinem seltsamen Übernamen gekommen sei.

«Ich war vor vielen Jahren Gumgräber in Neuseeland. Ich verbrachte meine Kindheit mit meinem Vater in den Sümpfen von Wairoa bei Dagaville, wo wir uns mit Hunderten von Arbeitern abrackerten.»

Stan schaute ihn verwundert an und sagte: «Aber in Neuseeland gibt es doch keine Kautschukplantagen!»

Gum Man schüttelte den Kopf.

«Gum ist hier die Bezeichnung für Eukalypten. In Neuseeland ist Gum aber das Harz der Kauri-Fichte, fossiles Harz. Sie wissen doch, dass der Kauri ein Baum ist, dessen Stamm siebzehn Meter umfassen kann und säulengerade zum Himmel wächst? Als ich noch ein Kind war, wurde Gum tonnenweise für die Lack- und Linoleumfabrikation nach Europa exportiert.»

Stan nickte zustimmend und trank einen Schluck aus der Bierflasche.

Gum Man sagte: «Ich bin im Sumpf aufgewachsen. Mein Vater stand jeden Tag knietief im Schlick und schaufelte und schaufelte bis zum Sonnenuntergang. Während er hin und wieder kürbisgroße Gumbrocken an den Tag brachte, saß ich mit Maori und Kroaten zusammen, und wir schabten die Gumstücke sauber.»

Die beiden Männer unterhielten sich, von der noch brennenden Abendsonne angestrahlt, wie alte Freunde. Stan stellte Fragen, und Gum Man antwortete weitschweifig. So erfuhr Stan, dass sich dieser vor der Übersiedlung nach Australien auf der ganzen Südinsel Neuseelands durchgeschlagen und hin und wieder Touristen herumführt hatte. Er erzählte ihm vom Franz-Josef-Gletscher und von den Glühwürmchen, die eigentlich gar keine Würmer, sondern Mückenlarven waren und sich in Höhlen, Erdritzen und Löchern einnisteten:

«Das gibt es nur in Neuseeland und in Australien. Du gehst nachts bei völliger Dunkelheit in den Wald. Zwischen den Baumwipfeln siehst du bei klarem Wetter ein Stück des Sternenhimmels, und du suchst das Kreuz des Südens. Du gehst weiter, und plötzlich kippt das ganze Firmament. Der Sternenhimmel funkelt gleich neben dir, und du weißt nicht mehr, was oben und unten ist. Du gehst auf die Milchstraße zu und siehst aus jedem Erdloch der Böschung einen grüngelben Stern leuchten. Du gehst noch näher hin, strahlst mit der Lampe in eine faustgroße Mulde hinein, und du siehst Seidenfäden, die wie feine Perlenketten von der Decke herunterhängen. Hinter diesen Leimfäden versteckt sich eine Fliegenlarve, die *Arachnocampa luminosa.* Dieses stabförmige, durchsichtige Insekt, dessen letztes Körpersegment wie eine Schiffslampe blinken kann, ist ein Räuber. Es lockt mit seinem Lichtschein kleine Mücken ins Nest, die dann an den Leimfäden kleben bleiben und von der Larve gefressen werden. Je mehr die Fliegenlarve hungert, desto stärker strahlt sie. Im Süden des Wollemi-Gebietes, in Neusüdwales, habe ich später eine andere Art dieser Pilzmückenlarven gesehen, die *Arachnocampa richardsae* heißt.»

Stan sagte: «Das ist sehr aufregend, ich hatte davon keine Ahnung. Ich verstehe nur etwas von Pflanzen.»

Gum Man legte die Stirn in Falten. «Pflanzen und Insekten haben noch viel mehr miteinander zu tun als Tiere und Menschen. Denk an die neuseeländische *Ultracoelostroma assimile!* Kennst du sie überhaupt?»

«Ist das eine Schildlaus?», fragte Stan.

«Richtig! Sie weidet nur auf den Südbuchen und braucht die Eiweiße und Kohlenhydrate der Bäume für ihren Stoffwechsel. Den überschüssigen Zucker deponiert sie in Form von Honigtau auf dem Laubwerk. Und davon leben wiederum die Bienen, die ihn in den besten Honig der Welt umwandeln.»

Gum Man stand plötzlich auf, warf die Flinte ins Gras und sagte scharf: «Warte eine Minute!»

Er verschwand kurz im Dickicht und kehrte mit einem Pflanzenstock zurück, den er Stan hinstreckte.

«Das ist für dich!», sagte er knurrend und stieß mit dem Schuh die Bierflasche weg, die wie ein Crocketball auf den vermoosten Steinplatten davonrollte.

Stan nahm den Topf mit der zarten Pflanze vorsichtig entgegen, als hätte sie Stacheln. Er schaute sie genau an, bewunderte die freiliegenden Blütenblätter und das nach oben gerichtete Lippenblatt.

«Ist dies eine australische Drakaea?», fragte Stan.

«Nein, eine *Calaena major,* die hier ‹flying duck orchid› genannt wird.»

Nach einer kurzen Schweigepause holte er zu einer langatmigen Belehrung aus und warf mit botanischen Fachausdrücken wie Resupination, Labellum und Laminata nur so um sich.

Diese neunmalgescheiten Belehrungen nervten Stan. Weil er verdrossen dreinschaute, reagierte Gum Man leicht pikiert: «Du scheinst dich für unsere Orchideen nicht sonderlich zu interessieren. Dabei haben sie die subtilsten Blüten, die die australische Flora zu bieten hat.»

Stan wurde verlegen. Er senkte den Kopf, schaute die Blüte an und sagte: «Ich finde Orchideenblüten bezaubernd – eigentlich so betörend, dass man die ganze Pflanze an und für sich kaum beachtet. Die Blüten haben etwas Launenhaftes – ich misstraue ihnen. Sie gehören zum Verführerischsten, das die Schöpfung überhaupt hervorgebracht hat. Ich frage mich nur, ob Schönheit eine Waffe ist, mit der sie sich im Laufe der Evolution behaupten konnten? Aber für wen entfalten sie ihre Pracht?»

«Für die Insekten natürlich. Diese können dem Geschlechtsapparat, den ihnen die Orchideen in Erregung entgegenhalten, nicht widerstehen», erklärte Gum Man.

«Das würde aber bedeuten, dass die Orchideen aktiv auf die Insekten zugehen könnten, was botanisch …»

Gum Man unterbrach Stan und zeigte mit dem ausgestreckten Finger auf die Blüte: «Schau dir diese mit warzenartigen Erhebungen besetzte Lippe an, die die *Caleana major* fordernd nach oben stülpt. Das ist der Anflugpunkt der Insekten, die Facettenaugen als unübersehbares Nektarsignal registrieren. Sobald eine Fliege oder ein Flugkäfer darauf landet, schlägt die Lippe blitzartig zurück und schleudert den Besucher mit Gewalt in die Blütenvulva, in der das Insekt wollüstig herumsurrt und einen wahren Pollensturm entfacht. Meistens kommt es dabei zu einer Selbstbefruchtung der Orchidee. Du hast bestimmt auch unsere Pterostylis gesehen, deren Lippe wie eine spitze, geile Zunge aus der helmförmigen Blüte herausragt. Wenn sich ein Insekt darauf niederlegt, klappt sie die Lippe durch ein Gelenk nach oben und zwingt so das Tier, in den dunklen Schlund zu wandern. Nach etwa einer halben Stunde lässt sie die Zunge wieder hängen, und der Besucher kann endlich ausziehen, vollbepackt mit Pollen. Wenn das kein aktives Sexleben ist!»

Stan umklammerte den Pflanzenstock immer noch so, wie eine alte Dame ihre Handtasche auf den Knien hält. Er bedankte sich dafür bei Gum Man höflich und fragte etwas unsicher: «Denkst du, dass die Caleana die Temperaturschwankungen während der langen Schifffahrt nach Mexiko und nach Europa überstehen wird?»

«Ich glaube schon, dass sie die Reise heil überstehen würde. Aber das wäre noch lange kein Grund, sie ins Ausland mitzunehmen. Denk an das Risiko, Mann!»

«Entschuldigung, ich dachte, du hättest mir die Pflanze geschenkt.»

Gum Man erregte sich. «Aber sicher. Sie gehört dir, für immer. Das heißt aber nicht, dass du die Pflanze nach Amerika oder

Europa einführen darfst. Wer garantiert dir denn, dass sie nicht eine passende Klimaecke findet und dort verwildert? Möglicherweise ist sie kälteresistent wie die neuseeländische Caleana-Art. Da könnte es doch sein, dass sie sich mit einer europäischen Orchidee einkreuzt. Kein Mensch kann dann wissen, wie sich der neue Bastard gegenüber der einheimischen Flora verhält. Wer weiß, ob sie sich in der Natur nicht mit eurem Knabenkraut kreuzt. Vielleicht entwickelt der Bastard eine superpotente Blüte, mit den reizbaren Lippen der Caleana und mit dem Pollenium-Klebstoff des Knabenkrautes. Die Folge wäre möglicherweise eine verheerende Orchideenpest, die ganze Landstriche in den milden Klimazonen Englands und Europas befallen würde. Und die *Orchis maculata,* euer hübsches Knabenkraut, wäre dann schon im nächsten Jahrhundert für immer verschwunden.»

«Natürlich, du hast recht», sagte Stan, «auch Orchideen könnten zu einem Unkraut werden.»

«Was heißt Unkraut? Es gibt kein Unkraut!»

«Bitte schön, Unkraut gibt es doch auf der ganzen Welt. Zum Beispiel Wasserhyazinthen oder Spitzwegerich, Windenknöterich, Portulak und so. Das sind doch alles wirtschaftlich nutzlose Pflanzen, die bei den Kulturen Schaden anrichten.»

«Eben, das unsinnige Wort Unkraut zeigt nur, wie naturfeindlich die Ökonomie ist. Was du Unkraut nennst, sind meistens Pflanzen, die aus Unachtsamkeit, Gewinnsucht oder Dummheit verschleppt wurden.»

Daraufhin meinte Stan: «Auch Wind, Wasser und Tiere verbreiten Samen.»

«Von Amerika nach Australien ist noch kein Vogel von selbst gekommen, junger Mann!»

«Aber umgekehrt schon», sagte Stan, «einige australische Ehrenpreisarten wurden an der chilenischen Küste angeschwemmt.»

Stan hatte in diesem Fall zwar recht, aber Gum Man war verärgert. Der Gesprächsfaden war abgerissen. Gum Man blieb stumm, trank eine weitere Bierflasche leer und schaute durch Stan hindurch. Dieser stand auf, dankte Gum Man für die Gastfreundschaft und machte sich auf den Weg zurück zum Hotel. Die Orchidee ließ er stehen.

Kakteen aus der Vogelschau

Wo sich einst Weide- und Kulturland neben einer unermesslichen Wildnis erstreckt hatte, lagen nun öde Kakteenwüsten. Opuntien machten sich im Buschland von Queensland immer breiter und stiegen selbst auf die hügeligen Hochplateaus hinauf, wo sie in den Wäldern wie Riesenpilze zwischen Eukalypten, Akazien und Kasuarinen sprossen.

Gleichzeitig machten sie sich im Norden von Neusüdwales breit, stießen stellenweise sogar in die fruchtbaren Küstenstreifen zwischen Mackay und Sydney vor und drängelten sich in die Zuckerrohrplantagen. Sie verdeckten die Erde des Hinterlandes mit einer kniehohen Biokruste, die sich in einem rasenden Tempo reproduzierte und wie ein Öltropfen, der sich auf dem Wasser ausbreitet, bereits fast ein Viertel des gesamten Kontinentes belegt hatte. Über sechzig Millionen Acres (rund 243 000 km^2) – eine Fläche fast so groß wie ganz Großbritannien – waren verpestet, und jedes Jahr kamen weitere zweieinhalb Millionen Acres dazu. Die eine Hälfte war vollkommen zugewachsen, die andere Hälfte durch mehr oder weniger zerstreute Bestände verseucht. Aber auch isolierte Bestände hatten sich innerhalb von drei Jahren zu einem undurchdringlichen Gestrüpp entwickelt.

Selbst in der «Mulga Lands» genannten Bioregion Ostaustraliens mit ihren trockenen Sandebenen, wo endemische Mulga-Akazien *(Acacia maneura)* dominierten, wucherten acht verschiedene Opuntienarten. Daneben hatten sich dort auch andere Kakteengattungen wie Echinopsen *(Echinopsis oxygona)*, Harrisia *(Harrisia martinii)*, Peniocereen *(Peniocereus serpentinus)* sowie *Cereus peruvianus* breitgemacht.

Weder Dürren noch Sintfluten, weder Hitzewellen noch Frosttemperaturen vermochten dieses zügellose Wachstum zu bremsen. Von der Kakteeninvasion verschont blieb in Queensland einzig der ausgelaugte Boden der Steinwüsten.

Die bedrohlichste aller Kakteenarten war *Opuntia inermis.* Sie überwucherte eine Fläche, die insgesamt viermal so groß wie Böhmen war. Der Boden Ostaustraliens war mit dieser buschigen Pflanze, die kaum höher als einen Meter wuchs, regelrecht infiziert; sie verbreitete sich seit Mitte des neunzehnten Jahrhunderts wie die Metastasen einer bösartigen Geschwulst, und ihre Triebe schossen immer wieder an neuen Orten aus dem Boden. Wo immer auch eine einzelne, halb vertrocknete oder angefaulte Kladodie durch ein Tier oder eine Überschwemmung verschleppt wurde, schlug sie Wurzeln und wuchs, sofern ihr ein Baum oder ein Gebüsch auch nur ein bisschen Schatten spendete, in wenigen Wochen zu einer neuen, stattlichen Pflanze heran.

Für die Ursachen dieser explosionsartigen Ausbreitung hatte die Kakteenkommission verschiedene Theorien, die in Felduntersuchungen erhärtet werden mussten. Anthony Dunn brachte Stan mit einem Zoologen des Landwirtschaftsamtes von Queensland zusammen, der spezielle Erfahrungen in der Identifikation von Vogelkot hatte. Er stellte ihn als Georg Novak vor, aber Stan nannte ihn gleich bei seinem tschechischen Vornamen Jiří, den er in etwa wie «Jirschie» aussprach. Nowaks Eltern waren aus Mähren eingewandert. Obgleich der junge Mann etwas Deutsch sprach, unterhielt er sich mit Stan auf Tschechisch. Die beiden jungen Männer mochten sich auf Anhieb gut leiden, und die gemeinsame Abstammung verstärkte ihre gegenseitige Sympathie. Sie beschlossen, im Frühjahr der Verbreitung von *Opuntia inermis* und *Opuntia stricta* nachzugehen

Von Brisbane aus reisten die beiden mit der Eisenbahn (Western Line) 153 Meilen weit in die westlichen Darling-Downs nach Dalby, das gewissermaßen das Epizentrum der Opuntienplage war. Der Zug fuhr Punkt 15.00 Uhr in Brisbane (Central Station Roma Street) ab und erreichte Dalby nach sechs Stunden und 29 Minuten.

Dalby war eine Kleinstadt mit 2600 Einwohnern. Es gab dort drei Hotels, einen Country Club, eine Bank, zwei Kirchen und unzählige Flaschenbäume (*Brachychiton* spp.). Stan und Jiří logierten im «Imperial Hotel», einem alten Kasten aus dem neunzehnten Jahrhundert. Von dort aus unternahmen sie täglich lange Streifzüge durch das Buschland. Die Exkursionen waren, obwohl das Gelände topfeben ist, für den etwas gehbehinderten Stan anstrengend. Wenn ihn der Fuß zu sehr schmerzte, setzte er sich und kramte aus seiner Hosentasche eine runde Blechbüchse, die mit dem Bild eines Riesenwarans bedruckt war. Darüber stand in fetten Lettern «Goanna Salve». Stan öffnete sie, steckte den Zeigefinger in die Heilsalbe und schmierte damit seine Ferse ein. Der strenge Geruch von Echsenfett und Eukalyptusöl trieb ihm Tränen in die Augen.

Oft waren es aber nicht körperliche Beschwerden, sondern undurchdringliche *Opuntia-inermis*-Felder, welche die beiden zur Umkehr zwangen. Unterwegs untersuchte Stan Büsche von *Opuntia inermis* und machte sich Aufzeichnungen über Unterschiede in der Wuchsform, die nach Meinung von Anthony Dunn von der umliegenden Vegetation und vom Stickstoffgehalt des Bodens abhängig waren.

Eines Abends machte Stan vor einem einzelnen, kräftigen Kaktusbusch halt. Er umschritt ihn, vermaß seine Segmente und schaute sich die Areolen mit der Taschenlupe an.

Dann nahm er sein Notizbuch mit dem grasgrünen Leineneinband und schrieb: «Condamine-River, südlich von Miles. Nr. D 13: *Opuntia inermis* de Cand. Durchschnittsmaße Kladodien: 20 x 10 x 2 cm. Areolen: mit Büscheln kurzer Glochidien, eingebettet in braunem Tomentum, liegen 2,5 bis 5 cm auseinander. Drei bis vier Areolen bilden Kladodien-Diagonalen. Dornen: sehr selten, 1 Dorn pro Areole, kräftig, gelb. Blüten: zitronengelb, Durchmesser bis 8 cm.»

Dazu fügte er noch die Bemerkung bei, dass es in Queensland zwischen Rockhampton und Gayndah zwei verschiedene Varietäten von *Opuntia inermis* gebe.

Jiří Novak schaute Stans Kritzeleien schweigend an.

«Welch herrliche Pflanze hier; und schau dir diese furchtbare Landplage an!», sagte Stan und zeichnete dabei mit dem ausgestreckten Arm einen Halbkreis vom eben beschriebenen Opuntienbusch zum hellgrünen Horizont. «Für Ästhetik gibt es offenbar keine Mehrzahl. Multiplizierte Schönheit ist bedrohlich!»

Stan bückte sich nochmals über den Kakteenbusch und bemerkte zwischen den Seitensprossen ein großes, dreidimensionales Gespinst mit einem wunderbar regelmäßig gemaschten Spinnennetz, das die Schirmform eines Zirkuszeltes hatte. Darüber herrschte ein Wirrwarr aus Fangfäden. Er dachte gleich an eine berüchtigte, in Queensland heimische Trichternetzspinne *(Hadronyche formidabilis)*, deren Bisse tödlich sein können, und sprang von Schrecken erfüllt einen Schritt zurück.

Jiří Novak bemerkte Stans Panik. «Das sind harmlose Opuntienspinnen!», rief er ihm lachend zu.

«Wo? Ich sehe sie nicht», sagte Stan. Jiří Novak wies auf ein Stückchen Dreck im Netz und meinte: «Schau her, Opuntienspinnen *[Cyrtophora citricola]!* Diese sind wohl mit den Kakteen zusammen eingeschleppt worden. Sie sind Meister der Tarnung und Ablenkung. Sie gehören meines Wissens zur einzigen Spinnengattung, die Reste ihrer Beute im Netz hängen lässt, um neue Opfer von ihrer eigenen Erscheinung abzulenken. Vier Nächte lang spinnt ein Weibchen, bis solch ein geometrisches Meisterwerk vollendet ist.»

Über der Wabe der horizontalen Maschendecke, im Fadendickicht des Raumnetzes, hing ein Kokonstabiliment, ein raupenartiges Gebilde von sechs aneinanderhängenden flauschigen Eierkokons. Die Spinne lauerte unter dem Deckennetz. Es war ein erbsengroßes, braunes Tier, das seine Beine eng an den Körper angewinkelt hatte und das Aussehen eines vertrockneten Stücks Kakadu-Kot hatte. Stan und Jiří warteten in der Dämmerung über eine Stunde, bis ein kleiner Grashüpfer gegen die senkrecht verlaufenden Fangfäden des Raumnetzes prallte und wie ein vom Hochseil stürzender Zirkusakrobat ins Fangnetz fiel.

Die Opuntienspinne spürte die Erschütterungen. Sie tastete mit den kammförmigen Vorderbeinkrallen einen Radialfaden des Decknetzes ab und ortete so den Standort des Grashüpfers. Dann hangelte sie sich in Windeseile zu ihrem Opfer. Stan sah mithilfe seines Brennglases die mächtigen Kieferfühler, deren Klauen sich wie die Klingen eines Klappmessers langsam öffneten. Die Spinne durchbiss das Deckennetz, umklammerte den zappelnden Grashüpfer und wickelte ihn mit den Hinterbeinen in ihr Gespinst ein. Statt aber das Insekt gleich zu verspeisen, ließ es Cyrtophora als lebendes Proviantpaket im Netz hängen.

Stan und Jiří untersuchten unzählige *Opuntia stricta,* die sich von ihren nahezu stachellosen Schwestern kaum unterschieden. Stan hatte mittlerweile ein dermaßen gut geschultes Auge, dass er *Opuntia stricta* Harworth und *Opuntia inermis* De Candolle schon von Weitem auseinanderhalten konnte.

«*Opuntia stricta* hat einen aufrechteren Wuchs, schmalere und längere Flachsprossen und vor allen Dingen Dornen. Lange, gekrümmte Dornen.»

«Zudem sind ihre Kladodien völlig glanzlos», belehrte Stan jeden, der die beiden Pflanzen verwechselte, und fügte gleich bei, dass *Opuntia stricta* etwa 1870 aus Malta nach der Stadt Rockhampton eingeschleppt worden sei. Er räumte aber ein, dass diese Art von vielen Botanikern als Variante von *Opuntia inermis* betrachtet werde.

Stan war sich bewusst, dass im Outback zahlreiche gefährliche Gifttiere leben. Deshalb war er immer vorsichtig, trug meist knöchelhohes Schuhwerk oder Stiefel und vermied es, durch hohes Gras zu gehen. Bevor er sich auf den Erdboden setzte oder ein Kakteengestrüpp näher untersuchte, klopfte er mit seiner Krücke mehrmals auf den Erdboden, um allfällig vorhandene Schlangen zu vertreiben. Opuntien, Adler und Schlangen gehörten für ihn zusammen, weil sie auf dem mexikanischen Wappen eine Einheit bilden und den Gegensatz von Himmel und Erde symbolisieren. Zu sehen bekam er aber nur selten Schlangen, obwohl ihre Dichte im Outback ungemein groß ist. Alleine in Queensland sind 120 verschiedene Schlangenarten heimisch. Etwa 65 Prozent davon sind giftig.

Einmal, auf dem Rückweg nach Brisbane, sonnte sich wenige Meter neben Jiří eine beige, über zwei Meter lange Schlange am Straßenrand. «Achtung, Stan – eine Östliche Braunschlange!», schrie er seinem nachkommenden Freund zu und schritt langsam rückwärts. Die sogenannte «Eastern Brown Snake» oder «Gwardar» *(Pseudonaja textilis)* ist die in der Region meistverbreitete Giftschlange und gehört mit dem Inlandtaipan *(Oxyuranus microlepidotus)* aus den Wüstengegenden von West-Queensland zu den gefährlichsten zwei Schlangen der Welt.

Stan ließ sich nicht aus der Ruhe bringen und meinte: «Glück gehabt! Diese Giftnattern sind ja extrem aggressiv. Letzten Sommer sah ich in einem Hinterhof der Brisbaner Vorstadt, wie eine Braunschlange eine Maus erbeutete. Es geschah mitten am Tag. Die Giftnatter lag regungslos der Länge nach am Boden ausgestreckt, als in etwa fünf Metern Entfernung von ihr eine Maus *(Pseudomys australis)* vorbeirannte. Plötzlich schnellte die Schlange hoch und jagte wie eine zuckende Peitschenschnur auf die Beute zu, umschlang sie in Windeseile und biss drei- oder viermal zu. Die Maus verfiel gleich in Schockstarre, vielleicht war sie schon nach wenigen Sekunden tot, innerlich verblutet. Daraufhin würgte die Schlange sie hinunter.»

«Was heißt hier aggressiv, mate?[5]» sagte Jiří. «Beute ist im Outback selten. Schnelligkeit im Zubeißen und die rasche tödliche Wirkung des Gifts sind Garanten für das Überleben dieser Reptilien. Aber Menschen gehören nicht zu ihrem Beutespektrum. Sie greifen uns nur an, wenn wir ihnen zu nahetreten und sie sich dadurch selbst angegriffen fühlen.»

Stan nahm die Belehrung wortlos entgegen. Schließlich hatte er sich schon in der Tschechoslowakei mit Schlangenkunde beschäftigt und das Verhalten von Kreuzottern *(Vipera berus)* im Böhmischen Mittelgebirge lange genug beobachtet.

Jiří brachte Stan verschiedene Vogelstimmen bei, die er mit Vergnügen zu imitieren begann. Bei einbrechender Dunkelheit kauerte Jiří manchmal zwischen *Opuntia-inermis*-Büschen, hielt die Hände mit verknäuelten Fingern vor dem Mund zusammen und stieß den knatternden Lockschrei des Großen Emus *(Dromaisus novaehollandiae)* aus. Aber die im Bundesstaat Westaustralien häufigen Laufvögel, die sich bisweilen zu Herden zusammenschlossen und ganze Weizenfelder niedertrampelten, blieben den beiden Männern fern.

Stan wunderte sich, im Kakteengestrüpp keine nistenden Vögel zu sehen. «Gibt es hier keine Zaunkönige?», fragte er.

Jiří Novak schüttelte den Kopf.

---

5 «Mate» ist eine in Australien übliche Anrede, im Sinne vom «Freund» oder «Kumpel».

«Wie kommst du darauf? Zaunkönige leben doch nicht auf Kakteen.»

«Ich spreche vom Kaktuszaunkönig, dem *Campylorhynchus brunneicapillus,* der sich vor allem in Opuntien aufhält.»

«Das würde noch fehlen!», meinte Jiří. «Kaktuszaunkönige leben in Mexiko und in den USA, aber in Australien sind Kakteen ohne Vögel eingeschleppt worden. Wir haben zwar endemische Vogelarten, die wir ebenfalls Zaunkönige («Wrens») nennen, die aber zur Familie der Staffelschwänze (*Maluridae* spp.) gehören und sich vor allem in Parkanlagen und Gärten aufhalten.»

«Ja natürlich, das sind doch diese prachtvollen blauen Singvögel, die wir in Brisbane oft sehen.»

Auf ihren Exkursionen begegneten Stan und Jiří den merkwürdigsten Säugetieren. Sie sichteten Raub-, Kletter-, Nasen- und Honigbeutler. Um die Termitenhügel in der Savanne-Region beim Golf von Carpentaria sahen sie Schnabeligel *(Tachyglossus aculeatus)* watscheln, und im Gestade der Gewässer bei der Stadt Mackay bekamen sie ein ebenfalls eierlegendes Schnabeltier *(Ornithorhynchus anatius)* zu Gesicht.

Unvergesslich blieb für Stan die Sichtung eines riesigen schwarzen Laufvogels mit einem blauen Hals. Er bemerkte ihn an einem frischen Augusttag in den Atherton Tablelands in Norden von Queensland, wo er mit Jiří Novak nach Opuntienschädlingen suchte. Als er das Tier von Weitem sah, rief er seinen Freund Jiří herbei und machte ihn auf den komischen Vogel aufmerksam.

«Nichts wie weg!», schrie Jiří Novak, «das ist ein Helmkasuar *(Casuarius casuarius)*, möglicherweise ein Männchen, das am Brüten ist.»

«Müssen wir uns vor ihm in Acht nehmen?», fragte Stan.

«Und ob! Kasuare gehören zu den gefährlichsten Vögeln der Welt. Letztes Jahr gab es hier einen schrecklichen Vorfall. Zwei halbwüchsige Brüder sind mit einem Knüppel auf einen Kasuar losgegangen. Der jüngere Bursche konnte zwar die Flucht ergreifen, ist aber etwas später dennoch kollabiert. Als der ältere Bruder am Boden lag, hat ihn der Vogel angesprungen und ihm mit seiner messerscharfen Kralle die Halsader durchgeschnitten.»

Das ließ sich Stan nicht zweimal sagen. Er drehte sich um und lief weg, so schnell er konnte.

Ein paar Wochen später erkundeten Stan und Jiří Novak die westliche Opuntiengrenze des Bundesstaates. Sie lag bei Charleville, einem Städtchen von damals viertausend Einwohnern, das einige hundert Meilen von Brisbane entfernt liegt. Von dort aus zogen sie weiter westlich ins ausgemergelte, sonnengebleichte Buschland und scheuchten unterwegs eine Herde Dromedare auf. Stan blieb mit offenem Mund stehen.

«Kamele? Warum nicht Eisbären?», fragte er höhnisch.

«In Australien leben 11 853 Kamele», sagte Jiří Novak. «Eine Regierungskommission hat sie dieses Jahr gezählt.»

Bei den Kupferminen bei Cloncurry gebe es eine afghanische Siedlung mit Kameltreibern. Doch mit ihrem Transportgeschäft gehe es bergab, und die Afghanen seien von der Regierung so hoch besteuert, dass sie anfingen, ihre Tiere freizulassen. Eine Pestilenz seien diese herumstreunenden Kamele, die Eingeborene und Pferde kopfscheu machten. Darum würden sie von den Farmern gekeult.

«Die Kakteenplage, die Rattenplage, die Fliegenplage, die Kaninchenplage, die Katzenplage und die Dingoplage sind nicht genug; nun werden wir bald auch eine Kamelplage haben!», murrte Novak und schlug sich mit der rechten Hand gegen die Stirn.

Jiří Novak folgte allen Tierspuren und suchte den näheren Umkreis von alleinstehenden Bäumen ab. Er blieb vor jeder Kotablagerung stehen, rief den lateinischen Tiernamen und wartete auf Stan, der hinkend nachkam. Dieser zermalmte mit dem abschließenden Kautschukstöpsel seiner Fritzkrücke die zumeist vertrockneten Ausscheidungen und hob aus den Krumen allfällig vorhandene Kakteensamen auf. Novak steckte sie in einen Umschlag und notierte darauf die entsprechende Tierart.

Die beiden Männer wanderten, mit Rücksicht auf Stans Gehbehinderung, gemächlichen Schrittes durch das kakteenverseuchte Outback und umschritten die Opuntienbüsche so, als hätten sie einen gefährlichen Slalom zu leisten. Plötzlich blieb Stan fluchend stehen. «Do prdele!», schrie er, was auf Tschechisch wohl so etwas wie «Scheiße» heißt. Sein rechter Fuß war in einem noch etwas feuchten Kothaufen steckengeblieben, aus dem Sämlinge von Opuntien herauswuchsen.

«Ha, ein Kuhfladen wie im Egerland!», spöttelte Novak. Dann hob er den Zeigfinger hoch, setzte eine wichtige Miene auf und dozierte ungefragt wie seinerzeit in einem Proseminar der «School of Biological Sciences» an der Universität von Queensland (UQ): «Es gibt in Australien etwa dreißig einheimische Arten von Mistkäfern, die Exkremente von Beuteltieren wie Kängurus, Wallabys und Koalas abbauen. Sie rollen den Mist zu Kügelchen, legen ihre Eier darin ab und vergraben sie dann im Boden. Aber Kuhfladen interessieren sie nicht ... schau mal, bräunliche Teller von etwa dreißig Zentimeter Durchmesser, so weit das Auge reicht. Sie sind hart wie Gipsplatten und deckeln die gute, rote Erde zu. Denk daran, Abertausende von Rindern, und jedes Rind scheißt täglich bis zu zweiundzwanzig Pfund Mist. Dazu kommt noch der Dung von Schafherden, den einheimische Kotfresser ebenfalls nicht mögen.»

Stan runzelte die Stirn und meinte: «Es wird den Australiern wohl nichts anderes übrig bleiben, als in anderen Kontinenten nicht nur nach Opuntienschädlingen zu suchen, sondern auch Ausschau nach Larven von Mistfliegen *(Scathophaga stercoraria)* und anderen Koprophagen wie Dungkäfern zu halten, denen das australische Klima behagen könnte. Das Auszählen dieser importierten Misttiere wird eines Tages vielleicht meine Nachfolger beschäftigen.»

Stan war in seinen Knickerbockern und Wollsocken viel zu warm gekleidet. Schweißperlen rannen ihm von der Stirn über die Wangen. Plötzlich flog ein Schwarm von Buschfliegen *(Musca vetustissima)* zielgerade auf seine nackte Haut zu, und die Sechsfüßer saugten sich mit Körperflüssigkeit voll. Stan wedelte mit der rechten Hand vor dem Gesicht und versuchte, sich mit dieser als «Aussie salute» bekannten Geste die Quälgeister vom Leib zu halten. Je mehr er jedoch herumfuchtelte, desto angriffiger wurden sie. Sie setzten sich auf Stans Mundwinkel und drangen in seine Nase und in die Ohren ein. Jiři Novak zündete sich derweil seine mit «Forest and Stream»-Tabak gestopfte Maiskolbenpfeife an und paffte dicke Rauchwolken, um sich vor dem Fliegenschwarm abzuschirmen. Alles umsonst, die Buschfliegen verschonten auch ihn nicht.

«Je mehr Kuhscheiße, desto mehr Buschfliegen», murrte Novak.

Stan und Jiří gingen eine Weile schweigend weiter. Jiří Novak blieb auf einmal stehen und wies mit dem Finger auf ein Häufchen würfelförmiger Kotballen hin. «Schau her, Stan, das ist Wombat-Scheiße! Wombats sind die einzigen Tiere der Welt, die platonische Körper kacken. Warum, hat die Wissenschaft bis heute nicht herausgefunden.»

Nach Regenfällen, wenn keine Brandgefahr herrschte, machten die beiden manchmal ein Feuer an und kochten Tee auf. Stan kam einmal auf die Idee, Opuntienfrüchte unterschiedlich lang in der Glut zu garen, um die Samen später auf ihre Keimfähigkeit hin zu untersuchen. Er hatte bemerkt, dass vorwiegend Kängurus, Wildschweine, Emus, Flötenkrähenstare und Stelzenmonarchen den saftigen, tief purpurfarbenen Früchten von *Opuntia inermis* nachstellten, deren Mark eine Unmenge von Samen enthält.

Stan säte die eingesammelten Samen später im Versuchsgarten des Laboratoriums aus und wunderte sich, dass sie nach heftigen Regenfällen in den Sommermonaten (Dezember bis Februar) allesamt schnell keimten. Die hartschaligen Samen passierten offensichtlich jeden Verdauungstrakt und überlebten auch Buschbrände, ohne dabei Schaden zu nehmen. Später erfuhr Stan, dass die Samen ihre Keimfähigkeit sage und schreibe 15 bis 20 Jahre lang behalten.

«Während die Kakteensamen durch den wohlig warmen Darm der australischen Straußenvögel wandern, keimen sie auf, und die Emus scheißen dann im ganzen Land blühfähige Kaktustriebe herum», schrieb Stan seiner Schwester Silvia.

Stan und Jiři verfassten nach einem Jahr Feldforschung einen ausführlichen Zwischenbericht zu Händen der «Queensland Land Commission», und sie lieferten darin die Erklärung, warum sich immer wieder neue Ausbreitungsherde von *Opuntia inermis* unter Hoop-Pinien *(Auracaria cunninghamii)* und Bunya-Kiefern *(Auracaria bidwillii)*, an Wegrändern oder entlang der Weidezäune bildeten.

Kaum hatten sie diesen Rapport abgeschickt, meinte Jiří Novak: «Vielleicht war es ein Fehler, unsere Befunde dieser Kommission bekannt zu geben. Damit gießen wir womöglich Öl ins Feuer ihrer unseligen Vogeljagdaktion.»

«Wovon sprichst du, Jiří?»

«Hast du nicht mitbekommen, dass die Behörde ein Prämiensystem für den Abschuss von Vögeln ausgesetzt hat? Sie denkt, dass die Reduktion des Bestandes an Krähen, Elstern und Emus die Verbreitung von Kakteensamen in Schach halten könne.»

Stan schaute ihn irritiert an und fragte: «Ist diese Schlachterei schon im Gang?»

«Leider ja. Du hast doch die wild herumballernden Farmer selbst gesehen. Seit Anfang 1926 bis heute [Ende 1927] haben sie über 200 000 Vögel getötet und etwa 100 000 Emu-Eier vernichtet. Wenn das so weitergeht, bringen sie unsere Ökologie noch vollends durcheinander. Diese Tiere sind nämlich Allesfresser und vertilgen jedes Jahr tonnenweise Abfall und verhindern so die Ausbreitung von Krankheiten. Aber unsere Beamten kennen die Lehre von Ernst Haeckel kaum, geschweige denn die neuesten Erkenntnisse des britischen Pflanzenökologen Sir Arthur Tansley, der von Ökosystemen spricht.»

Als Stan und Jiří jeweils von ihren Streifzügen aus Dalby zurückkamen, verbrachten sie den Abend zumeist im Pub. Jedes Mal bot sich dort das gleiche Bild. In der Lounge saßen drei Frauen beisammen, tranken Gin Tonic oder Portwein und fluchten wie die Kutscher. Und am Tresen standen auch immer dieselben neun Schafscherer, die Unmengen von Stout soffen, laut blökten und sich

Sechs Meter hohe Opuntien in der Gogango-Ranch, Central Queensland, 1921

über Stan lustig machten. Eines Abends, als Stan unwohl war und die Rabauken nicht sehen mochte, ließ er Novak im Pub stehen und zog sich auf sein Zimmer zurück. Kopfschmerzen, Ohrensausen und ein leichtes Schwindelgefühl plagten ihn. Offensichtlich büßte er für seine leichtsinnige Angewohnheit, barhäuptig durch das australische Hinterland zu ziehen. Er litt, wie er später einmal erklärte, an einer leichten Heliosis. Statt sich jedoch gleich ins Bett zu legen, schrieb er seiner Schwester Silvia einen Brief, den er allerdings nie abschickte.

Dalby, Sonntag, den 14. Jänner 1923

Meine liebe Lobivia,

Sende Dir aus der australischen Wildnis meine liebsten Grüße. Es ist Hochsommer mit Temperaturen von über siebzig Grad Fahrenheit am Schatten. War heute mit einem Freund tschechischer Abstammung auf botanischer Exkursion. Wir sahen seltene mexikanische Opuntia species, deren Früchte von Kängurus und anderen wilden Tieren verzehrt werden. Während die roten Riesenkänguru-Männchen im brennenden Busch kämpfen, sammeln ihre Weibchen Opuntienfrüchte ein und stecken sie haufenweise in ihren Beutel, um damit Proviantreserven anzulegen. Die wohlschmeckenden Früchte sind für die jungen Kängurus sehr bekömmlich.

Ich werde ein kleines Känguru für Dich nach Brisbane bringen und es mit frischen Opuntienfrüchten hochziehen. Ich denke jeden Abend an Euch und danke Dir, dass Du Vaters Kakteensammlung gut pflegst.

An dieser Stelle brach er den Brief ab, weil er sich schlecht fühlte, und legte sich aufs Bett. In seinem Kopf drehten sich die Kladodien einer *Opuntia streptacantha* wie in einem Kaleidoskop, und sie veränderten unablässig ihre Form und Farbe. Dieses fieberhafte Kommen und Gehen, das Anschwellen und Zusammenschrumpfen der Formen, wurde durch das Rumpeln und Poltern eines Possums gefördert, das auf dem Blechdach Kapriolen schlug.

Nach einer schlechten Nacht mit entsetzlichen Albträumen

blieb Stan den ganzen Sonntag im Bett liegen. Jiří Novak legte ihm kalte Umschläge auf und brachte frisches Wasser und Reisbrei aufs Zimmer. Zwei Tage später fühlte sich Stan wieder wohl und zog mit Jiří Novak erneut ins Outback. Sie durchstreiften die Gegend um Dalby kreuz und quer und entschlossen sich danach, aufgrund eines Berichts der «Queensland Royal Commission on Prickly Pear», den Distrikt Goondiwindi im Südwesten von Brisbane zu erkunden. Stan staunte immer wieder über die technologisch fortschrittlichen Anlagen, die selbst in den kleinsten Ortschaften Queenslands Einzug hielten.

Als er und Jiří im altmodischen «Victoria Hotel» mit seinen weißen Scherengittern an der Fassade, Buntglasfenstern und einem schiefen, ornamentalen Turm abstiegen, nahm Stan ein Exemplar der Zeitung «Balonne Beacon» aufs Zimmer. Darin fand er die überraschende Nachricht, dass die knapp fünftausend Bürger des Fleckens eine Abstimmungsvorlage über die Versorgung des Ortes mit elektrischer Kraft angenommen hatten.

Die Umgebung von Goondiwindi war eigenartig. Was sie vorfanden, war schaurig-schön. Vor ihnen lag ein unendlicher Teppich von fußhohen, von den Australiern «Tiger pears» genannten *Opuntia aurantiaca* mit ihren birnenförmigen, stark bedornten Früchten. Das Ausmaß der Verpestung überraschte Stan umso mehr, als diese Art seines Wissens bislang nur in Teilen Neusüdwales die Oberhand gewonnen hatte. Stan und Jiří Novak unterhielten sich über deren vegetative Verbreitung, und Jiří meinte, dass die Kakteen- und die Kaninchenpest Hand in Hand gingen.

«Die kurzen, fingerlangen Triebe der ‹Tigerkakteen› brechen leicht ab und bleiben mit ihren Widerhäkchen im Fell der Karnickel hängen. Die gleiche Kalamität ergibt sich durch das Zusammenspiel von Kaninchen und dornenlosen Hasenohr- oder Goldborstenkakteen *(Opuntia microdasys)*. Eine generative Vermehrung dieser Opuntienart haben wir bislang noch nicht feststellen können. Anders als in der mexikanischen Chihuahua-Wüste bilden sie in Australien nämlich gar keine Samen.»

«Dies trifft wohl auch für die *Opuntia rufida* zu, die immer wieder mit *Opuntia microdasys* verwechselt wird», sagte Stan und erinnerte sich an eine schmerzhafte Dermatitis, die ihm die Angelborsten letzthin an den Knien beschert hatten. Jiří warf ihm einen verständnisvollen Blick zu und nickte schweigend.

«Natürlich», sagte er nach einer Weile.

«Die vegetative Verbreitung ist in dieser Gegend besonders krass. Denk aber auch an die *Austrocylindropuntia subulata!* Du kennst ihn ja, diesen baumhohen ‹Eve's needle cactus› mit seinen bis zu acht Zentimeter langen Dornen, die aus den Areolen im oberen Teil der Hocker sprießen, im Fell der Tiere stecken bleiben und oft ganze Pflanzenteile mitliefern. Aber Gott sei Dank hat dieses in Südaustralien häufige Unkraut die ariden und semiariden Zonen Queenslands bisher nur stellenweise erobert.»

«Ja schon, aber ich bin überzeugt, dass in Australien nahezu alle Säugetier- und Vogelarten für die Verbreitung der meisten Kakteenarten sorgen», sagte Stan.

«Wahrscheinlich hast du recht, Stan. Aber die Vermehrung durch das Zusammenwirken bestimmter Tier- und Kakteenarten scheint mir besonders ausgeprägt zu sein. Letztes Jahr war ich mit Mitgliedern des ‹Department of Primary Industry› in Neusüdwales auf einer landwirtschaftlichen Erkundungstour. In der Umgebung der Bergbausiedlung Broken Hill, wo es zahlreiche Ballungen von baumförmigen Boxerhandschuhkakteen *(Cylindropuntia fulgida* var. *mamillata*) gibt, stieß ich auf einen erlegten Dingo *(Canis lupus dingo)*. Schafzüchter hatten den Wildhund mit einer Totfangfalle erbeutet. In seinem Fell hing eine ganze Anzahl von sechs bis zwanzig Zentimeter langen Kladodien dieses Unkrauts. Offensichtlich hatte das Tier, als die Viehzüchter seinem Rudel nachstellten, einen dieser Chollabüsche gestreift und wurde dabei gleich mit bedornten, endständigen Triebsegmenten vollgespickt.»

In einem Brigalow-Gehölz *(Acacia harpophylla)* im Hinterland von Goondiwindi bemerkte Stan erstmals auch Vertreter einer Kakteengattung, denen er argwöhnische Blicke zuwarf. Es waren hellgrüne, schlangenförmige *Harrisia* spp., die wie die hübschen *Opuntia microdasys* in den 1890er Jahren zur Zierde von Parkanlagen in Australien eingeführt worden waren und sich nach und nach als Gartenflüchtlinge selbstständig gemacht hatten. Ihre rosigweißen, fünfzehn bis zwanzig Zentimeter langen, verwelkten Nachtblüten hingen wie schmutzige Taschentücher von den Stämmen herunter.

«Ich wäre nicht überrascht», dachte Stan, «wenn sich hier auch die Harrisia bald in Pestwellen ausbreiten würde.» Farmer der Region hatten ihm berichtet, dass der Wildwuchs von Harrisia-Sträuchern die Mobilität des Viehs stellenweise bereits einschränkte und zu argen Verletzungen mit Lähmungserscheinungen führen konnte.

Stan wunderte sich, dass die Einöde mit vielen kahlen Stämmen von abgestorbenen Eukalypten bespickt war, die sich wie verbrannte Streichhölzer zum Himmel reckten.

«Diese Bäume wurden alle von den Siedlern erwürgt, und zwar schon bevor ‹Tigerkakteen› hierher verschleppt wurden», erklärte Jiří Novak.

Als ihn Stan verwundert anschaute, holte Jiří weiter aus: «Ringeln ist schneller und billiger als Schlagen. Um einer Eukalypte die Saftzufuhr abzudrehen, klettern die Kolonisten den Stamm hoch, sicheln ihn rundherum an und ziehen ihm dann einen handbreiten Ring Rinde ab.»

Stan schüttelte verständnislos den Kopf und schwieg.

Für die Rückfahrt von Goondivindi nach Brisbane stiegen Stan und Jiří in einen überfüllten Zweitklasswagen der «South Western Railway Line» (Kapspur: 1067 mm) ein. Jiří Novak fand einen Sitzplatz und schlief vor Erschöpfung gleich ein. Sein Kopf baumelte im Takt des Zuges, und er schnarchte wie eine Holzsäge.

Stan kam derweil zum ersten Mal mit einem alten Ureinwohner ins Gespräch, der sich zwischen den Holzbänken auf den Fußboden gesetzt hatte. Bis anhin waren für ihn die wenigen Aborigines, die in Brisbane niedrige Dienste verrichteten, nur Schatten, die aus dem Nichts ins großstädtische Völkergemisch geworfen worden waren. Er zeigte sich umso überraschter, als sich der «Wilde» in einem guten Englisch höflich nach der Uhrzeit erkundigte. Stans Kollegen im Laboratorium hatten ihn davor gewarnt, sich mit Aborigines einzulassen, da sie in jeder Hinsicht unzuverlässig und unberechenbar seien. Aber der Ureinwohner in schwarzer Kleidung und sauberem Brusthemd strafte diese Vorurteile Lügen.

Stan musste ihm genau schildern, wie er als Junge auf der anderen Seite des Großen Meeres fischen gegangen war. Und der sanftmütige alte Mann, der sich Bullum nannte, erzählte ihm, dass er an der Goldküste, im Gebiet von Beaudesert südlich von Brisbane, aufgewachsen sei, aber seine Yugambeh genannte Muttersprache weitgehend verlernt habe. Nachdem der Zug im Hauptbahnhof von Brisbane eingelaufen war, wollte Stan drei Flaschen Bier kaufen. Bullum bezahlte, was Stan sehr beschämte. Jiří Novak stand leicht verwirrt dabei und sagte kein Wort. Sie tranken die Flaschen noch auf dem Bahnsteig aus und verabschiedeten sich voneinander.

Als Stan am selben Abend an der Methodistenkirche an der Albert Street vorbeischritt, wollte es der Zufall, dass Bullum unter dem Portal stand. Stan ging freudig auf ihn zu.

«Komm in mein Haus!», sagte Bullum und führte Stan in ein feuchtes, abbruchreifes Wohnhaus am nördlichen Brisbane-Ufer. Sie saßen dort auf einer Matratze in einem kahlen Zimmer, tranken Bundaberg-Bier und plauderten im tranigen Licht einer Grubenlampe über die Wildnis. Stan berichtete Bullum von seinen Begegnungen mit Moschus-Rattenkängurus *(Hypsiprymnodon moschatus)* und Schnabeligeln *(Tachyglossus aculeatus)*.

Daraufhin erzählte ihm Bullum eine sehr merkwürdige Begebenheit, die er als Kind von seinem Onkel am Ufer des Albert Rivers gehört hatte. Er sprach bedächtig, als ob er beten würde, und er verknüpfte die einzelnen Handlungsabschnitte zu ganz langen Sätzen. Stan zog sein kleines, mit grasgrünem leinengebundenes Notizbuch aus der Rocktasche und schrieb die Geschichte genauso nieder, wie sie ihm berichtet wurde.

«Vor sehr langer Zeit, als viele der uns heute so vertrauten Berge noch geschaffen wurden und die Tiere und Vögel viel größer waren als heutzutage, waren die Landtiere über die Meerestiere sehr verärgert, die oft an Land kamen und ihr Reich überquerten. Die Landtiere fanden sich zu einer großen Versammlung ein, die von einem Gartenfächerschwanz, einem kleinen, redegewandten Vogel mit unbezähmbarer Energie, einberufen wurde, der mit allen Landtieren und Vögeln Verbindung aufnahm; unter ihnen waren der als ‹Marin› bekannte Sandwaran, das Flughörnchen von ‹Wyambyn›, die Kupferkopfschlange von ‹Kooralbyn› (‹Guralbang› heißt auf Yugambeh ‹Braune Schlange›) sowie andere, die viel zu zahlreich sind, um sie alle aufzuzählen. Die Versammlung beschloss, die Meerestiere anzugreifen, wenn sie sich das nächste Mal an Land wagen würden, und sie bestimmte ‹Binggingerra› (‹Bingging› bedeutet auf Yugambeh Schildkröte), die riesige Süßwasserschildkröte, zu ihrem Führer. Obwohl langsam, war diese sehr sicher und entschlossen, und ihr harter Panzer erlaubte ihr, sich gegen Angriffe gut zu verteidigen.

Leider ging eine derart große Schlacht nicht ohne Verluste aus! Der arme, alte Sandwaran litt an tödlichen Wunden; doch bevor er starb, kroch er zum Fuß der Great Dividing Range, und sein Körper bildete, nachdem er sich in Stein verwandelt hatte, den heute bekannten ‹Mount Maroon›. Als der Koala-Bär mitten im Kampf feststellte, dass von seinem einst schönen buschigen Schwanz nicht einmal mehr ein Stummel übriggeblieben war, kletterte er auf eine Eukalypte und blieb in der Gabel zwischen dem Hauptstamm und einem dicken Ast sitzen und weinte und weinte, und bis zum heutigen Tag kommt er selten zum Trinken herunter und lebt von den Eukalyptusblättern und schreit, wenn er erschreckt oder verwundet wird, wie ein menschliches Baby. Der kleine Vogel, den wir heute als Blutvogel oder Rotsteiß-Mistelesser kennen und oft in den Misteln, hoch auf den Bäumen, beim Fressen sehen können, hatte nicht immer diese leuchtende rote Brust. Nein! Sie wurde mit Blut getränkt, als er sich um ‹Bingingerra› sorgte, die schreckliche Wunden hatte, und er behielt diese lebhaft blutrot gefärbten Federn bis zum heutigen Tag.

Die arme ‹Bingingerra› machte nach dem Kampf eine heldenhafte Anstrengung, um den Weg von der Meeresküste nach Hause am Albertfluss zurückzulegen, aber ihr Leben erlosch langsam, und als sie sich in der Nähe ihres Hauses mit ausgestrecktem Hals niederlegte, erwachte sie nie mehr aus ihrem langen Schlaf, und wie ‹Maroon› wurde ihr Körper zu Stein, und so kam es, dass der Bingingerra-Berg (Mount Witheren) in Form einer schlafenden Schildkröte geschaffen wurde.»

Die Mythe befremdete Stan. Noch nie hatte er sich so unendlich weit weg von zu Hause gefühlt.

Als er nach einem freien Tag in der Quarantänestation von Sherwood eintraf, eilte ihm Rose Bellington entgegen und rief: «Stan, du musst sofort zu Mr Dunn. Er erwartet dich dringend.»

Stan ahnte das Schlimmste. Er ging hin und klopfte an die Tür.

«Ja, kommen Sie schon herein!», schrie Anthony Dunn.

Stan öffnete die Türe und blieb in leicht gebückter Haltung auf der Türschwelle stehen.

«Hallo, Mr Dunn», sagte er leise, «Sie wünschten mich zu sprechen?»

«Yes, of course ,mate, wieso klopfen Sie denn bei mir überhaupt an? Morgen fliegen Sie!», sagte er und blinzelte dabei mit dem linken Auge.

Stan schaute ihn verwirrt an und schwieg.

«Freuen Sie sich doch, Sie Dusseltier! Morgen gehen wir zusammen auf einen Erkundungsflug. John Winton von der ‹Queensland and Northern Territory Aerial Services Limited› hat uns in die Wolken eingeladen. Wir fahren mit der ‹Western Railway› nach Charleville. Dort steigen wir mit einem Aufklärungsflieger in die Luft, und wir schauen dann wie Engel auf die Kakteen in den Darling Downs runter! Sie werden mir beim Fotografieren assistieren und mir helfen, die Platten zu wechseln. Verstanden?»

Stan riss die Augen auf, er brachte keinen Satz über die Lippen. Dunn grinste über das ganze Gesicht und sprach weiter: «Wir fahren morgen Freitag mit dem 7.00-Uhr-Zug los. Ready to travel?»

«Oh yes. Thank you, Mr Dunn. Thank you so much!», sagte Stan und verließ das Büro.

Am folgenden Sonntag – es war ein heißer und gleichzeitig etwas windiger Januartag – standen die beiden Männer auf der Veranda des «Booking Office» von F. Cory & Co beim Aerodrom von Charleville und hielten das von ihnen gegengezeichnete Flugticket in der Hand. Der Hangar war ein wackeliger Bungalow mit einem vorgewölbten Wellblechdach. Stan unterhielt sich mit dem Piloten und betrachtete missmutig den rot-weiß gestreiften Windsack, der sich alle Minuten für einen kurzen Augenblick aufplusterte und gleich danach wieder in sich zusammenfiel. Anthony Dunn zupfte Stan an der Schulter und zeigte mit dem Finger auf zwei Quellwolken, die wie gigantische Blumenkohlköpfe im tiefblauen Himmel hingen.

Das zweisitzige Aufklärungsflugzeug BE2e

Der Pilot war ganz aufgeräumt, witzelte und wies mit einer vagen Handbewegung auf die dicken Wolken.

«Mal sehen, ob wir da durchkommen. Einerkolonne, mir nach, Marsch!», sagte er mit einem Augenzwinkern und ging mit den beiden Männern fadengerade auf die «BE2e» zu, die neben einer «Avro 504 K» auf dem Flugfeld stand.

Kurz vor der «BE2e» blieb er stehen, blickte den beiden Männern in die Augen und sagte in einem beruhigenden Tonfall: «Keine Angst, die Kiste war schon 1916 für das ‹Royal Flying Corps› im Einsatz und hat den Krieg heil überstanden. Wir haben sie speziell für Landratten wie Sie umgebaut und benutzen sie schon seit fünf Jahren für Taxifahrten und Vergnügungsflüge.»

Stan näherte sich dem khakibraunen Doppeldecker, als hätte er es mit einem gefährlichen Raubvogel zu tun. Der metallische Geruch von heißem Motorenöl und Treibstoff vermengte sich mit dem seifigen Geschmack des aufgewirbelten roten Staubes und versetzte Stan in Aufruhr. Die beiden Passagiere schwiegen; Anthony Dunn hatte offensichtlich das gleiche beklemmende Gefühl wie Stan.

«Übrigens, wer von euch fliegt mit mir mit?», fragte der Pilot.

Anthony Dunn und Stan Kurz realisierten gleichzeitig, dass die Maschine Platz für nur einen Passagier bot.

«Fliegen Sie mit unserem jungen Freund! Ich werde mit der ‹Avro› nachkommen, im ‹Booking Office› wissen sie Bescheid», sagte Anthony Dunn.

Stan war verlegen und wollte höflich ablehnen.

«Komm!», sagte der Pilot. «Steig auf und zieh die Lederjacke mit der Mütze und der Brille an. Das Zeug liegt auf dem Sitz!»

Stan gehorchte ohne Widerrede. Der Pilot half ihm, in den Vordersitz des Doppeldeckers zu klettern. Kaum hatte er die braune Lederkleidung angezogen und sich auf Geheiß des Piloten angeschnallt, bemerkte er einen einarmigen Mann, der auf den Propeller zuging. Sein nackter, öliger Oberkörper glänzte in der Sonne. Er streckte seinen Arm aus, packte eines der vier Luftschraubenblätter und drehte den Propeller mehrmals um.

«Zündung ein!», schrie er.

Der Pilot warf den Motor an, und der Öltemperaturanzeiger stieg langsam auf etwa 105 Grad Fahrenheit[6]. Als der Drehzahlmesser die Startleistung von 1800 rpm anzeigte, knatterte und blubberte der 90-PS-RAF-Motor. Die vier Tragflügel des Doppeldeckers vibrierten wie jene einer australischen Großlibelle aus der Familie der Petaluridae, und die zitternden Drahtverspannungen erinnerten Stan an die Trespen und Silbergräser in den Feldern um Wildstein.

Der Pilot schob den Gashebel langsam nach vorne, und Stan spürte, wie der V8-Motor jede Zelle und jede Faser seines Körpers zum Mitschwingen brachte. Die «BE2e» rollte holpernd auf der Piste. Stan umklammerte den Silberknauf seiner Fritzkrücke mit beiden Händen, als sei es der Steuerknüppel des Flugzeugs, und schloss für eine Weile die Augen. Dann sah er, wie ein Keilschwanzadler *(Aquila audax)* die Maschine rechts überholte. Der Vogel flog lautlos vorbei, drehte seinen Kopf um, riss den blutverschmierten Schnabel auf und schien höhnisch zu lachen.

Die Maschine hob sanft ab und stieg in einem flachen Winkel,

---

6 zirka 40,5 Grad Celsius

bis der Höhenmesser fünfhundert Fuß anzeigte. Stan lehnte den Kopf an der Windschutzscheibe vorbei seitlich hinaus. Gegenwind drückte ihm die Brille ins Gesicht und peitschte ihm die Backen nach hinten. Nach einigen Minuten öffnete er die Augen und blickte vorsichtig hinunter. Unter ihm lag ein unendlich weites Kakteenland mit bläulich schimmernden Sichel-Hakenschwertern *(Acacia harpophylla)* und Kängurubäumen *(Casuarina lepidophloia),* deren Stämme wie Schiffsmasten emporstachen. Ab und an erinnerten eine windschiefe Holzhütte oder verfallende Zäune an die einstmals unermesslichen Rinder- und Schafsweiden.

«Um klar zu sehen, genügt oft ein Wechsel der Blickrichtung», schoss ihm durch den Kopf. Dieses Zitat hatte er dem «Prager Tagblatt» entnommen. Es stammte von einem damals noch unbekannten französischen Schriftsteller, der Chef eines Zwischenlandeflugplatzes in Spanisch-Marokko war.

Das Flugzeug schraubte sich über eine Stunde mehr oder weniger ruhig vorwärts und überflog Schneisen und Lichtungen. Stan folgte dem Flugzeugschatten, der über eine Herde von Kängurus huschte, die wie Flöhe durch das Buschland hopsten.

«Wir fliegen mit 65 Meilen [ca. 105 km] in der Stunde nach Osten, Boy! Unter uns liegt Mitchell», schrie der Pilot nach vorne.

Stan, der ihn kaum verstehen konnte, biss sich auf die Unterlippe. Das leichteste Nicken, Gieren oder Rollen der Maschine beklemmte ihn und gab ihm das Gefühl, der Wind und die rasende Geschwindigkeit würden seinen Brustkasten wie einen Schwamm zusammendrücken.

Plötzlich bemerkte er eine Veränderung der Landschaft. Im Opuntienmeer lag eine weitläufige, gräuliche Insel mit vereinzelten Scheinakazien *(Robinia pseudoacacia* L.*).* Er erkannte die dazwischen wachsenden Mondscheinkakteen *(Harrisia martinii* [Labour.] Britton & Rose) an den starken, meterlangen Trieben. Er hatte ihre schneeweißen Trichterblüten mit rosafarbenen Rändern schon früher in der Quarantänestation von Sherwood gesehen und bewundert, wie sie bei Nacht aufbrachen und ihre Staubfäden vom Mondlicht durchfluten ließen.

Die Mondscheinkakteen-Enklave, inmitten des Opuntienmeers, mit diesen dicht wuchernden und untereinander vertäuten

Überwuchertes Grundstück im Umfeld von Chinchilla, Mai 1928

Trieben, präsentierte sich aus der Vogelschau wie eine jener Launen des Indischen Ozeans, die die Wogen zum Brodeln und Schäumen bringen, wenn ein heraufziehendes Unwetter dräut.

Über der Kleinstadt Chinchilla zog der Pilot eine Schleife und stieg auf etwa tausend Fuß hoch. Das Kakteenmeer verwandelte sich mit zunehmender Höhe in eine schrumpelige, graue Decke, auf der die Lichtungen rotgelbe und die Wälder schwarze Kleckse zeichneten. Stan wunderte sich über die Löcher, welche die Schatten der Quellwolken in den Boden rissen. Die vor ihm liegenden Wolken kamen wie gewaltige Luftschiffe auf ihn zu, und plötzlich sah er sich in dichten Nebel gehüllt. Die Maschine verpackte sich mit der Dampfwatte einer Kumulonimbus-Wolke, sackte fünf bis zehn Meter tief ab und rollte daraufhin wie eine angeschossene Taube um ihre Längsachse. Stans Blut stockte in den Adern, und in seiner Magengrube zog sich alles zusammen.

Nachdem sie in Charleville auf dem sonnigen Flugfeld gelandet waren, stieg Stan fahlweiß aus der Maschine und schwor sich, nie wieder in seinem Leben in einen Aeroplan zu steigen.

Anthony Dunn saß vor dem «Booking Office» von F. Cory & Co und zeigte sich unbeteiligt, ja geradezu gelangweilt. Seine ganze Begeisterung für die Aeronautik schien verflogen zu sein. Er hielt seine Plattenkamera auf den Knien, kramte einen verchromten Flachmann aus der Brusttasche hervor und trank einen Schluck Whisky.

Vom Flugfeld aus gingen sie in die Stadt. Sie bummelten die Alfred Street hinunter, an den Agenturen der Wollhändler vorbei. Sie begegneten einem streunenden, schwarzen Hund, der gerade gegen den Pfahl einer einsamen elektrischen Laterne pinkelte, die präzise in der Straßenmitte platziert war. Ansonsten schien das Städtchen verlassen.

Als sie die Growrie erreichten, wo noch wenige Jahre zuvor die Pferdefuhrwerker ihr Nachtlager aufgeschlagen hatten, gingen sie in Louis Janetzkies «Victoria Hotel» und bezogen dort ein Zimmer. Nachdem Mr Dunn in der Hotelbar eine halbe Flasche Whisky gekippt hatte, ließ er sich das Flugerlebnis in allen Einzelheiten schildern und überhäufte Stan mit präzisen Fragen über das Ausmaß der Kakteenplage. Als sich Stan vorsichtig nach Anthony Dunns Flugerlebnis erkundigte, wich dieser dem Gespräch aus. Stan, der deshalb nie gewagt hätte, nach den Luftaufnahmen zu fragen, bekam auch später kein einziges Bild zu sehen.

Mit Gift und Feuer gegen Opuntien

Als sich Stan und Jiří wieder einmal im Pub des Hotels «Imperial» in Dalby aufhielten, kam eine Gruppe von lärmenden Schafscherern herein. Es waren raue, unrasierte Burschen mit offenen Hemden und schlaffen Hosenträgern. Sie schmissen ihre Kochtöpfe und fernblauen Pferdedecken in eine Ecke des gekachelten Bodens, wo ein feuchter Haufen zusammengekehrtes Sägemehl lag. Die Männer bestellten sich das Bier gleich kübelweise, das leicht trübe aus dem Selbstschenker floss, weil die Bierleitungen offensichtlich seit geraumer Zeit nicht gereinigt worden waren. Stan wurde von einem innert wenigen Minuten betrunkenen Schafscherer angeödet, aber er verstand ihn nicht. Die Burschen blökten ein seltsames, lang gezogenes Englisch.

Jiří Novak übersetzte: «Wenn wir auf euch Eierköpfe zählen würden, gäbe es hier nur noch Kakteen zu fressen. Nein, wir bekommen die verdammte Kakteenplage selbst in den Griff. Wir brauchen euch nicht. Nächsten Montag geht es los!»

Jiří Novak bezahlte eine Runde Bier und erfuhr, was die Bauern im Schilde führten. Sie hatten in den letzten Monaten alle Fahrzeuge und Landwirtschaftsgeräte aufgetrieben, die stark genug waren, um Opuntiensträucher zu entwurzeln, zu zerhacken oder zu vermanschen.

Die Verzweiflung der Viehzüchter und Baumwollpflanzer legte Aggressionen frei, die in einen ungemeinen technischen Erfindungsgeist umschlugen. Bau- und Landwirtschaftsgeräte wurden aus den Fahrzeugschuppen hervorgeholt und zweckentfremdet. Sie wurden zu Kriegsmaschinen, die nur einem Zweck dienten: der radikalen Ausrottung der Opuntien.

Auf dem Fahrzeugpark bei Chincilla hatte die Bürgerwehr unter Anweisung von Neil Bates, Einsatzleiter und Präsident der örtlichen Farmervereinigung, die ausgefallensten Maschinen und Geräte in Reih und Glied aufgestellt. Der Fahrzeugpark war eine gewaltige Ansammlung von schrottreifen Landwirtschaftsgeräten aus der Jahrhundertwende, ausgedienten Traktoren sowie modernen amerikanischen Personenfahrzeugen und Lastwagen. Die einzelnen Gefährte waren mit einem erdroten Schlammbelag überzogen, der ihnen in der warmen Abendsonne den widerlichen Anschein gab, mit eingetrocknetem Blut verschmiert zu sein. Aus dem Wagenpark stachen vorgebaute Sensen, Scharen und Scheren in die Luft, die die Fahrzeuge in mörderische Rieseninsekten verwandelten.

An vorderster Front standen – zwischen schweren Mähdreschern mit «Thomson»-Dampfwagen, «Bulldog»-Ackerschleppern mit Glühkopfmotoren, alten Eggen, Grubbern und Messerhäckslern – Bagger mit Zahnschaufeln, Traktoren mit vorgesetzten Sensen und Sicheln, Lastwagen mit Pflugscharen und Felddrescher mit Spitzscharen. In der zweiten Frontlinie folgte gewissermaßen die Artillerie: schwere Dampfwalzen, die dem Straßenbau entzogen worden waren und umgebaute Schienenfahrzeuge. Die letzte Reihe bildete die Feuer- und Giftfront: Mitgeführt wurde eine ganze Menge von Wasserspritzen der Feuerwehren, die anstatt Wasser Benzin enthielten. Daneben standen Handkarren voll gelöschtem Kalk und zwei Ambulanzen bereit.

Der Handstreich sollte bei Sonnenaufgang erfolgen und dem von den einzelnen Landbesitzern verabschiedeten Vernichtungskataster Rechnung tragen. Neil Bates' Strategie war es, vorerst breite, parallele Schneisen von Osten nach Westen durch den Kakteenwald zu ziehen. In einer zweiten Phase sollten doppelt so viele Breschen von Norden nach Süden geschlagen werden, sodass das verpestete Land in Felder von je etwa zwei Hektaren aufgeteilt werden konnte. Somit hätte jedes Kakteenfeld acht Zufahrtswege und könnte alsdann von allen vier Seiten her systematisch in Angriff genommen werden.

Als Neil Bates am folgenden Montag um sechs Uhr morgens mit seiner Tröte zum Einsatz blies, verfolgten Stan und Jiří das Geschehen skeptisch und schauten zu, wie Benzinmotoren der «Tarrant»-Manufaktur und Dieselmotoren gleichzeitig angekurbelt wurden. Sie knatterten, heulten auf oder brummten. Die Fahrzeugkolonne

Maschinenpark zur Opuntienbekämpfung in Queensland

setzte sich im Schritttempo in Bewegung und zog rußige Rauch- und Dampfschwaden hinter sich her. Nach einer halben Stunde standen die Fahrzeuge vor den ersten Ausläufern der Opuntienfront. Die gelben Blüten waren schon weit geöffnet, und die jungen Sprossen wogten im Ostwind, als würden sie sich zum Kampf aufrichten. Im Gegenlicht der noch flach stehenden Morgensonne strahlten die am Rande der Kladodien liegenden Dornen wie goldene Strahlenkränze.

Die Sturmoffensive bot nach kurzer Zeit ein erbärmliches Bild. Auf allen Seiten standen im Gestrüpp historische Fahrzeuge still, festgefahren zwischen Opuntienbüschen, Erdwällen und dornigen Akazien oder eingebrochen in Kaninchenbauten. Einzelne Farmer, nur in Shorts und Hemd gekleidet, buddelten ihre Fahrzeuge fluchend aus der sandigen Erde; andere saßen mit schmerzerfülltem Gesicht und brennenden Weihnachtskerzen auf den Fahrzeugen und ließen Wachstropfen auf die Arme und Knie fallen, um die Glochidien[7] mit der erkalteten Wachsschicht aus der Haut zu zie-

7 Feine, borstenartige Dornen, die mit Widerhaken versehen sind und sich bei Berührung leicht ablösen.

hen. Maschinen mähten, dreschten, hackten und walzten derweil wild darauflos. Einzelne Opuntienbüsche bäumten sich unter den Baggerschaufeln ein letztes Mal auf, bevor sie von den Dampfwalzen zu einem Brei vermanscht wurden. Die nachstoßenden Männer streuten gelöschten Kalk auf den Kaktusmatsch, um das Saatgut zu zerstören. An anderen Stellen waren die Farmer mit den Benzinspritzen im Einsatz; es bot sich ein Bild von lichterloh brennenden Opuntiensträuchern.

Die Angriffe wiederholten sich alle paar Wochen bis in den Spätsommer hinein. Zwischen Roma, Chincilla und Surat gab es kaum einen Farmer, der sich nicht mindestens einmal am Feldzug beteiligt hätte. Über die Technik der Kakteenvernichtung zirkulierten die wildesten Gerüchte. Ein Viehzüchter aus Mitchell wollte eine Armeeeinheit gesehen haben, die nachts mit Flammenwerfern und einem britischen Mark-I-Panzer blühende Mondscheinkakteen *(Harrisia martinii)* überfiel. Unter dem Geheul von läufigen Dingos *(Canis familiaris dingo)* und dem entsetzlichen Motorengetöse hätten die Soldaten mit ihren tödlichen Flammen aus einer Distanz von etwa zweihundertfünfzig Fuß auf die Pflanzensäulen geschossen, die unter der Hitze zerborsten seien. Nachher seien diese vom Panzer flachgewalzt worden. Die Felder hätten noch lange nach Benzin und Verbranntem gestunken.

Über die Frage, ob der Einsatz von Feuer im Kampf gegen die Kakteenplage überhaupt sinnvoll sei, stritten sich die Experten. Aus Sicht der Wissenschaftler hatte die Brandrodung keine Chance, den Vormarsch der Kakteen aufzuhalten. Viele Farmer waren hingegen der Überzeugung, dass ein Brandangriff das einzig wirksame Mittel sei, um Kakteen in Schach zu halten. Einige vertraten auch die Meinung, dass Buschbrände die Regeneration der endemischen Flora fördern würden. Zudem werde das Feuer die Kakteen verletzten und schwächen, sodass Pilze, Bakterien und ausgesetzte Insekten ihnen den Garaus machen könnten.

Nachdem sich die Behörden eingeschaltet und den Bauern die Hoffnungslosigkeit ihres Unterfangens klargemacht hatten, blieben in den halbverwüsteten Kakteenfeldern verlassene Maschinenwracks zurück, die langsam verrotteten und von frischen

Opuntienwald in Queensland, ca. 1930. Vermutlich *Opuntia tomentosa*

Opuntientrieben überwuchert wurden. Die Kakteen hatten eine Schlacht mehr gewonnen. Wo einst Benzinfeuer loderten und Dampfwalzen rollten, ernährten sich nun die Opuntien von Asche und dem Kompost der zerstörten Nachbarpflanzen; sie begannen noch kräftiger zu wachsen und williger zu blühen als je zuvor. Die Situation schien aussichtslos und Stan resignierte zusehends. Er war auch der botanischen Exkursionen überdrüssig; seine beschwerliche Feldforschung unter gleißender Sonne, der brennende Durst, seine von Kaktusdornen zerschundenen Beine, die lästigen

Buschfliegen – wozu das alles? Weil Stan ein paar Wochen später von seinen Vorgesetzten viel Lob für seine wissenschaftlichen Rapporte erntete, fasste er wieder Mut und ermittelte in den Zuckerrohrplantagen nördlich von Rockhampton, wo er einen neuen Herd von *Opuntia monocantha* entdeckt hatte. Die paar Büsche waren am Absterben und befanden sich am Rande einer Plantage, wo farbige Arbeiter beschäftigt waren. In der Luft lag ein leichter Knoblauchgeruch, und die ansonsten glänzenden Kaktustriebe zeigten sich matt und welk. Einzelne Pflanzen waren sogar förmlich verbrannt, von gelbbrauner Farbe.

Das Schadbild kam Stan bekannt vor.

«Hier muss Gift im Spiel sein!», dachte er und erinnerte sich an einen agronomischen Untersuchungsbericht über Folgen eines Gifteinsatzes gegen die Opuntienpest in der Kapprovinz der Südafrikanischen Union. Bis 1910 sollte das Landwirtschaftsministerium den Siedlern im östlichen Kapland über vierhundert Tonnen Natriumarsenit ($NaAsO_2$) zur Vernichtung der dort «donringblad» genannten *Opuntia stricta* verbilligt abgegeben haben. Die ökologischen Folgen mussten verheerend gewesen sein und zahlreiche Menschenleben gekostet haben.

Stan sah einen zerlumpten Mann mit einer Kolbenrückenspritze bäuchlings am Boden liegen. Er ging auf ihn zu, sprach ihn an und zupfte ihn an der Schulter. Der Mann schlief nicht, er war tot. Stan erstarrte vor Schreck. Dann drehte er die Leiche sachte um und schaute sich das Gesicht an, das erste Spuren von Leichenfraß durch Wildtiere aufwies. Es war ein junger Asiate, vermutlich ein Chinese.

Stan schlug Alarm. Die Polizei kam, befragte ihn kurz und wies ihn von der Stelle weg. Am nächsten Tag wandte er sich entrüstet an Abgeordnete der «Prickly Pear Land Commission» und berichtete vom Unfall. Man hörte ihm höflich, aber teilnahmslos zu. Später erklärte man ihm, dass der Plantagenarbeiter Wang Anjing geheißen habe und unter Alkoholeinfluss einem Hitzschlag erlegen sei.

Stan schäumte vor Wut, weil ihm gegenüber die wahre Todesursache verschleiert wurde. Er besprach sich im Labor mit Reginald Frazer.

Der junge Biologe verzerrte das Gesicht zu einer bedeutungsvollen Grimasse und sagte: «Die Regierung von Queensland unterhielt vor dem Krieg eine Versuchsstation in Dulacca. Auf Empfehlung der dazumal zuständigen Wissenschaftlerin, Doctor Jane Black, vertreibt die Kommission heute noch Arsenpentoxid (As_2O_5) wie Seifenpulver. Daneben subventioniert sie auch Zerstäuber (Marke ‹O.C. Roberts›) und gibt den Farmern Handlungsanweisungen, wie sie das Gift zu spritzen oder in die Kaktusstämme zu injizieren haben.»

«Meiner Meinung nach ist dies unverantwortlich», sagte Reginald Frazer hinter vorgehaltener Hand. «Diese Leute machen sich keine Gedanken über die langfristigen Auswirkungen des Gifts auf die Bodenqualität.»

«Wie toxisch ist denn Arsenpentoxid?», fragte ihn Stan.

Reginald Frazer gab ihm eine präzise Antwort: «Die letale Dosis liegt für eine mittelgroße Person bei 0,145 Gramm. Im Wasser aufgelöst wird Arsenpentoxid zu reiner Arsensäure, und diese wird im Erdboden gebunden.»

Dass sich die Massenanwendung von Arsenpentoxid nie richtig hatte durchsetzen können, hatte einen ökonomischen Grund: Die chemische Unkrautvertilgung kam auf zehn Pfund pro Acre zu stehen. Ein Acre neues Farmland kostete hingegen nur ein Pfund.

Das Lebensmuster der Pflanzen

Rajendra Kumar Chaturvedi war ein korpulenter, etwas untersetzter Mann mit dicker Hornbrille und schütterem, schwarzem Haar. Seine helle Hautfarbe und sein gepflegtes Englisch täuschten darüber hinweg, dass er ein indischer Einwanderer war. Das einzig Ungewöhnliche an seiner biederen Erscheinung war eine weiße Kordel, die den Oberkörper von der Schulter bis zur Hüfte kreuzte und durch das leichte Baumwollhemd schimmerte. Er sprach in einem monotonen Tonfall, und die verwaschenen Gesichtszüge zeigten dabei keinerlei Gemütsregungen. Seine Mandelaugen, die durch die starken Brillengläser auf irritierende Weise vergrößert wurden, hatten jedoch ein ungewöhnliches Feuer, das sich im kirschroten Stein seines goldenen Fingerrings zu widerspiegeln schien.

Stan hatte den Inder im Laboratorium von Sherwood kennengelernt, als dieser damit beschäftigt war, mit Insekten befallene Kladodien mikroskopisch zu untersuchen. Raj, wie er von allen genannt wurde, war Evolutionsbiologe. Eines Tages erfuhr Stan, dass der Inder seltsame Experimente mit pflanzlichen Energiefeldern anstellte. Stan interessierte sich so lange dafür, bis Raj fragte: «Warum kommen Sie nicht am Sonntagnachmittag zum Tee?»

Am freien Tag suchte ihn Stan auf. Er stand in seinem frisch geglätteten Leinenanzug, den Strohhut in der Hand, vor der Haustür des Inders und klopfte an. Rajendra Chaturvedi empfing ihn herzlich. Stan war erstaunt, in welch bescheidenen Verhältnissen Raj mit seiner Frau und zwei kleinen Kindern lebte.

Stan hatte ein gerahmtes Aquarell einer *Opuntia tomentosa* als Gastgeschenk mitgebracht. Diese merkwürdige Kaktusart hatte Stan in Rockhampton und entlang der Bahnlinie millionenfach zwischen Brigalow-Bäumen *(Acacia harpophylla)* gesehen. Raj packte das Gemälde aus und rief voll Begeisterung «Wouh!»

Die malerische Dichte des baumhohen Kaktus mit dem stacheligen Stamm gab dem Bild eine eigentümliche, abstrakte Struktur.

Die orangen Blüten kontrastierten mit den dumpfgrünen Trieben, die den tiefblauen Himmel zerkratzten, und sie setzten energetische Fixpunkte in der Komposition. Der den Pflanzensegmenten eigentümliche Flor war so meisterhaft dargestellt, dass er die perfekte Illusion von aufgetragenem Samt vermittelte.

Bevor Raj das Gemälde im Wohnraum an eine kahle Wand hängte, führte er Stan in sein Arbeitszimmer. Sie setzten sich in der Mitte des Raumes auf harte Holzhocker; zwischen ihnen stand ein Stuhl, auf dem das Teeservice angerichtet war. Kaum hatten sie Platz genommen, drehte Stan den Kopf wie eine Eule nach allen Seiten und registrierte neugierig alle technischen Gerätschaften auf dem Arbeitstisch und die Fotos an den Wänden. Neben einem Vergrößerungsgerät standen eine Dynamomaschine zur Gleichstromerzeugung, ein Rühmkorffscher Funkeninduktor sowie einige weitere elektrische Apparaturen, die Stan bisher noch nie gesehen hatte.

«Was Sie hier sehen, benötige ich für meine privaten Forschungsarbeiten. Wie Sie erfahren haben, beschäftige ich mich in meiner Freizeit mit energetischen Einflüssen auf die Befindlichkeit der Pflanzenwelt», sagte Rajendra Chaturvedi zur Gesprächseröffnung.

«Meinen Sie damit die edaphischen und biotischen Faktoren?», fragte Stan.

Der Inder lehnte sich zurück und hob die Brauen. «Das kommt ganz darauf an, wie weit Sie diese Begriffe auslegen.»

«Ich kenne nur die Lehrmeinung, wonach der edaphische Faktor die Einwirkung der Bodenbeschaffenheit auf die Pflanze bezeichnet, während der biotische Faktor Einflüsse anderer Organismen, einschließlich anderer Pflanzen, auf sie erklärt», sagte Stan.

«Ich gehe ein paar Schritte weiter und interessiere mich für die okkulten Lebensvorgänge. Dabei suche ich nach Antworten auf die Frage, warum sich bestimmte Pflanzenarten in Australien hemmungslos entfalten, während andere dahindarben oder gar aussterben.»

«Das ist aber eine Frage der Ökologie, das heißt der Beziehung der Pflanzen zu ihrer Umwelt. Die schlimmen Verunkrautungen, so auch die Kakteenpest, konnten doch nur deshalb entstehen, weil die in Australien eingeschleppten Pflanzenarten hier keine natürlichen Feinde haben», dozierte Stan.

Der Inder tarnte seine momentane Verstimmung mit einem Lächeln und sagte in einem süßlichen Tonfall:

«Natürlich, dem widerspreche ich nicht. Es gibt aber auch andere Einflüsse, die den Biologen entgehen. Oder ist die eigentümliche Strahlung der uralten Erde des Gondwanalandes ebenfalls ein edaphischer Faktor?»

Stan war sensibel genug, um den leichten Stimmungseinbruch des Inders zu registrieren, den er mit seiner vorlauten Gelehrsamkeit ausgelöst hatte. Er fühlte sich wie eine Stockente auf dem Glatteis.

Mit einer geschickten Frage versuchte er, das Gespräch wieder einzurenken: «Sie haben offensichtlich Einblick in natürliche Vorgänge, die uns westlichen Wissenschaftlern verborgen bleiben. Vielleicht können Sie mir helfen, die Botanik aus einer anderen Perspektive zu sehen. Bitte erzählen Sie mir etwas von Ihrer Forschungsarbeit!»

Stans Ehrlichkeit beeindruckte den Inder, und dessen Mine erhellte sich wieder: «Ich beschäftige mich seit meiner Studentenzeit mit der Weiterentwicklung des elektrophorischen Verfahrens von Georg Christoph Lichtenberg.»

«Oh, Lichtenberg!», rief Stan begeistert. Er dachte an Lichtenbergs berühmte Sudelbuchnotizen mit den «Trostgründen für die Unglücklichen, die am 29sten Februar geboren sind». Ihm, dem Physik- und Mathematik-Genie der Aufklärung, verdankte Stan den Schlüssel zur kalendarisch korrekten Datenberechnung seiner den Schaltjahren folgenden drei Geburtstage.

«Geht es dabei um Versuche mit einem Elektrophor? In meiner Gymnasialzeit hatte man uns dieses Gerät als Frühform der Influenzmaschine vorgeführt», sagte Stan.

«Im Prinzip ja. Als Lichtenberg einmal in seinem Labor experimentierte, fiel feiner Harzstaub auf die statisch aufgeladene Scheibe seines Elektrophors. Vor seinen Augen entfaltete sich darauf ein prachtvolles Naturschauspiel mit unzähligen Sternen und Sonnen. Als er dann den Harzstaub mit einem Hasenfuß abwischte, bildeten sich die Figuren von Neuem. Er legte ein klebriges Papier darauf, drückte es vorsichtig auf die Figuren und gewann so zauberhafte Abdrücke, die er der königlichen Gesellschaft vorlegte. Als Student hatte ich in London einmal Gelegenheit, Originale dieser Lichtenbergfiguren im ‹British Museum› zu sehen. Nach jahrelangen Versuchen mit modernen Elektrisiermaschinen, das heißt elektrostatischen Generatoren, gelang es mir, das energetische Muster von Pflanzenteilen auf Bromsilberpapier festzuhalten.»

«Und Sie haben diese energetischen Muster auch mit eigenen Augen gesehen?», fragte Stan.

«Ja, unter dem Mikroskop. Ich habe das Experiment für Sie vorbereitet.»

Der Inder öffnete einen offensichtlich selbst gebastelten Bakelitkasten mit einem integrierten Mikroskop, den er als Elektrographen bezeichnete, und spannte darin ein Eukalyptusblatt zwischen zwei Klemmen. Dann schaltete er seinen mit dem Bakelitkasten verbundenen Oszillator an und lud Stan ein, durch das Okular zu schauen. Dieser blickte durch das Mikroskop und sah Myriaden von winzigen, hell leuchtenden Sternschnuppen mit rotgelb züngelnden Schweifen. Sie quirlten, sausten und blinkten um Fixsterne herum, um jeden Augenblick mit peripheren Vulkanen zusammenzustoßen, die ihren türkisblauen Rauch über den Blattrand hinaus ins Nichts ausstießen.

«Dieses galaktische Feuerwerk ist ein planmäßiges Chaos, das jedem Lebewesen eigen ist», sagte der Inder und legte seine Hand auf Stans Schulter. Dieser war für einen Moment fassungslos und fragte entgeistert: «Sie meinen also, dass jede Pflanze ein individuelles energetisches Lebensmuster hat?»

«Das weiß ich offen gestanden noch nicht genau. Was ich jedoch nachweisen kann, ist, dass jede Pflanzenart eine ihr eigene energetische Matrix hat, ein unverwechselbares Grundmuster. Was Sie nun hier am Rande des Blattes sehen», Chaturvedi deutete auf die Fotografie eines Eukalyptusblattes, das von einem unscharfen, rauchigen Lichthof umflutet war, «ist ebenfalls unter elektrischem Einfluss sichtbar gemachte Pflanzenstrahlung – die Aura!»

Stan schaute sich die ungewöhnliche Papiervergrößerung genau an, schürzte die Oberlippe und sagte: «Bemerkenswert! Könnte dieser Lichthof nicht durch elektrische Entladungskanäle des zur

Elektrode gewordenen Blattes entstanden sein?»

«Die Überlegung ist naheliegend. Dass der Lichthof nicht durch zufällige elektrische Entladungen zustande kam, beweist diese Fotografie», sagte er und zeigte mit dem Finger auf einen großen Papierabzug, den er mit Reißnägeln an die Wand fixiert hatte.

«Sie sehen hier die Aufnahme eines Kakteentriebes, dessen oberes Drittel ich abgeschnitten hatte. Der fehlende Teil ist im Hochfrequenzfeld von achtzigtausend Schwingungen pro Sekunde ebenfalls sichtbar geworden und bildet nun diese rauchige, feingeaderte Hälfte. Und wollen Sie wissen, warum? Das Bioplasma des fehlenden Teiles wird durch die Elektrizität ionisiert, nimmt Gestalt an und zeichnet die ursprünglichen Konturen des ganzen Triebes.»

«Trotzdem, die Aura bleibt ein hypothetisches Kraftfeld. Ich persönlich verstehe sie als Sinnbild für die Lebensenergie», sagte Stan vorsichtig.

«Da Sie die Existenz der Aura nicht kategorisch verneinen, werden Sie vielleicht eines Tages das Glück haben, sie mit Ihren eigenen Augen sehen zu können», sagte Raj und lächelte.

«Wie sollte ich auch dazukommen?», fragte Stan und zuckte mit den Schultern.

«Durch Arbeit.»

«Welche Art von Arbeit?»

Der Inder schaute Stan, der mit der Zuckerpinzette spielte, eine Weile lang an und sagte dann: «Stellen Sie eine Pflanze, zu der Sie eine enge Beziehung haben, vor einen hellen Hintergrund, und konzentrieren Sie sich jeden Morgen für einige Minuten auf die Blätter. Eines Tages werden Sie sehen, dass jedes Blatt eine blaue Aureole hat, die wie eine Luftspiegelung vibriert. Das ist die Aura! Je mehr Sie über die Pflanzen meditieren, desto kürzer ist der Weg zur Wahrnehmung ihrer Aura.»

«Ich habe keine Erfahrung im Meditieren. Ich stelle mir dabei eine geistige Konzentration vor, eine Art Gebet», gab Stan in aller Offenheit zu.

Raj schenkte seinem Gast Tee ein und schaute ihn dabei prüfend an. Nach einer Schweigepause sagte der Inder mit ernster Stimme: «Eine der einfachsten und schönsten Pflanzenmeditationen ist der ‹Pfad der Naturliebe›. Sie setzen sich in der freien Natur vor eine Pflanze auf den Boden, die Sie ganz besonders mögen. Sie konzentrieren sich auf die Pflanze – Ihre Gedanken und Gefühle gelten nur ihr. Sprechen Sie ihr gedanklich Ihre ganze Liebe zu, und bilden Sie in der Vorstellung einen leuchtenden weißen Reifen, der Sie beide fest umklammert. Dann visualisieren Sie einen rosaroten Lichtstrahl, den Sie von Ihrem Herzen und von Ihrer Magengrube aus zur Pflanze senden. Sie hüllen sie in dieses strahlende Licht ein und lassen Ihre Liebe weiterfließen!»

«Und wie lange soll diese Übung dauern?», fragte Stan.

«Einige Minuten genügen. Wichtig ist, dass Sie die Meditation über einen längeren Zeitraum jeden Tag wiederholen. Wenn Sie es mit der notwendigen Aufmerksamkeit tun, werden Sie zuschauen können, wie die Pflanze gedeiht. Sie wird kräftiger und strahlender werden als all ihre umliegenden Artgenossen. Vielleicht werden Sie auch ihre Aura sehen, die sich bei den Meditationen merklich vergrößert.»

«Sie sagten Meditationen. Wie muss ich mir die anderen Übungen vorstellen?»

«Das ist schwierig zu erklären. Ich spreche mit Europäern offen gestanden nicht gerne darüber. Es sind Meditationen auf einer hohen Bewusstseinsstufe, Sie brauchen dazu ein über Jahre trainiertes Konzentrations- und Imaginationsvermögen.»

«Versuchen Sie, es mir zu erklären, bitte!»

«Gut, auf die Gefahr hin, dass Sie mich missverstehen werden, weise ich Ihnen den ‹Pfad des Einsseins›. Bei dieser Meditationsart geht es um eine geistige Transmutation. Sie setzen sich wie im ‹Pfad der Naturliebe› einer Pflanze gegenüber. Sagen wir einer dieser Fackeldisteln. Dabei denken Sie an überhaupt nichts, Sie fühlen nur. Sie spüren jeden Luftzug, die wärmenden Sonnenstrahlen, die leisesten Erschütterungen des Erdbodens, die Feuchtigkeit, die Ausstrahlung der umliegenden Bäume. Sie haben jeden Zeitbegriff verloren. Sie sind kein Mensch mehr. Aus Ihrem Körper wachsen Wurzeln, die sich im Erdboden verästeln. Ihre Extremitäten vergeilen zu hellgrünen Flachsprossen – die Hände, die Finger, die Füße, die Ohren, die Nase, das Geschlechtsteil – alles. Ihre Körperhaare richten sich auf, wachsen und werden zu Dornen. Nun nehmen Sie wahr, wie Ihr Wurzelwerk Nahrung aus dem Erdreich zieht. Ihre Adern haben sich in Leitgefäße verwandelt. Sie spüren, wie die Säfte durch Ihren Körper aufsteigen und bis an den äußersten Rand der Triebe fließen. Sie sind ganz Pflanze, Sie atmen mit der Haut Ihres neuen Körpers. In diesem Zustand der Wandlung vollziehen Sie die eigentliche Transmutation. Sie verschmelzen mit der Fackeldistel und fühlen sich mit ihr eins. Sie sind zum Kaktus geworden. Anstelle Ihres Körpergefühls erleben Sie etwas Wunderbares, Unbeschreibliches: das kosmische Pflanzengefühl …»

Stan hörte ihm staunend und mit leicht geöffnetem Mund zu. «Wie lange dauert diese Meditation? Eine ganze Weile, kann ich mir vorstellen.»

«Das hängt von Ihrem spirituellen Bewusstsein ab. Der Transmutationszustand kann Sekundenbruchteile oder Stunden dauern.»

«Vorausgesetzt natürlich, dass sich im Transmutationsprozess keine Cactoblastis-Motte auf meine zur Kladodie gewordene Nase setzt», sagte Stan und grinste.

«Ich habe einen Fehler gemacht. Ich hätte nichts erzählen dürfen. ‹Es ist ein großer Unterschied zwischen etwas noch glauben und es wieder glauben. Noch zu glauben, dass der Mond auf die Pflanzen wirkt, verrät Dummheit und Aberglaube, aber es wieder zu glauben, zeugt von Philosophie und Nachdenken.› Das sagte übrigens Georg Christoph Lichtenberg.»

«Entschuldigen Sie mein schlechtes Späßchen, mir fiel nur ein Traum ein, den ich vor einigen Tagen hatte.»

«Was für ein Traum? Erzählen Sie!»

«Ich war auf einer botanischen Exkursion an der Goldküste. Als ich mich bückte, um einen einsamen Kaktus zu untersuchen, setzte sich eine Cactoblastis-Motte ausgerechnet auf meine Nasenspitze. Darauf hörte ich ein schallendes Gelächter aus einem nahen Busch kommen. Da ich keinen Menschen gesehen hatte, ging ich überrascht hin und begegnete einer gewaltigen Schildkröte. Sie plauderte gleich mit mir und nannte sich Binggingerra. Sie erzählte mir von einer bevorstehenden Schlacht zwischen den Landtieren und den Meerestieren. Die Meerestiere, so erzählte mir Binggingerra, würden sich immer wieder erdreisten, durch das Gebiet der Landtiere zu ziehen.»

Stan erzählte den ganzen Schöpfungsmythos, den ihm der alte Ureinwohner anvertraut hatte, und schmückte ihn mit vielen neuen Einzelheiten aus. Raj hörte ihm staunend und mit großer Aufmerksamkeit zu. Ob Stan diese Geschichte tatsächlich nachgeträumt hatte oder ob er sich gegenüber Rajendra Chaturvedi nur aufspielen wollte, lässt sich heute nicht mehr ermitteln, zu lange liegt diese Nebensächlichkeit zurück.

Raj erachtete den Traum jedenfalls als sehr bedeutungsvoll und sagte wohlwollend: «Behalten Sie diesen Traum unbedingt für sich! Wenn Sie ihn weitererzählen würden, könnte er Ihnen oder einem Aborigine Unglück bringen.»

Nach einer Weile verließ Stan den freundlichen Inder und zog sich in sein Zimmer zurück. Er hatte im Laufe des Gesprächs realisiert, dass Raj westlichen Rationalismus mit fernöstlichen Weisheiten zu verknüpfen wusste. Als Naturwissenschaftler hatte sich Stan zwar mit indischer Philosophie nie näher beschäftigt, wusste aber der Spur nach, dass die Mimamsa-Schule der brahmanischen Systeme eine eigene Erkenntnistheorie entwickelt hatte, buddhistischen Idealismus und Nihilismus widerlegte und für sich in Anspruch nimmt, den Weg des wahren Wissens aufzuzeigen. Dass derartige metaphysische Einsichten mit Realitäten der Experimentalphysik in Einklang gebracht werden konnten, verwirrte Stan und brachte sein Weltbild ins Wanken.

Cactoblastis cactorum und andere Kakteenfresser

Stan stand auf dem Bahnsteig in Brisbane, als der Güterzug von Wallangarra (Neusüdwales) mit 8755 Insekten pünktlich um 17.10 Uhr ankam. Es war der zweite Insektentransport aus Amerika. Die Zünslerrupen hatten eine lange Seereise von vierzehntausend Meilen hinter sich. Im texanischen Provinzstädtchen Uvalde hatte sie I. C. Hamlin, ein junger Mitarbeiter des «U.S. Entomology Laboratory» an der Mulberry Street, mit einem Leiterwagen über die Park Street zum Bahnhof geführt. Dort wurden sie mit der Eisenbahn auf der «Southern Pacific Railroad» nach San Francisco transportiert, wo sie von der «Oceanic Regional Steamship Company» kostenlos auf das Zwischendeck der alten «Sierra» (6135 Bruttoregistertonnen, 122 Meter Länge) verladen wurden. Niemand von der «Commonwealth Prickly Pear Commission» hatte die wertvolle Sendung begleiten müssen; für die Sicherheit und Überwachung der lebenden Fracht bürgten die Offiziere des Dampfers.

Im Hafen von Sydney wurden die Tiere vom Direktor der Import- und Exportabteilung des Landwirtschaftsdepartements von Neusüdwales persönlich in Empfang genommen und zur Eisenbahn gebracht. Die Fuhre wurde im Städtchen Wallangarra in einen Güterwagen der «Queensland Railways» umgeladen und von dort aus nach der hundertsechzig Meilen nordöstlich liegenden Stadt Brisbane befördert.

Zehn Wochen hatte die unbegleitete Seereise gedauert. Obgleich die Logistik perfekt geplant war, gab es große Risiken. Krankheiten, Kälteschocks oder Fäulnis der Nahrung hätten die Insekten leicht vernichten können. Reiseproviant gab es indessen genug; in jedem Käfig fand Stan einige noch saftige Opuntiensprossen, die im feuchten Moosboden (*Sphagnum* spp.) verwurzelt waren.

Die vierzehn Insektarien mit seitlichen Traggriffen waren nach dem Prinzip der guten alten Wardschen Kästen gebaut; solides

South Brisbane Railway Station

amerikanisches Handwerk. Jeder Käfig war drei Fuß[8] tief, sechs Fuß lang und hatte ein aufklappbares Satteldach mit dem Stempel von Schreinermeister Charles Dubois aus Uvalde. Die Wände bestanden aus feiner Drahtgaze, die zwischen Holzrahmen gespannt war.

Stan stapelte die Käfige mithilfe von Jiří Novak auf die bereitstehenden Fuhrwerke und ließ sie ins Insektarium von Sherwood bringen. In dieser Quarantänestation stand schon eine Vielzahl von Insektarien, alle in Reih und Glied wie Eigenheime im Architekturmodell einer Vorstadtüberbauung. Die Käfige waren nach biologischen Familien geordnet.

Die Insektenkolonie war mit Arten bevölkert, die sich, zumindest in einer Lebensphase, ausschließlich von Kakteengewebe, Kakteenblüten, Kakteenfrüchten oder Kakteensamen ernährten. Mindestens hundertfünfzig verschiedene kakteenfressende Kerbtierarten aus unterschiedlichen Ordnungen und Familien – Motten, Bock- und Rüsselkäfer-, Schwebe- und Waffenfliegen, Gallmücken, Rand- und Saugwanzen, Schildläuse und Spinnmilben – wurden sukzessive von Amerika nach Australien versandt. Die meisten davon hatten die Reise im Larvenstadium angetreten. Der

8 Zirka 90,5 cm

Raum war mit einem dumpfen, surrenden Geräusch erfüllt, das sich wie die Geistertöne eines fernen Schwirrholzes anhörte, dessen tiefe Schwingungen die Luft zum Vibrieren brachten und jeden Körper durchdrangen. Das Rascheln, Knistern und Sirren der Imagines verschmolz mit dem unablässigen Laut der Tausenden von mampfenden Raupen zu einem lauten, nassen Rauschen.

In der zweiten Käfigreihe lebten die Motten. Darunter befand sich auch ein Kasten mit Kleinschmetterlingen aus der Familie der argentinischen Pyraustinae. Eine *Mimorista pulchellalis* schlüpfte dort im abendlichen Zwielicht aus dem glasigen Ei, als der letzte Sonnenstrahl wie das Lichtbündel einer Taschenlampe durch das Gebäude stach und einige Kladodien für einen kurzen Augenblick in einen goldgelben Strahlenkranz hüllte. Die blassbraune Larve war kaum drei Millimeter lang und hatte ein schwarzes Köpfchen. Sie räkelte sich mehrmals um die Eierschalen, als wollte sie sich auf der Kaktushaut trockenreiben.

Dann kroch sie richtungslos um die Sprossglieder, bis sie die saftige, helle Triebspitze erreichte. Dort verankerte sie sich mit feinen Seidenfäden und harrte der Dunkelheit. Erst im Schutze der tiefen Tropennacht knabberte sie einige mondförmige Vertiefungen um den vorgesehenen Tunneleingang, die ihr später als Stollenfenster dienten. Dann fraß sie sich durch die Oberhaut zu den unteren Gewebeschichten durch und beförderte den zu Kügelchen geformten Aushub zum Tunneleingang zurück.

Als der Richtstollen breit genug war, kehrte die Mimorista zum Eingang zurück und verstopfte ihn mit einem Seidengespinst. Dann fraß sie sich weiter in den Kaktus hinein und wurde dabei grüner und grüner. Sie fraß einen immer breiteren Schacht, der bald bis zum Fuß der Pflanze reichte. Die Mimorista trug die Aushubkügelchen immer wieder zum Tunneleingang zurück und deponierte sie feinsäuberlich in einer Seitengrube, die sie ebenfalls mit Seidengespinst abtrennte.

Nachdem die Mimorista die Kladodien mit einem komplexen Schachtsystem durchwirkt hatte, kroch sie in eine Kammer beim Tunneleingang zurück und verpuppte sich zu einem losen Kokon. Die Aushubkügelchen im Depot vertrockneten mit der Zeit und ließen die Sprossglieder oberhalb der Kokonkammer aufplatzen.

Cactoblastis cactorum (Berg), 1859

25 lange Tage und Nächte verbrachte die Mimorista im Kaktus. Dann brach sie den Kokon auf und verließ ihren Wirt als kleiner brauner, Falter, über dessen Flügel sich ein gelber Balken zog.

Stan kontrollierte einmal mehr die hintersten Käfigreihen, die allesamt mit «*Cactoblastis cactorum* (Berg)» angeschrieben waren. Die Behältnisse waren mit Kladodien verschiedener Opuntienarten bestückt.

Anthony Dunn hatte einige dieser seltenen Raupen Anfang Jahr in Concordia, einem kleinen Ort in der argentinischen Provinz Entre Rios, gesammelt. Die Existenz der Motte war schon lange bekannt; sie wurde 1885 vom argentinischen Wissenschaftler Carlos Berg beschrieben, der in den Besitz einiger Exemplare aus Uruguay gekommen war. Daraufhin wurden Populationen, die sich von verschiedenen Opuntienarten ernährten, auch in Argentinien, Paraguay und in den südlichen Gefilden Brasiliens gefunden,

Cactoblastis cactorum ist ein unscheinbarer Falter aus der Familie der Zünsler. Die Weibchen haben eine Spannweite von drei bis vier Zentimeter, die Männchen sind etwas kleiner, und ihre Vorderflügel sind in einem schmutzigen Graubraun gezeichnet.

Cactoblastis cactorum im Raupenstadium

Von Februar bis März verwandelten sie sich die *Cactoblastis-cactorum*-Raupen in braune Motten, die zusammen genau dreitausend Eier legten. Die daraus geschlüpften Larven wurden allesamt von Buenos Aires nach Australien verschifft. Dort angekommen waren aber nur 2750 Tiere. Die fehlenden Exemplare wurden bei der Zwischenlandung in Kapstadt von Beamten des südafrikanischen Landwirtschaftsdepartements zur Bekämpfung ihrer eigenen Opuntienplage entwendet.

Die Motten waren unruhig. Die Dämmerungsfalter schwirrten, vom letzten Sonnenstrahl getroffen, um die Kladodien herum, als wären sie vom Licht einer Gaslaterne angezogen. Stan bückte sich über einen Käfig, der mit *Opuntia stricta* bestückt war, und konzentrierte sich auf eine einzelne Motte.

Es war ein Weibchen, das zitternd auf einer Triebspitze saß. Es ließ die Flügel über die ausgestreckten Beine hängen und hob den Hinterleib an, bis dessen Ende die Spitze eines Kaktusdorns berührte. Dann ging der Falter rückwärts, krümmte den Hinterleib über die Brust (Thorax) und nahm dabei die Gestalt eines winzigen Skorpions an. In dieser Stellung presste er ein erstes Ei heraus, das am Kaktusdorn haften blieb. Es war ein klebriges, bräunliches

Ei und bildete die Schließe eines Eierstrangs (Oothek). Im Laufe einer unendlichen Viertelstunde stieß der Falter siebzig blassgelbe Eier aus, die sich wie die Perlen einer Halskette aneinanderreihten und einen festen Strang bildeten, der sich einem krummen Dorn gleich von der Triebspitze abhob.

Als der Raum vollkommen dunkel war, tastete sich Stan mit ausgestreckten Armen zur Ausgangstüre zurück. Er kam am nächsten Morgen wieder, um die Gelege der *Cactoblastis cactorum* einzusammeln und die Eier auszuzählen. Er saß, wie jeden Vormittag, über der Binokularlupe, vermaß mit der Skala einzelne Eier und rechnete mithilfe einer alten «Millionär»-Rechenmaschine, in der ein Multiplikationskörper im Schaltwerk integriert war, die Durchschnittswerte der Gelege aus. Daneben befasste er sich mit Hochrechnungen und statistischen Abweichungen und trug die Resultate in sein Notizbuch mit dem grünen Leinenumschlag ein.

Stan schob die Binokularlupe beiseite und schrieb mit einem frisch gespitzten, harten Bleistift auf die letzte Notizbuchseite: «Insektarium No 12: *Cactoblastis cactorum.* 4♂, 12 Ootheken, ± 75 Eier p. Gelege. Größe der Eier: 0,35 x 0,9 mm.

Insektarium No 13: Cactoblastis cactorum. 3 Weibchen, 7 Ootheken, ± 81 Eier p. Gelege. Größe der Eier: 0,4 x 0,95 mm.»

Die stundenlangen Untersuchungen der Ootheken und die Quantifizierung der Gelege jedes einzelnen Weibchens versetzten Stan in einen zunehmend depressiven Zustand. Wenn ihn jemand fragte, womit er sich eigentlich im Laboratorium von Sherwood beschäftige, antwortete er zynisch, er sei für die mathematische Schädlingsbekämpfung Australiens zuständig. Hätte er dazumal in Monaco geahnt, dass sein wissenschaftlicher Beitrag zur Unkrautvertilgung hauptsächlich darin bestehen würde, das Inventar von Motteneiern zu führen, wäre er schnurstracks nach Mexiko gefahren. Nun saß er im Käfig, in der entomologischen Forschungsstation eines trostlosen Vorortes von Brisbane und zählte zehn Stunden am Tag Motteneier.

Als nach einem langen Monat Eierzählung die ersten *Cactoblastis*-Larven schlüpften, bot sich endlich Abwechslung in seinem tristen Alltag. Stan ging jeden Morgen ins Quarantänegebäude, schnitt eine befallene Kladodie auf, nahm die Fraßspuren unter die Lupe und setzte die Raupen auf frische Kladodien aus. Ihre Gefräßigkeit war ungeheuerlich, sie überbot jene der *Mimoristae* bei Weitem. Sie minierten die Kaktusglieder den ganzen Tag über, sodass einzelne nach kurzer Zeit richtiggehend ausgehöhlt waren – nur die harte Oberhaut hielt sie mehr oder weniger in Form. Stan konnte mehrmals zuschauen, wie ganze Kolonien von fetten Raupen ein ausgehöhltes Kaktussegment verließen, um sich sogleich in ein frisches zu bohren. Erstaunlicherweise kamen sich die Tiere beim Bohren nie in die Quere.

Stan begeisterte sich für diese prachtvollen Raupen, deren orangerote Farbe nach jeder Häutung immer greller wurde und mit den vier tiefschwarzen Punkten kontrastierte, die die Glieder der Raupe wie ein Band umfassten. Er beobachtete sie täglich. Sie verschlangen eine Unmenge Pflanzenmaterial und stürzten sich auf alle Kladodien, die ihnen zum Fraß gegeben wurden. Zur Freude des ganzen «Commonwealth Prickly Pear Boards» zerstörten sie nicht nur *Opuntia stricta* und *Opuntia inermis*, sondern machten sich fast unterschiedslos an allen gefährlichen Unkrautopuntien zu schaffen. Nach etwa einem Monat ließen sich die fetten Raupen zu Boden fallen und verpuppten sich zwischen verrotteten Pflanzenteilen in blütenweiße Kokons.

Das «Commonwealth Prickly Pear Board» war von der Zerstörungskraft von *Cactoblastis cactorum* begeistert. Für Stan begann die freudlose Arbeit, die frisch aus Amerika eingeführten Kakteenmotten überwachen zu müssen und jede auch nur geringste Verhaltensänderung, zusammen mit Angaben über Luftdruck, Luftfeuchtigkeit, Temperatur und Lichteinwirkungen, in einem täglichen Rapport festzuhalten.

Bevor die Insekten im Freien ausgesetzt werden konnten, mussten sie über mehrere Generationen hinweg akklimatisiert werden, um sie auf den jahreszeitlichen Rhythmus Australiens umzupolen. Außerdem wollten die Entomologen jedes Risiko ausschließen, allenfalls eingeschleppte Parasiten, Pilze oder Bakterien freizusetzen, welche den Kakteenmotten schaden könnten.

Die Quarantänebestimmungen für die importierten Insekten lösten unter den Landwirtschaftsexperten Queenslands eine Debatte aus. So kam es in einem Kolloquium mit der «Queensland Royal Commission on Prickly Pears» und der neu gegründeten «Prickly Pear Land Commission» zu einer heftigen Diskussion. Der letztere dieser beiden Ausschüsse war für die Kontrolle und Verwaltung der Kakteenpest in seinem Bundesstaat zuständig. Weil Stan in seinem Reisegepäck einen ganzen Stapel Erstbeschreibungen von Kakteenschädlingen mitführte, die er sich auf dem Korrespondenzweg von den Autoren beschafft hatte, wusste er über die Lebenszyklen von 67 verschiedenen Kakteenkäfern und diversen Randwanzen gut Bescheid. Er machte sich dafür stark, die eingeschleppten Insekten der ersten Generation niemals freizulassen.

Ein Abgeordneter der Landkommission meinte: «Wir setzen unsere Hoffnungen auf den gefräßigen Rüsselkäfer *Cactophagus spinolae*, der in Mexiko bekanntlich große Schäden an *Opuntia inermis* anrichtet. Diesen möchten wir so schnell wie möglich ins Feld bringen.»

Stan zog die Augenbrauen zusammen und winkte energisch ab: «Um Gottes willen, nein! Wir haben soeben festgestellt, dass sich dieser Kakteenfeind nicht nur an *Opuntia* spp., sondern auch an anderen Kakteengattungen gütlich tut. Aber was ist, wenn er in der freien Natur eines Tages auf einheimische Bedecktsamer *(Magnoliopsida)* überspringt? Unterschätzt die Adaptionsfähigkeit der Insekten nicht!»

Stans Argumente waren schlagend. Die Quarantänebestimmungen wurden nie mehr infrage gestellt.

Der ansonsten ereignislose Alltag zog sich wie ein unsichtbares Gitternetz über Stan, und das schale Gefühl, selbst ein Parasit zu sein, der vom Leben abgesondert werden musste, lähmte ihn dermaßen, dass er der Arbeit bisweilen fernbleiben musste.

In den Phasen dieses krankhaften Gemütszustandes, den er selbst als Neurasthenie diagnostizierte, führte er ein zurückgezogenes Privatleben. Die lärmigen Pubs luden ihn so wenig ein wie die langweiligen Cricket- und Crocketpartys, die von seinen Arbeitskollegen hin und wieder organisiert wurden. Allein der Gedanke, nach dem täglichen Auszählen von Insekteneiern auch noch am Feierabend weiße Kugeln herumschieben zu müssen, schreckte ihn ab. Auch vom Badesport wollte er nichts wissen. Er wunderte sich über die jungen Frauen, die sich mit der Grazie von ruhenden Riesenkängurus am Strand von Redcliffe sonnten. Er konnte sich ihre Leichtsinnigkeit, sich freiwillig den Gefahren des Pazifischen Ozeans auszusetzen, nur mit Unwissenheit erklären. Die Risiken eines Sonnenstiches mit den pathologisch bekannten Komplikationen, wie Krampfanfälle und Bewusstlosigkeit, mochten im Vergleich zur Bedrohung durch Leistenkrokodile *(Crocodylus porosus)* oder Seewespen *(Chironex fleckeri)* noch tragbar sein. Fuhrleute hatten ihm von diesen schrecklichen Würfelquallen genügend erzählt, welche in den Sommermonaten die Nordostküste verpesteten. Ihr Schirm sei tellergroß, und das Gift der meterlangen Tentakel wirke blutzersetzend.

Stan war mittlerweile Zimmermieter im Eigenheim einer alteingesessenen Brisbaner Familie. Obgleich die Hausbesitzer ein freundliches älteres Ehepaar waren, wich Stan jeder familiären Annäherung aus. Mr & Mrs McNeil bezeichneten ihn später einmal als einen äußerst liebenswürdigen und stillen Mieter, der sehr diskret gewesen sei.

Stan kapselte sich auch an seinem Arbeitsort häufig ab und beschränkte den Kontakt mit seinen Arbeitskollegen auf einen sachlichen Informationsaustausch. Seine zunehmende Isolation fiel ihnen kaum auf, und kein Mensch, außer vielleicht Miss Bellington, ahnte, dass sein eigenbrötlerisches Verhalten Ausdruck einer schleichenden Schwermut war, mit der er auf einem Hochseil balancierte, von dem er immer wieder tief abstürzte.

Stans soziale Rückzüge wurden, namentlich von Jasper Shufflebottom, der selbst ein ausgesprochen schwaches Selbstbewusstsein hatte, als typisch deutsche Arroganz gedeutet. Dieses Vorurteil mochte darin wurzeln, dass er den Schmerz über den Tod seines älteren Bruders nie überwinden konnte, der 1915 im Kampf gegen Osmanen und Deutsche in Gallipoli gefallen war.

Als Stan nach einem einsamen Wochenende an seinem Arbeitsplatz erschien, war seine Binokularlupe verschwunden. Er ging in das Laboratorium hinüber, grüßte freundlich und fragte Jasper Shufflebottom nach langen Entschuldigungen, ob er vielleicht seine Lupe borgen dürfe.

«Ihr könnt nie genug bekommen, ihr Krauts. Ich brauche meine Lupe selbst!», sagte Jasper Shufflebottom und wendete sich von Stan ab.

«Krauts? Ja, Kraut hat er mich genannt, Kraut wie Unkraut! Warum Kraut?», fragte sich Stan. Jasper Shufflebottoms Zurückweisung hatte ihn gekränkt, und das Wort Kraut ging ihm nicht mehr aus dem Kopf. Deshalb besuchte er am Abend Jiří Novak und erzählte ihm den Vorfall.

«Hör nicht hin, Stan!», sagte dieser, «das betrifft dich nicht. ‹Kraut› ist ein Schimpfwort der Australier für die Deutschen. Du weißt doch, hier gibt es für alle Immigranten eine abschätzige Bezeichnung. Europäer sind ‹Wogs›, Engländer ‹Pommies›, Franzosen ‹Frogs›, Chinesen ‹Chings› und so weiter.»

Ein paar Tage später, als die Belegschaft zu einem frugalen Mittagessen am Arbeitstisch der Quarantänestation zusammensaß und gerade einen Wackelpudding löffelte, blieb Stan vor einem leeren Teller sitzen, weil er unter Blähungen und Magenkrämpfen litt. Während er stumm in die Runde guckte, fiel ihm auf, dass Jasper Shufflebottom auf seinen aufgedunsenen Bauch starrte und sich zusammen mit einem der beiden Assistenten über ihn lustig machte. Er ließ sich vorerst nichts anmerken. Dann aber, als ihm das Getuschel und Feixen der beiden zu bunt wurde, warf er einen scharfen Blick über den Tisch.

Shufflebottom parierte mit Sarkasmus. Er machte eine verachtende Kopfbewegung und sagte mit süßlicher Stimme: «Hey, sag mal, Kraut, ich habe gehört, dass du ein Kind von deinem Freundchen Novak erwartest. Hat er dich geschwängert, als ihr zusammen im Busch gewesen seid?»

Stans Niedergeschlagenheit schlug blitzartig in Aggression um. Er errötete, seine plötzlich blitzenden Augen verschwanden hinter immer schmäler werdenden Hautschlitzen. Seine Nasenflügel zitterten, er biss sich auf die Unterlippe und schürzte daraufhin den Mund, sodass sich sein Schnurrbart aufrichtete und die Form einer Zahnbürste annahm.

Gleichzeitig erhob er sich ganz langsam, fast würdevoll und ohne ein Wort zu sagen von der Sitzbank und hinkte mit gemessenen Schritten auf den nächsten Insektenkasten zu, vor dem er mit gespreizten Beinen stehenblieb.

Auf einmal packte er den Kasten an den beiden Handgriffen, stemmte ihn wie einen Daunensack geschwind in die Höhe, drehte sich unerwartet um und schmetterte ihn mit einer kolossalen Wucht gegen Jasper Shufflebottom. Der Kasten verfehlte diesen knapp und krachte wie ein Lavabrocken gegen die Wand. Zerfetzte Mottenflügel, Staubwolken, Erde, Kladodien und Holzspäne wirbelten durch die Luft. Dann herrschte Totenstille. Alle verließen den Raum und ließen Stan allein zurück.

Eine Weile später kam Anthony Dunn auf Stan zu, sprach ihn erstmals nicht mit dem Vornamen an, sondern mit seinem akademischen Titel und sagte ganz ruhig: «Doktor Kurz, räumen Sie bitte den Dreck zusammen, und wir sprechen nicht mehr von diesem Vorfall.»

Stan erwiderte nichts und kehrte den Boden. Dann verließ er das Laboratorium und ging in sein Zimmer, wo er lange Zeit mit abgestütztem Kopf am Tisch saß und dem Weinen nah war. In diesem Zustand der Verzweiflung, in diesem kritischen Moment zwischen Wut und Trauer, trat Rose Bellington mit gesenktem-Blick in den Raum.

Auf einem Silbertablett trug sie ein randvoll gefülltes Glas Brandy. Sie stellte das Tablett auf den Tisch, wischte mit dem Taschentuch einen Tropfen vom Glasfuß ab und streichelte daraufhin Stans Handrücken mit den Fingerspitzen.

In diesem Augenblick zuckte er zusammen, weil er in seinem Elend gar nicht registriert hatte, dass Rose in sein Zimmer getreten war. Er fasste sich aber gleich wieder, stand auf und trank das Glas in einem Zug aus. Dann schüttelte er sich kurz und schaute Rose lange in die Augen. Plötzlich gab er ihr einen Kuss auf die Stirn, mit dem er erstmals seine Verbundenheit mit der jungen Frau ausdrückte. Als sich Rose darauf eng an ihn schmiegte, zitterte er am ganzen Leib, liebkoste ihre flaumigen Wangen und presste seinen Kopf gegen ihre Brüste.

Rose bemerkte seine Erregung und biss ihn zärtlich ins Ohr. Sie umarmte ihn immer fester, küsste ihn und schien dabei all seine seelischen Verletzungen auf sich zu ziehen. Dann hüpfte sie zur Tür, schloss mit dem Bartschlüssel dreimal ab und ging wieder auf Stan zu. Sie liebten sich den ganzen Nachmittag.

Die folgenden Sommermonate waren für Stan besonders hart. Er war sich nicht bewusst, dass seine starken Stimmungsschwankungen zuweilen krankhafte Züge annahmen. Seine melancholischen Verstimmungen mit einem Gefühl der inneren Leere schrieb er den schwierigen Lebensumständen in der neuen Welt zu. Der Schiffsarzt auf der «Mooltan» hatte zwar von Neurasthenie gesprochen und gemeint, dass diese Nervenschwäche in Australien behandelt werden könne, aber Stan nahm sein Leiden als unabwendbare und vorübergehende Laune des Schicksals an.

Je einsamer er sich fühlte, desto häufiger wurden seine Rückzüge in die Abgeschiedenheit seines Zimmers. Allerdings war Stans Beziehung zu seiner Unterkunft die eines Handelsreisenden zu seinem Hotelzimmer. Wahrscheinlich gehörten diese Klausuren im Provisorium mit griffbereiten Koffern zu einer unbewussten Überlebensstrategie. Stan konnte sich nie entschließen, die drei geteerten Überseekoffer zu leeren und seine Effekten im Kasten einzuräumen. Die sichtbare Möglichkeit, jederzeit und sofort nach Mexiko weiterreisen zu können, gab ihm offensichtlich ein Gefühl der Selbstbestimmung, das seine Melancholie fristweise zu unterdrücken vermochte.

Hätte Stan etwas von Phytomedizin verstanden, wäre es für ihn ein Leichtes gewesen, seine Depression und die zeitweiligen Verdauungsstörungen mit Opuntien zu behandeln. Ein in Brisbane ansässiger Naturarzt aus Sizilien hatte ihm einmal erzählt, dass in seiner Heimat Cefalù alte Männer täglich einen Auszug aus Opuntienblüten trinken würden, um damit verschiedenen Beschwerden vorzubeugen. Aber mit Volksmedizin wollte Stan nichts zu tun haben. Zu seiner Zeit war auch noch nicht bekannt, dass die Früchte von *Opuntia ficus-indica* ein stimmungshebendes Enzym (Monoamin-Oxidase-B-Inhibitoren) enthalten und in pharmakologischer Darreichungsform gegen Depressionen erfolgreich eingesetzt werden können.

Als Rose Bellington eines Abends Stan in seinem Zimmer überraschte, saß er regungslos am Tisch, hatte die Ellbogen abgestützt und hielt beide Hände an die Stirn. Er schaute ins Leere und begrüßte Rose auf eine für ihn ungewohnt leise und monotone Weise.

«Stan, ich habe den Eindruck, dass du unglücklich bist. Oder bedrückt dich die Arbeit?», fragte Rose.

Stan wich der Frage aus. «Das Leben ist hier nicht einfach», sagte er. «Wenn ich nach meiner Muttersprache gefragt werde und erkläre, dass ich deutschsprachig bin, bezeichnen mich viele Australier hinter meinem Rücken als ‹Kraut›. Oder noch schlimmer, für sie bin ich kein Böhme, sondern nur ein ‹Bohunk›. Ansonsten sind die Leute hier sehr nett, aber sie fühlen anders als wir. Wenn ich Spaß mache, lacht keiner. Und wenn sie Witze reißen, verstehe ich sie nicht. Der brave Soldat Schwejk wäre hier zweifellos zugrunde gegangen.»

Rose schaute Stan zwar mitleidig an, verstand aber auch kein Wort.

In seinen geradezu eremitischen Rückzügen gestaltete Stan den Tagesablauf mit ritualisierten Handlungen. Das karge Frühstück beschränkte sich fast immer auf eine Tasse Tee und zwei oder drei Toastscheiben, die er mit «Vegemite» bestrich. Dieser salzig und malzig schmeckende Hefeextrakt bot ihm ein Geschmackserlebnis, das er vor seiner Ankunft in Australien nie erfahren hatte.

Nach dem Essen blätterte er oftmals in einer zerfledderten Zeitschrift aus dem Jahre 1899. Dieses Erbstück aus der Bibliothek seines Vaters war die erste Lieferung des «Verzeichnisses der gegenwärtig in den Kulturen befindlichen Kakteen (Monographia Cactacearum)» von Prof. Dr. Karl Schumann, Kustos am Königlichen Botanischen Museum zu Berlin.

Dann und wann schlug er auch den vor seiner Abfahrt in Prag teuer erstandenen vierten Band des von Nathaniel Britton und Joseph Nelson Rose verfassten Standardwerks «The cactaceae: descriptions and illustrations of plants of the cactus family», das 1923 in Washington herausgegeben worden war, auf. Dieses klappte er aber jedes Mal nach einer Weile entmutigt wieder zu, zumal viele amerikanische Ausdrücke für ihn unverständlich waren.

Im Anschluss an das Abendessen, das er zumeist einsam und appetitlos in einem nahegelegenen Pub einnahm, kehrte er in sein Zimmer zurück, kniete vor den Überseekoffern und entfernte die Vorhängeschlösser. Dann legte er immer die gleichen Gegenstände in militärischer Ordnung auf den Zeichentisch aus. Jedes Objekt hatte seinen bestimmten Platz: das rubinrote Bleikristallglas mit dem geschliffenen Sternenmuster, der dazu passende Aschenbecher, das silberne Zigarettenetui seines Vaters mit dem Monogramm «AK», ein Prismenfernglas von Carl Zeiss, ein Milpe-Klappmesser, die goldene Watermann-Füllfeder (Model «Golph»), eine Ziegenhaarbürste unbekannter Herkunft sowie die Blechschachtel mit Briefen seiner Schwester Silvia. All diese zu Erinnerungsstücken gewordenen Gegenstände waren Teil seiner Identität; ihr ideeller Wert war ungleich größer als der Gebrauchsnutzen. Es waren Stans Luftwurzeln zur böhmischen Heimat.

An Sonnabenden, wenn ihm danach zumute war, führte er die pummelige Rose Bellington zum Nachtessen aus und tratschte mit ihr über die Mitglieder der Opuntienkommission. Zu diesen Dates bretzelte sie sich immer ganz schön auf. Meistens trug sie ein agavengrünes, schwarz gepunktetes Kleid. Es war ein hochtailliertes Seidenkostüm mit Rückenausschnitt und bauschigen Ärmeln, das sie sich nach einem Schnittmuster aus der Zeitschrift «Australian Women's Weekly» geschneidert hatte.

Nach den üppigen Fischgerichten bestellten sie sich zur Nachspeise meist noch eine Portion Pavlova (ein luftiger Baiserteig, auf dem sich frische Fruchtstückchen und viel Schlagsahne türmten) und tranken dazu eine Flasche honigsüßen Weißwein aus Neusüdwales, der einen seltsamen Glanz in Miss Bellingtons Kulleraugen zauberte. Als Stan diese Kalorienbombe (650 kcal pro Portion) erstmals kostete, wunderte er sich über ihre slawische Bezeichnung. Rose klärte ihn auf: «Der Meringue-Boden dieser Köstlichkeit ist eben so leicht und süß wie die russische Primaballerina Anna Pavlova auf der Bühne, die 1926 mit ihrem Ensemble erstmals in Australien zu Gast war. Ein hiesiger Konditormeister hat das Dessert kürzlich zu ihren Ehren kreiert.»

Stan begleitete Rose jeweils nach Hause und knutschte sie unterwegs jedes Mal im botanischen Garten an der Alice Street unter der gleichen Strandkasuarine *(Casuarina equisetifolia)* ab, deren eigentümlicher Duft ihn schon in Monte Carlo erregt hatte und ihn jede Kontrolle über seinen Körper verlieren ließ. So passierte es auch, dass Miss Bellington ihm mit dem spitzen Bügelscharnier ihrer Drahtbrille den Bauch blutig kratzte, ohne dass er dabei den geringsten Schmerz empfand. Als er ein andermal die Hand zwischen ihre Schenkel gleiten ließ, stöhnte sie «Achtung, Stan!» und wurde steif. Im selben Augenblick flog ein Schwarm aufgescheuchter Graukopf-Flughunde *(Pteropus poliocephalus)* aus dem Laubwerk der Kasuarine. Das wilde, aber lautlose Geflatter der Fledertiere mit ihren gigantischen Flügelspannweiten versetzte Stan in einen derartigen Schrecken, dass er fortan jede Lust verlor, Miss Bellington nach dem Essen wieder unter den Rock zu greifen.

An Sonntagen besuchte das Paar mitunter ein Lichtspieltheater. Die Vorführungen fanden nach Sonnenuntergang in einem Hinterhof an der Market Street statt, wo die Spielfilme an eine fensterlose Hausfassade projiziert wurden.

An einem schwülen Dezemberabend suchten Stan und Rose Bellington das neu eröffnete Lichtspieltheater auf, dessen Vorführraum mit einer gewaltigen Kältemaschine gekühlt wurde. Angesagt war der Film «Fox Follies». Es war ein «Talkie» mit den weltberühmten amerikanischen Darstellern Lola Lane und David Rollins. Stan bekam ihre Stimmen jedoch nicht zu hören. Denn während des Balletts «Regent Lavels», das zur Ouvertüre abgespielt wurde, blies ein eisiger Luftstrom durch den Theaterraum, sodass sich auf den Fettpölsterchen, die links und rechts der dünnen Seidenträger von Miss Bellingtons Abendrobe quollen, eine Hühnerhaut bildete. Als die Wurlitzer-Orgel zum Spiel einsetzte, wurde Stan von einem heftigen Niesanfall geschüttelt. Er nieste so lange, bis sich das Publikum in den vorderen Reihen umdrehte und raunzte. Stan schämte sich, nahm Rose Bellington bei der Hand und flüchtete mit ihr aus dem «Grand Picture Palace».

Unter der Woche schlug Stan viele einsame Abendstunden mit Zeichenübungen tot. Mit der Zeit entwickelte er darin eine meisterhafte Fertigkeit und widmete sich mit großem Vergnügen anspruchsvollen Naturstudien.

Er entdeckte seine eidetische Fähigkeit, Pflanzenteile und Insekten mit der Präzision einer Fotografie wiederzugeben. Hierfür hatte er sich englische Wasserfarben von «Winsor & Newton» und feinste Marderhaarpinsel gekauft und widmete sich damit der

Kunst, die einzelnen Kakteenarten zusammen mit ihren Schädlingen ganz naturalistisch darzustellen. Insbesondere jene Malereien, die verschiedene Bewegungsabläufe von minierenden Raupen zeigten, erweckten ein lebhaftes Interesse unter den Mitgliedern des «Commonwealth Prickly Pear Boards», die daraus Rückschlüsse auf das Freßverhalten der Larven ziehen konnten. Diese Fertigkeit brachte Stan nur dank seiner Geduld auf, unzählige mit Insekten befallene Kakteen im Dunkeln vorsichtig zu sezieren, um hin und wieder eine fressende Raupe für einige Sekunden im Flackerlicht einer Kerze betrachten zu können und deren Grundform gleich mit einem spitzen Silberstift anzulegen. Dann gab er dem Motiv zunächst mit heller und dunkler Verwaschtechnik Gestalt, indem er die Aquarellfarbe von Pinselstrich zu Pinselstrich konzentrierter auftrug. Darüber kam die definitive Farbe in Form von fein abgestuften Tönen.

Als er dazu überging, mit selbst gefertigter Eitempera zu malen, bezauberten seine Bilder durch die intensive Leuchtkraft einzelner Blüten oder Insekten, die mit den australischen Erdfarben in braunen, gelben und roten Ockertönen kontrastierten. Stans eigentliches Geheimnis lag in der Verwendung von Farbpigmenten, die er mit Blütenstaub, seltenen Mineralien wie Chrysopal unter Beigabe von Eiweiß, Mastix und Wasser auf einer Glasplatte anrieb. Die Spitzlichter setzte er zum Schluss mit Deckweiß auf. Ab und an verwendete er auch Partikel von Flügeldecken einer Rosenkäferart *(Eupoecila australasiae)*, die er in Kaktusblüten fand. Diese wie Edelsteine metallisch-grün oder gelb schimmernden Flügelteilchen setzte er in die Schlaglichter ein.

Bei der Zubereitung von Farbpigmenten aus der australischen Natur erlebte Stan auch einen lehrreichen Rückschlag. Mit der Absicht, das schillerndste Blau, das er je gesehen hatte, auf den Malgrund zu bringen, zerstieß er mit dem Mörser die Diskalregion der Flügel eines Odysseusfalters *(Papilio ulysses)*, den sein Freund Jiří Novak unter einem Rautengewächs *(Melicope elleryana)* im Norden Queenslands in einem Vorgarten gefangen hatte.

Zu seinem Erstaunen verblassten die pulverisierten Flügel, und das metallisch schillernde Blau wandelte sich in ein unansehnliches Dunkelbraun. Die wissenschaftliche Erklärung dieses Phänomens erhielt Stan von einem Kollegen der «Prickly Pear Commission»: Auf den Flügeln der Morpho-Falter befinden sich nämlich gar keine Farbpigmente. Die intensive Blaufärbung erfolgt durch die Lichtabsorption von winzigen Chitinschuppen. Diese nehmen aber blaue Lichtwellen nicht auf, sondern werfen sie, durch Interferenz verstärkt, wieder zurück.

In der Adventszeit hellte Stan seinen niedergeschlagenen Gemütszustand durch den Entwurf einer humoristischen Zeichnung auf. Er stellte eine ganze Kakteenlandschaft mit verschiedenen Schädlingen dar. Jeder Schmarotzer hatte den Ausdruck eines Mitglieds des «Commonwealth Prickly Pear Boards». Anthony Dunn war beispielsweise eine Cactoblastis-Raupe, die listig aus einer Kladodie hervorlugte. Mit seinem roten Glatzkopf, dem glänzenden Doppelkinn und der kreisrunden Hornbrille hätte das Insekt niemand anderes sein können. Rose Bellington hingegen war eine neckische pflanzensaugende Randwanze, eine *Chelinidea* sp., die sich an einem langen, schwanzförmigen Trieb einer *Opuntia imbricata* zu schaffen machte, an dessen Ende eine pralle, violette Blütenknospe saß. Sie kauerte mit gespreizten Beinen zwischen den behaarten Dornen und zeigte ihre lange, belegte Zunge. In einer mannshohen *Opuntia monocantha* hatten sich die Mitarbeiter des Laboratoriums an den hellgrünen Hauptsprossen festgesaugt, die wie Hasenlöffel herunterhingen. Daneben zeigten sich verschiedene Arbeitskollegen mit dem plumpen, mehligen Körper von Cochenille-Schildläusen.

Vor dem Weihnachtsfest hatte das «Commonwealth Prickly Pear Board» eine kleine Feier für die Belegschaft organisiert. Da eine unerträgliche Sommerhitze herrschte, saßen alle im Versuchsgarten, dessen Bäume mit bunten Papierschlangen und Kerzen dekoriert waren, tranken Queensland Rum und aßen Plumpudding an einer brennenden Soße. Stan kostete diesen mit Rindernierenfett und getrockneten Weintrauben zubereiteten Leckerbissen, fand ihn ekelerregend und brachte keinen weiteren Bissen mehr runter.

Über den Köpfen der Gesellschaft, im Geäst einer Eukalypte, krächzte ein Schwarm Rosenkakadus *(Eolophus roseicapilla)*, der sich hier am Vortag niedergelassen hatte. Anthony Dunn hielt eine kleine Ansprache und erhob das Glas auf den unermüdlichen und wirkungsvollen Einsatz von *Cactoblastis cactorum.* Stan überreichte ihm bei dieser Gelegenheit die humoristische Zeichnung, die er allen Wissenschaftlern Australiens gewidmet hatte. Die Wirkung war fulminant. Stan wurde unverhofft Mittelpunkt der Gesellschaft, die ihn mit Komplimenten überschüttete. Als Anthony Dunn sein eigenes Porträt erkannte, brüllte er vor Lachen und klopfte sich auf die Schenkel. Die Damen kicherten, und die drei Burschen vom Laboratorium, die sich wie vollgepumpte Schildläuse in ihren Korbstühlen fläzten, machten derbe Witze über die Randwanze am Teufelsseilkaktus. Nur Rose Bellington war wie vor den Kopf geschlagen. Sie schaute Stan betreten an und wischte sich eine Träne ab. Sie ging nie mehr mit Stan ins Hotel «Creek» zum Abendessen.

Drei Milliarden Motteneier

Im Januar und Februar des Jahres 1926 schlüpften in Sherwood und Chinchilla insgesamt 19 005 *Cactoblastis-cactorum*-Larven aus den Eiern. Stan hatte ausgerechnet, dass ein Falterweibchen durchschnittlich in Sherwood 129 und in Chinchilla 146 Eier legte. Die Fruchtbarkeit dieser in Australien gezüchteten Generation war überwältigend, sie übertraf alle Erwartungen: 2 539 506 Eier! Stan hatte diese Menge kalkuliert, indem er das Totalgewicht der Gelege von insgesamt 838 037 Kilogramm durch das durchschnittliche Eigewicht von 0,33 Gramm teilte. Er war stolz auf diese Massenproduktion; die ursprüngliche Lieferung von 2750 Eiern aus Argentinien hatte sich im Laufe von nur zwei Insektengenerationen um das 922-Fache vermehrt.

Ein Jahr später wirkte Stan an der größten Insektenauswilderung der Geschichte mit. Sie wurde in den beiden meistbetroffenen Bundesstaaten eingeleitet. Über zehn Millionen Faltereier sollten in neunzehn Regionen Queenslands und in fünf Regionen Neusüdwales freigelassen werden.

Bevor die Motteneier zur Distribution freigegeben wurden, mussten die einzelnen Gelege in fein gelochtes Wachspapier eingerollt werden. Versuche hatten gezeigt, dass sich die frisch geschlüpften Räupchen gleich aus den Löchern zwängten, um sich alsdann sofort in die nächstliegende Kladodie zu bohren. Deshalb saßen in Sherwood die Mitarbeiter der «Commonwealth Prickly Pear Commission» an einem langen Holztisch beisammen. Auch Rose Bellington, die Feldarbeiter, die Leute vom Laboratorium, einige Freiwillige und Stan waren mit von der Partie. Sie alle rollten die Eierstränge bis tief in die Nacht hinein in das hellbraune Wachspapier und verpackten die fingerlangen Hülsen in Pappfaltschachteln. Selbst Anthony Dunn legte bisweilen Hand an und erzählte dabei von seinen Erlebnissen als Delegierter der «Commonwealth Prickly Pear Commission» in Amerika.

«Die Texaner waren großartig!», schwärmte Anthony Dunn. «In Uvalde unterstützte uns die ganze Bevölkerung. Der ‹El Progreso Club›, die ‹Park Commission ›, der Mütterclub, die Eltern-Lehrer-Vereinigung, die Friedhofsvereinigung – alle waren auf unserer Seite. Mr Highsmith, der Direktor der ‹Utopia School›, brachte die Buben vor Unterrichtsbeginn zur Insektenlese. Weil die meisten Kakteenschädlinge nachtaktiv sind, wurden die Schulkinder im Sommer schon um 4.00 Uhr in der Früh geweckt und in die Felder entlang der Eisenbahnstrecke der ‹Southern Pacific

Opuntia engelmannii **im Bezirk Uvalde (Texas)**

Railroad› gebracht. Ich werde diesen Anblick nie vergessen. Im Morgengrauen zogen ganze Kinderscharen durch das Weideland; sie zertrampelten die Korn- und Baumwollfelder und stürzten sich johlend auf jeden Kaktus, der in den Kulturen wucherte. Auf den Hügeln krabbelten und kraxelten kleine Buben mit Schmetterlingsnetzen und alten Regenschirmen in der Hand; einzelne zappelten rücklings unter den Opuntienbüschen und fuchtelten dabei mit ihren Keschern herum. Andere klopften die Käfer, Wanzen und Raupen von den Pflanzentrieben ab und ließen sie in die aufgespannten Regenschirme fallen. Dabei scheuchten sie hin und wieder Klapperschlangen auf oder wurden von großen Bockkäfern (*Cerambycidae* spp.) in die Finger gezwickt. Die Schreie der Mädchen gellen mir heute noch in den Ohren. Vor Unterrichtsbeginn lieferten sie dann ihre Blechbüchsen mit der Tagesbeute im ‹U.S. Entomology Laboratory› an der Mulberry Street ab und kassierten dafür eine Belohnung. Wir bestimmten dann unter Leitung des amerikanischen Experten Ernest Mortensen die Insekten und setzten sie in unserem Versuchsgarten auf etwa fünfzig verschiedenen Nutzpflanzen an. Wenn dort nur ein Insekt überlebte, wussten wir, dass ihre Art den australischen Kulturen gefährlich werden könnte.»

«Gibt es in Texas viele giftige Insekten?», fragte Rose Bellington und drehte sich nach Stan um.

«Natürlich – Hautflügler wie Bienen, Wespen und Hornissen. Besonders fies ist die ‹cow killer› genannte Ameisenwespe. Ich hoffe, dass kein Kind davon gestochen wurde.»

Mr Dunn schaute prüfend in die Runde.

«Was weißt du darüber, Stan?», fragte er.

«Ich bin kein Spezialist für neuweltliche Insekten. Aber ich weiß, dass die kleine *Dasymutilla klugii* an ihrem flauschigen, orangefarbenen Hinterleib zu erkennen ist. Gottlob lebt sie in eher abgelegenen Gegenden und geht Menschen aus dem Weg. Die Weichen sind flügellos, haben aber einen langen Stachel. Ihr Stich soll wahnsinnig schmerzhaft sein. Etwa so, wie wenn einem siedendes Öl über die Hand gegossen würde.»

«Richtig», sagte Mr Dunn. «Zum Glück habe ich mit ihr nie Bekanntschaft gemacht. Ameisenwespen sind auf Parasiten spezialisierte Parasiten. Sie schmarotzen bei jenen Wespenarten, die andere Insekten töten und diese für ihre Brut in Erdlöcher stecken. Ameisenwespen sind wie Kuckucke, sie legen ihre Eier in fremde Nester. Zum Schluss machen sich ihre Larven über die Brut und über die Nahrungsvorräte der Wirtstiere her. Gott sei Dank sind wir in Australien von diesen Parasiten bisher verschont geblieben.»

«Waren Sie die ganze Zeit im texanischen Laboratorium?», fragte Stan.

«Oh nein, wir waren viel unterwegs. Wir unterhielten uns mit Hunderten von Wissenschaftlern und Indianern, besuchten botanische Gärten und streiften durch Wüsten, Pampas und Berglandschaften. So entdeckten wir hundertvierzig verschiedene Insektenarten, die allem Anschein nach nur in Gemeinschaft mit Sukkulenten leben können. Jene Käfer und Motten, die wir nach Australien geschickt hatten, kamen alle aus den Vereinigten Staaten von Amerika, aus Argentinien und selbstverständlich aus Mexiko.»

Mexiko! Stan horchte auf. Er schlürfte Anthony Dunns Schilderungen geradezu ein, jedes Wort schien in ihm neue Lebenskräfte zu wecken. Er hörte aus Anthony Dunns Stimme die verwehten Töne der indianischen Hirtenflöte, die weichholzigen Marimbaklänge und das aufreizende Blechgeschmetter der Mariachis. Stan war geblendet. Er spürte die Glut der Quebrada wie ein Brenneisen im Nacken. Die rote Sonnenscheibe Hidalgos fiel hinter die Höhen von Mezquititlàn, derweil erste Nachtschatten über den Kalkboden huschten. Als Anthony Dunn das Wort «Nacht» aussprach, verstand Stan «Noche», und er ritt, eingemummt im Poncho, durch die nächtliche Barranca Venados neben dichten Gruppen von gelbblühenden, silberhaarigen Greisenhäuptern *(Cephalocereus senilis)*, die kerzengerade an der Senkung wuchsen. Die Quarantänestation in Sherwood roch nach Pulque und Tequila, nach rotem Chili und frischem Koriander, nach Pferdeschweiß, nach Weihrauch und abgestandenem Weihwasser.

«In Mexiko», fuhr Anthony Dunn fort, «ist unser Kollege Robert Mandel beinahe Opfer eines furchtbaren Vulkanausbruchs geworden, als er ...»

«Popocatépetl!», rief Stan erregt. Er schoss das Wort wie die Zunge eines Chamäleons heraus.

«Das war doch vor wenigen Jahren, nachdem dieser Unternehmer aus Amecameca im Krater herumgepfuscht hatte. Ich erinnere mich sehr genau an die damaligen Zeitungsmeldungen!»

«Sie wissen mehr als ich, Stan», sagte Anthony Dunn und hüllte einen Eierstrang in ein Blättchen Wachspapier. «Erzählen Sie, los!»

«Ich weiß nur, dass ein Indio aus Amecameca im Valle de México, der Schwefel im Krater abbauen ließ, auf die unglückselige Idee kam, dort den Boden mit Dynamit aufbrechen zu lassen, um den Schürfertrag zu steigern. Gleich nach der Sprengung im Jahre 1920 gab es einen schrecklichen Wirbelwind mit verheerenden Schneestürmen, die tagelang tobten. Fast alle Arbeiter sind in der Eiseskälte umgekommen. Nach der Sprengung wuchs der Kern glühender Lava jeden Tag höher, und im ganzen Krater bildeten sich gewaltige Fumarolen. Vier Jahre später brach der Popocatépetl aus. Das war die Rache Teonochtlis.»

«Wer ist Teonochtli?», fragte Rose Bellington zu Mr Dunn gewandt.

Dieser schaute belämmert drein, und Stan antwortete an seiner Stelle:

«Teonochtli war die heilige Sonnenopuntie, die höchste aller Kakteengottheiten der Azteken. Du siehst sie im heutigen Staatswappen Mexikos. Über dem Sonnensymbol wachsen drei Kladodien, und aus der mittleren ragt eine offene Blüte zum Himmel. Dann gab es auch Huitzilopochtli, den Stammgott der Azteken. Huitzilopochtli war der Götterbeiname für Mexiko-Tenochtitlan. Er und andere Götter ließen sich nur mit Menschenopfern günstig stimmen. Deshalb hat man unzähligen Gefangenen das Herz aus dem lebendigen Leib gerissen. Dazu wurde das Opfer in der Regel auf einen großen Kugelkaktus gelegt, einen *Echinocactus ingens,* der den Untergott Teocomitl verkörperte und als Scheitstock diente. Der Priester öffnete dann mit einem scharfen Obsidianmesser die Brust des Gefangenen und hob das bluttriefende Herz, die Opuntienfrucht des Adlers, feierlich zum Himmel empor.»

Rose Bellington riss die Augen auf, und Anthony Dunn wurde ungeduldig.

Er unterbrach Stans Belehrung: «Die größte Artenvielfalt an Kakteen gibt es aber nicht in Mexiko, sondern in Nordamerika.

Darum etablierten wir uns in Texas und untersuchten dort das Verhalten der eingesammelten Tiere. Wir mussten ja sichergehen, dass nur solche Insekten nach Australien gelangen, die ausschließlich Kakteen zerstören. Insgesamt waren dies etwa fünfzig verschiedene Arten.»

«Was war eigentlich mit den kaktusfressenden Schnauzenmotten? Gibt es einen Grund, dass Sie nie größere Populationen dieser Schmetterlingsfamilie nach Australien geschickt haben?», fragte Stan.

«Wir haben drei Jahre Arbeit mit *Melitara dentata* (Grote) und *Melitara junctolineella* (Hulst) aus der Familie der Zünsler verschwendet. Diese zeigte sich in der Wahl der Wirtspflanzen wählerisch und richtete bei *Opuntia inermis* keine nennenswerten Schäden an. Abgesehen davon, sind sie Kannibalen. Kaum waren die Raupen scharenweise aus dem Eierstrang geschlüpft, fielen sie über den Fuß einer Opuntie her und bohrten sich im Stamm hoch. Am Schluss blieb aber nur eine einzige fette Raupe übrig. Alle anderen, die ihr im Innern der Pflanze über den Weg gekrochen waren, hatte sie restlos aufgefressen.»

Die Arbeit dauerte bis spät in den Abend hinein. Derweil notierte Rose Bellington die geleisteten Überstunden in einem Notizbuch, das sie in ihrer Buchhaltungschublade verwahrte.

Am folgenden Morgen, es war der 11. Juni 1927, brachte Jasper Shufflebottom, der im Großen Krieg als Militärfunker eingesetzt worden war, eine selbstgebaute Rundfunkempfangsanlage nach Sherwood mit, die er den Arbeitskollegen stolz präsentierte. Die Kopfhörer des Kristalldetektors machten die Runde, und Stans Kollegen und Vorgesetzte waren von der Übermittlungsqualität der Schlager begeistert.

Als Stan die «Baldy Phones» genannten Kopfhörer an die Ohren presste, konnte er die rauschenden Nachrichten des Queenslander Staatssenders «4QG» kaum fassen. Die Prager Fußballmannschaft «AFK Vršovice», die unter dem Namen «Bohemians» seit vier Monaten auf Australientournee war, hatte in Brisbane ihr 15. Spiel mit 3:2 gewonnen. Stan ließ den Kopfhörer fallen, verließ das Labor und suchte Jiří Novak an seinem Wohnort im Stadtteil Toowong auf. Er sputete mit ihm, so gut es ging, gleich zum

Stadion im «Brisbane Exhibition Ground», wo sich etwa 14 000 Fans eingefunden hatten. Die Begegnung mit der tschechischen Fußballmannschaft war der sportliche Höhepunkt in Stans Leben. Die beiden Freunde zogen mit ihren Landsleuten von Pub zu Pub, und sie grölten fahnenschwenkend den tschechischen Gassenhauer «General Laudon jede skrz vesnici» (General Laudon[9] zieht durch das Dorf). Stan gab mit seiner Fritzkrücke den Takt an, und der Ersatzspieler Oldřich Havlín führte ein Paar Wallabys (*Notamacropus* spp.) an der Leine, das die Regierung des Bundesstaates den «Bohemians» als Andenken an ihre Australientournee feierlich überreicht hatte und das dem tschechoslowakischen Staatspräsidenten Tomáš Garrigue Masaryk zugeeignet war.

Zur großen Eierdistribution kamen die Transportmannschaften mit ihren Lastwagen in aller Früh angedonnert, um die Eierschachteln zu verladen. Die Fracht war federleicht und die Arbeit gut bezahlt. Diese Rabauken gingen mit den Eierschachteln unverschämt sorglos um und ließen sie durch die Luft fliegen, als würden sie sich damit eine Kissenschlacht liefern. Auf den Ladebrücken standen vierschrötige Burschen, die zotige Späße von wegen Eierstöcken machten und die ihnen zugeworfenen Eierschachteln wie Federbälle auffingen und stapelten. Stan stand zwischen den Fahrzeugen, stützte sich auf seine Fritzkrücke und schaute ihnen regungslos zu; ihre rohe Gewalt schien ihn völlig zu lähmen. Der Gedanke, dass eine Schachtel aufbrechen könnte und die liebevoll aufbereiteten Eiertütchen wie Schmetterlinge vom Küstenwind davongetragen werden könnten, war für ihn unerträglich.

In den 10-Tonnen-Dodges und -Fords sowie in mehreren Universalwagen (Marke «Holden», hergestellt in Newstead) wurden auf diese Weise in kürzester Zeit Hunderttausende von Motteneiern verladen. Dann fuhren die Burschen mit heulenden Motoren los und brachten die Fracht zu den einzelnen Farmen.

Grundbesitzer in abgelegenen Gegenden wurden auf dem Postweg kostenlos mit Motteneiern versorgt. Von der Gefräßigkeit der Cactoblastis-Raupen wusste Mary Lanigan aus Rockhampton zu

9 Freiherr von Laudon (1717–1790) war ein österreichischer Feldherr deutschbaltischer Herkunft.

Auslieferung von Cactoblastis-Eiern in Chincilla, ca. 1930

berichten: «Mein Vater, Paddy Lanigan aus Dixalea in der Nähe der Siedlung Wowan, hatte am späten Abend seine Ration Motteneier vom Post Office nach Hause gebracht. Da es zu spät war, um die Eier auf die Felder zu streuen, legte er die Sendung in die Badewanne. Am nächsten Morgen waren schon alle Raupen geschlüpft und krabbelten auf der Suche nach Nahrung im Bad umher. Paddy rief meine Mutter zu Hilfe, die, einfallsreich wie alle Frauen im Outback, zur nächstgelegenen Opuntie ging und ein paar Sprossen mitbrachte. Und siehe da, alle Maden stürzten sich gleich auf ihr Frühstück.»

Willie Gunny war Inhaber eines der vielen aufstrebenden Transportunternehmen und fuhr seinen brandneuen Ford «Model T buckboard» jeweils selbst nach Neusüdwales. Stan begleitete ihn das erste Mal bis nach Inverell. Unterwegs erfuhr er, dass Willie Gunnys Vater ein afghanischer Einwanderer aus dem Stamm Suleiman Khel war, der mit seiner Kamelkarawane ebenfalls Transportdienste geleistet hatte. Der alte Mohammad Ghani sei an

Gram gestorben, weil ihn die Angelsachsen in den Ruin getrieben hätten.

«Die Christen hassen uns wie die Pest. Immer wieder versuchten sie, uns Muslime zu erniedrigen», sagte Willie Gunny. «Einmal, als mein Vater mit seiner Karawane von Cloncurry loszog, bemerkte ein Kameltreiber, wie sich ein Blutfleck auf einem Gepäckstück bildete, das angeblich mit Saatgut gefüllt war. Die Männer ahnten Schlimmstes und schlitzten den Sack auf. Weißt du, was sie darin fanden? Einen ganzen Schweinskopf! Einen richtigen Schweinskadaver! Für die strenggläubigen Muslime war das ein unerträglicher Anblick. Die Männer ließen den Sack mit dem Saukopf angewidert fallen und liefen entsetzt davon. Vater war ein frommer Mann, und er wollte mit der verunreinigten Fracht nichts mehr zu tun haben. Er holte seine Männer zurück und befahl ihnen, das ganze Transportgut zu verbrennen. Anschließend wuschen sich die Männer mit feinem Sand und beteten, bevor sie wieder nach Hause gingen, zu Allah. Vater wurde dann vom Auftraggeber verklagt, und der Richter verurteilte ihn. Er musste dem Geschädigten das gesamte Transportgut zum Nennwert zurückerstatten und ihm zusätzlich eine Genugtuung zahlen.»

Teamarbeit in Queensland: Einrollen der Cactoblastis-Gelege in Papierhülsen

Obwohl Stan diesen rassistischen Übergriff nicht richtig einschätzen konnte, erschütterte ihn die Geschichte. Er dachte an die jüngsten Geschehnisse in Polen und in der Ukraine, wo Schikanen gegen Andersgläubige 1918 zu Judenpogromen mit Plünderungen und Massenmord geführt hatten.

In Inverell am Macintyre River, das im Zentrum eines damals stark mit Kakteen verseuchten Gebiets lag, wurden Stan und sein Freund Jiří von einem jungen Mitarbeiter der «Prickly Pear Destruction Commission» des Departements für Landwirtschaft von Neusüdwales empfangen. Zusammen mit anderen Beamten drangen sie in die Opuntienfelder vor und spießten die Eiertütchen mit einem Kakteendorn an die Kladodien. Dank dieser Technik gelang es ihnen, an einem einzigen Tag Hunderte von Opuntien zu bestücken. Jeder Farmer in der Umgebung wusste, dass die unscheinbaren Papierröllchen, die in den Opuntien hingen, ein Todesurteil enthielten.

Die Natur tat ihr Übriges. Aus den Eiersträngen schlüpften nach wenigen Tagen zehn Millionen Larven, die sogleich damit anfingen, die Kakteen mit unbändiger Gefräßigkeit zu minieren. Das Resultat war überwältigend. Die Biomasse ganzer Feldabschnitte fiel wie angestochene Luftballone in sich zusammen und begann nach kurzer Zeit zu verrotten! Nur den stark verholzten Strünken vermochte *Cactoblastis* nichts anzuhaben. Stan hatte die Absicht, diesen Zerfallsprozess durch das zusätzliche Aussetzen der amerikanischen Randwanze *Chelinidea tabulata* und der Kakteenlaus *Dactylopius tomentosus* zu beschleunigen. Nachdem der Nachweis schon längstens erbracht worden war, dass diese beiden Schmarotzer nur auf bestimmten Opuntienarten leben konnten, hatte das «Commonwealth Prickly Pear Board» nichts mehr gegen ihre Freilassung einzuwenden.

Die verzweifelten Landbesitzer schöpften neue Hoffnungen. Botaniker und Insektenforscher waren in ihren Augen keine Parasiten mehr, sondern Pioniere. Stan gehörte zu den neuen Helden der Nation. Die Farmer taten von nun an alles, was die Experten des «Commonwealth Prickly Pear Boards» von ihnen verlangten. Sie klaubten in ihren Feldern bereitwillig Kokons auf und brach-

Hundert Männer mit einer Flotte von sieben C-Lastwagen lieferten über drei Milliarden Cactoblastis-Eier aus.

ten sie in die dort aufgestellten Käfige. Nachdem die Motten ausgeschlüpft waren und herumflatterten, sammelten die Farmer die Gelege ein. Allein in Emerald, einer kleinen Station in Zentral-Queensland, von der aus unter Aufsicht von Stan 81 300 Eier gestreut worden waren, zählte man nach drei Monaten über sechs Millionen Kokons in den Käfigen. Einen weiteren Monat später sammelten dort fünf Männer jede Woche 22 Millionen Eier ein. Die Wachspapierhülsen mit den Eiersträngen wurden jeweils erst kurz vor dem Auskriechen der Raupen, das heißt nach frühestens achtzehn Tagen, an die Pflanzen gepickt. Damit wurde verhindert, dass Ameisen oder Regenfälle die Eier vernichteten.

Das Sammeln, Einrollen und Streuen von *Cactoblastis*-Eiern war zum Volkssport geworden. Die Motteneierhülsen wurden mitunter auch getauscht oder gestohlen, verhökert oder versteigert – die Jugend Queenslands schien sich dafür zu interessieren, und geschäftstüchtige Schulbuben betrieben einen schwunghaften Motteneierhandel. Dem «Commonwealth Prickly Pear Board» war dies nur recht und billig; Hauptsache, die Eier kamen auf die Pflanzen.

Amerika einfach

Stan irrte an einem winterlichen Samstag des Jahres 1930 ziellos durch die königlichen Straßen der Brisbaner Innenstadt, die sich wie die Äste eines Stammbaums um die Queen Street legten: die Elisabeth Street, die Charlotte Street, die Mary Street, die Margret Street und die Alice Street, welche von der William, Alan, Albert und Edward Street gekreuzt wurden. Importierte Geschichte, historisches Schwemmgut, fremde Substanz, sorglos eingeschleppt wie Kakteen, Kamele und Kaninchen. Brisbane kam ihm zum ersten Mal als Stadt vor, die auf der Suche nach ihrer Seele war. Die Straßen waren stumm, die Häuser sprachlos und die Bäume aus der Fassung. Selbst das Verfallende schien ihm jung zu sein, aber verdorben unter dem auszehrenden Klima Queenslands. Brisbane wirkte auf ihn wie eine eigentümliche Mischung aus der Zürcher Bahnhofstraße und den Docks von Gibraltar, in der hin und wieder eine tropische Brise aus den kanarischen Inseln die Sinne reizte.

Stans Schwermut hatte sich auf ganz Brisbane, ja auf das ganze Land ausgeweitet. Als er brennende Füße hatte und hundemüde war, kaufte er sich bei einem Zeitungsjungen am King George Square den «Brisbane Courier». Er setzte sich vor dem Neubau der City Hall auf eine glühend heiße Steintreppe und las die Nachrichten. «Australien gibt Goldwährung auf – Reserven werden in der Nationalbank konzentriert». Der Kommentar war dramatisch. Stan, der sich sonst nie groß mit Volkswirtschaft befasst hatte, verstand die Zeichen der Zeit: Die Zahlungsbilanz Australiens war plötzlich passiv, die Ausfuhrpreise fielen um die Hälfte, und die Kapitaleinfuhr hatte so gut wie aufgehört. Während er die Zeitung las, ertönte aus der Ferne Schlagermusik. «On the Sunny Side of the Street» hieß der Hit des Jahres, der aus einem offenen Fenster an der Adelaide Street plärrte.

Bis anhin hatte Stan keine finanziellen Sorgen. Aber nun musste auch er den Gürtel enger schnallen. Die von der Mutter im Rockfutter eingenähten Goldmünzen waren fast gänzlich aufgebraucht – verfahren, verfressen. Es blieb ihm gerade noch so viel übrig, um einen Beförderungsvertrag dritter Klasse für die Überfahrt nach Amerika zu bezahlen. Das geringe Entgelt, das er als Volontär von der «Commonwealth Prickly Pear Commission» erhielt, reichte kaum mehr zum Essen aus. Sein Entschluss war gefasst: Weg von Australien, so schnell wie möglich. Weg nach Mexiko!

Die Existenznöte nahmen täglich zu; die ganze australische Wirtschaft schien von unsichtbaren Parasiten befallen worden zu sein. Innerhalb von einem Jahr war das australische Pfund um zwanzig Prozent entwertet worden, und die Aktien waren schon auf die Hälfte des Standes von 1929 gefallen! Da Stan viel Freizeit hatte – die Arbeitswochen wurden auf 34 Stunden reduziert –, saß er an seinen freien Tagen oft am Ufer des Brisbane Rivers bei der Victoriabrücke, schlenderte auf dem H&R-Stadt-Kai oder auf dem hundert Fuß langen Fischmarkt-Kai in South Brisbane, wo Scharen von arbeitslosen jungen Männern herumlungerten. Er ernährte sich von billigem, in verdorbenem Öl frittierten Fisch und kam dabei mit einigen dieser jungen Engländer ins Gespräch, deren Träume von einem besseren Leben durch die Weltwirtschaftskrise über Nacht zerschlagen worden waren. Australien hatte für sie die Zukunft verloren, und darum hegten viele von ihnen den sehnlichen Wunsch, so schnell wie möglich wieder nach Großbritannien zurückzukehren.

Hin und wieder begegnete Stan Immigranten deutscher oder tschechischer Muttersprache. An einem Sonntag, als er eine Landwirtschaftsausstellung in der City Hall von Brisbane besuchte, stieß er auf zwei ungeschlachte Männer, die sich in einer merkwürdigen Sprache unterhielten. Er wusste nicht, ob es Plattdeutsch oder Niederländisch war. Dennoch sprach er sie auf Deutsch an, stellte sich förmlich vor und fragte nach ihrer Herkunft.

«Mir sind Sam und Chris Fankhauser aus der Schweiz», sagte der Ältere. Der Jüngere nickte und sagte nach einer Weile: «Jo, wir kommen aus Trub im Emmental.»

«Leben Sie hier in Queensland, wenn ich fragen darf?»

«Jo, wir sind in Toogoolawah daheim, 120 Kilometer von hier.»

«Ah, Sie sind Farmer?»

«Nei, mir sind Melker und arbeiten seit 1920 für die Kondensmilchfabrik von Nestlé.»

«Ich habe gehört, dass die ‹Nestlé & Anglo-Swiss Condensed Milk Company› den Betrieb in Toogoolawah schließen wird, weil er sich nicht mehr rentiert.»

«Jo, früher hatte die Firma 1400 Kühe und sieben Molkereien. Aber jetzt ist bald alles vorbei. Im Weideland wuchern überall Prickly Pears und Brombeersträucher. Mir wissen bald nicht mehr, wohin mit dem Vieh. Wo soll es noch grasen?»

Stan griff betreten nach seiner Taschenuhr und warf einen Blick darauf. Dann verbeugte er sich leicht und sagte: «Oh, Jesses, Maria und Joseph! Es ist schon spät. Ich wünsche den Herren viel Glück für die Zukunft.»

Die beiden Schweizer nickten Stan freundlich zu und verabschiedeten sich einsilbig.

Als Stan ein paar Jahre später auf Brisbanes Halbinsel «Kangaroo Point» ins «Story Bridge Hotels» einkehrte und einen «Pony» Bier (140 ml) bestellte, trat ein schlaksiger, etwa 50-jähriger Typ auf ihn zu, eine Zigarette locker im Mundwinkel haltend, und fragte ihn nach seiner Herkunft. Er sei ebenfalls Tschechoslowake, erklärte dieser auf Deutsch und stellte sich als Dr. Egon Becker vor. Sogleich führten die beiden Landsleute ein lebhaftes Gespräch.

Als Stan ihm den Zweck seines Australienaufenthalts erklärte, sagte Dr. Becker: «Die gegenwärtig gefährlichste Pest breitet sich von Sydney her aus und heißt ‹New Guard›. Diese faschistische Bewegung hat mindestens sechzigtausend Mitglieder. Die meisten davon sind rechtsextreme Kriegsveteranen. Sie orientieren sich an Benito Mussolini und Adolf Hitler, und ihr unmittelbares Ziel ist, den Ex-Premierminister von Neusüdwales wegen seines Sozialplans zu Fall zu bringen.»

Stan zuckte mit den Schultern, da er bislang nie etwas von dieser «New Guard» gehört hatte. Die beiden Männer vereinbarten, sich bald wieder zu treffen und verabschiedeten sich.

Ein paar Tage später kam ein Mitglied der «Prickly Pear Commission» ins Laboratorium und nahm Stan beiseite. Er warnte ihn eindringlich vor weiteren Begegnungen mit dem Tschechoslowaken:

«Sie wurden kürzlich in Gesellschaft eines gefährlichen Subjekts gesehen. Der Mann ist ein international bekannter kommunistischer Agitator und Schriftsteller, der in Sidney zu drei Monaten Zwangsarbeit wegen illegaler Grenzüberschreitung verurteilt wurde. Da die Strafe nie vollzogen wurde, reist er nun unter dem Decknamen Dr. Becker herum, aber sein wirklicher Name ist Egon Erwin Kisch. Gehen Sie diesem Juden bitte aus dem Weg, sonst könnten Sie mit der Bundespolizei Scherereien bekommen.»

Dieser Vorfall erschütterte Stan. Das Gefühl, überwacht und in die politischen Wirrnisse Australiens hineingezogen zu werden, gab für ihn den Ausschlag, das Land bei der nächstbesten Möglichkeit verlassen zu wollen.

Als er seinen Abreiseplan gegenüber Anthony Dunn eröffnete, atmete dieser erleichtert auf, schaute über den Rand seiner Hornbrille und meinte: «Sie haben Ihre Arbeit hier vorzüglich geleistet, *Cactoblastis cactorum* wird das Übrige tun. Aber machen Sie sich keine Hoffnungen, die Wirtschaftslage ist in Mexiko nicht besser als in Australien. Die ganze Welt ist in den Strudel gekommen; die Naturwissenschaftler sind die Ersten, die mit dem Industrieproletariat zusammen in den Sog der leeren Zukunft gelangen werden.»

Anthony Dunn bot Stan an, ihn als Mitglied der Reisedelegation der «Commonwealth Prickly Pear Commission» zu deklarieren, sodass er die notwendigen Einreisebewilligungen für die Vereinigten Staaten von Amerika und Mexiko problemlos erhalten könne.

Am gleichen Tag suchte Stan die Firma «Wills, Gilchrist & Sanderson Ltd., Shipping Agents & Brokers» in Brisbane auf und buchte einen Platz in der Deckklasse des neuseeländischen Stahlschraubendampfers «Maunganui» (7527 Registertonnen, 136,2 Meter Länge) für die Überfahrt von Sydney nach San Francisco. Als es um die Bezahlung des Tickets ging, legte er eine Handvoll Maria-Theresien-Taler auf den Tresen, die er aus dem Rockfutter seines Anzugs herausgelöst hatte.

Zum Abschied standen dreizehn Personen am Bahnhof und winkten Stan mit ihren weißen Taschentüchern nach, als die Dampflokomotive losschnaubte und in Richtung Sydney fuhr.

Auch Rose Bellington war dabei und wischte sich eine Träne ab. Stan hingegen stand wie versteinert am Fenster, verkroch sich dann ins Abteil und weinte.

Postscriptum

Bis vor wenigen Jahren lebte in der Prager Altstadt, an der Ziegengasse (tschech. Kozí), eine betagte Blumenverkäuferin, von der es hieß, sie sei früher eine große Sopranistin gewesen. Ihr bürgerlicher Name war Silvia Kurzovà. Ich lernte sie in den Sechzigerjahren im verschneiten Baumgarten (tschech. Stromovka), dem ehemaligen Königsgehege, neben einem Thermometerhäuschen kennen, wo sie im Winter, wenn sie genügend altes Brot beisammenhatte, die Tauben fütterte. Sie war es, die mir die ganze Lebensgeschichte ihres Bruders Stanislaus Kurz erzählte.

Als mich die Alte zum ersten Mal in ihrem engen Dachzimmer an der Ziegengasse empfing und dünnen Schwarztee mit Karlsbader Oblaten offerierte, zog sie zwei große Konfektschachteln unter dem Bett hervor, in denen sie ein Konvolut an Fotografien und Briefen aus Australien hortete.

«Das ist die ganze Korrespondenz von Stanislaus aus den Jahren 1924 bis 1935. Es sind über 63 mehrseitige Briefe», sagte sie. «Darunter befinden sich auch ein paar Einschreibhefte, die Stanislaus in Brisbane liegengelassen hatte. Nehmen Sie diese Unterlagen ruhig mit und bringen Sie mir bitteschön alles wieder so zurück, wie ich es Ihnen ausgehändigt habe.»

Die Schriften waren in deutscher Sprache verfasst. Nach drei Tagen hatte ich sie alle durchgelesen und teilweise kopiert. Der letzte Brief erschütterte mich.

Brisbane, den 11. Mai 1935

Meine Lieben,

Meine Arbeit in Australien scheint endgültig abgeschlossen zu sein. Die Opuntien sind besiegt, Cactoblastis cactorum hat gewonnen. Die unermesslichen Felder, die ich während über zehn Jahren durchforstete, sind heute wieder frucht-

bares Kulturland, auf dem Rinder weiden oder Feldfrüchte gedeihen.

Ich hatte Böhmen verlassen, um die Arbeit unseres lieben Vaters selig fortzusetzen und seine Kakteen an ihrem natürlichen Standort zu studieren. Stattdessen habe ich die besten Jahre meines Lebens mit dem Kampf gegen die größte und folgenschwerste Kakteenplage der Weltgeschichte verbracht. So bin ich ausgezogen, um das zu vernichten, was mir im Leben am meisten bedeutet.

Millionen von Motteneiern gingen durch meine Hände. Ich saß viele lange Nächte im kleinen Laboratorium von Brisbane und verfasste unzählige Berichte zu Händen des ‹Commonwealth Prickly Pear Boards›. Die unglaubliche Erfolgsgeschichte von Cactoblastis cactorum wird den kommenden Generationen von Wissenschaftlern auf der ganzen Welt den Beweis liefern, dass sich die Verbrechen gegen die Natur nur wieder durch die Natur selbst sühnen lassen, wenn nicht eh schon alles Eingreifen zu spät ist. Die Regierungen der Welt werden aus der australischen Opuntienkatastrophe lernen, die Einfuhr von fremden Pflanzen und Tieren strikte zu unterbinden, und zweifellos ein dringend notwendiges Artenschutzabkommen unterzeichnen.

Der Name Cactoblastis cactorum wird, zusammen mit dem ‹Commonwealth Prickly Pear Board›, in die Geschichte des biologischen Landbaus eingehen. Der Name Stanislaus Kurz wird jedoch keinen Bestand haben. Meine wissenschaftlichen Arbeiten wurden allesamt unter dem Namen eines mittlerweile gefeierten australischen Entomologen publiziert, den ich hier nicht benennen möchte.

Ich habe meine Habseligkeiten verpackt und reise nächsten Monat nach Amerika ab, zumal ich in Uvalde (Texas) etwas Wichtiges zu erledigen habe. Ich werde alsdann unverzüglich nach Mexiko weiterreisen, dort ein neues Auslangen finden und Euch, wie versprochen, nachreisen lassen. Ich halte Euch auf dem Laufenden und umarme Euch.

Viele Bussi

Euer Stanislaus

Noch bewegender als dieser Brief waren die drei Einschreibbücher, die Stan in Sherwood vergessen hatte. Sie enthielten tagebuchmäßige Notizen intimster Art und spiegelten gewissermaßen das Psychogramm eines Entwurzelten.

Stanislaus Kurz' Schriften bilden einen roten Faden, der sich durch ein Leben am Rande einer ökologischen Katastrophe zieht. Im letzten Brief scheint dieser Faden jedoch abzureißen. Ich suchte deshalb Silvia Kurzovà nochmals auf und bat sie, mir die mexikanische Fortsetzung dieser außergewöhnlichen Lebensgeschichte zu schildern.

Sie schaute mich mit tränenerfüllten Augen an und erzählte: «Unsere Mutter ist, kurz bevor der letzte Brief von Stanislaus eintraf, an den Folgen eines Unterleibstumors von uns gegangen. Sie starb in der glücklichen Überzeugung, ihr einziger Sohn habe den australischen Kontinent vor dem Untergang gerettet und werde als großer Wissenschaftler gefeiert.

Ich blieb bis zum Kriegsende ohne eine einzige Nachricht von meinem Bruder. Eines Tages suchte mich ein australischer Biologe auf, der an einem wissenschaftlichen Kongress in Prag teilnahm. Es war Herr Professor Paul Foxfoot. Er hatte meine Wohnadresse von der australischen Botschaft in Prag, bei der ich mich so oft nach Stanislaus erkundigt hatte, erhalten. Herr Professor überreichte mir Stanislaus' Einschreibbücher und teilte mir mit, dass mein Bruder nie in Mexiko angekommen sei. Während der Überseefahrt nach den Vereinigten Staaten von Amerika habe man ihn eines Morgens in seiner Schlafstelle auf dem Zwischendeck tot aufgefunden. Dieser mysteriöse Unfall sei nie aufgeklärt worden. Der Schiffsarzt, der mit der Untersuchung beauftragt gewesen sei, habe gemeint, mein Bruder sei unter schrecklichen Qualen an einer Arsenvergiftung gestorben. Der Kapitän hatte eine Seebestattung veranlasst. An der kurzen Abschiedszeremonie nahm neben der Besatzung auch ein mexikanischer Priester teil.»

Cactoblastis-Monument, Dalby, Queensland:
Das weltweit einzige Denkmal zu Ehren eines Insekts

Notabene:

Die «Commonwealth Prickly Pear Commission» wurde in Queensland Ende 1939, nachdem insgesamt drei Milliarden Motteneier verteilt worden waren, aufgelöst. Der biologische Kampf gegen die Kakteenplage war gewonnen. Die wenigen Opuntiensträucher, die in Queensland übrig blieben, stehen heute im biologischen Gleichgewicht mit der *Cactoblastis*-Population und werden streng kontrolliert.

In Dalby steht heute ein Denkmal zur Erinnerung an die ökologische Rettung des Bundesstaates Queensland durch *Cactoblastis cactorum.* Und in Boonarga, einer kleinen Siedlung westlich von Dalby, errichteten die Farmer eine Gedenkhalle mit der Aufschrift «Boonarga – Cactoblastis – Memorial Hall».

Kakteenplage in Australien: Fiktion und Fakten

Die Fiktion

Die Rahmenhandlung der «Motteneierzählung» ist fiktiv, die Schauplätze sind indessen real. Stanislaus Kurz aus Böhmen, die Leitfigur der Geschichte, nimmt die Leserinnen und Leser auf eine Berg-und-Tal-Fahrt mit Stilelementen der altösterreichischen Literatur mit. Seine Lebensgeschichte spiegelt Elemente einer historischen Realität. Ähnlichkeiten der Nebenfiguren mit lebenden und verstorbenen Persönlichkeiten sind gewollt und nicht zufällig.

Faktencheck

Kakteen sind in Australien nicht einheimisch. Sie wurden Ende des 18. Jahrhunderts aus Amerika eingeführt.

1788 Kapitän zur See Arthur Phillip, Gouverneur von Neusüdwales, importiert mit der Ersten Flotte des Vereinigten Königreichs Cochenille infizierte Feigenkakteen (vermutlich *Opuntia monocantha*) aus Brasilien nach der ersten europäischen Siedlung Australiens in der Botany Bay. Absicht ist die wirtschaftliche Nutzung dieser Pflanzen.

Bis 1843 Verschiedene Opuntienarten werden in Parramatta (New South Wales) angebaut und verbreiten sich in Chincilla (Queensland).

1886 Ein erstes Gesetz wird erlassen, um der Verbreitung von Kakteen Einhalt zu gebieten.

1901 Zur Förderung von wirksamen Maßnahmen zur Vernichtung der Kakteen setzt die Regierung von Queensland eine Belohnung von 5000 Pfund aus.

1907 Die Krone erhöht die Belohnung auf 10 000 Pfund. Diese bleibt jedoch weiterhin aus, da alle vorgeschlagenen Methoden untauglich sind.

1912 Die Regierung von Queensland gründet die «Prickly Pear Travelling Commission.» Mitglieder dieses Gremiums bereisen zahlreiche Länder, in denen Kakteen verbreitet sind. Ziel ist die Identifizierung von natürlichen Feinden der Feigenkakteen sowie die Untersuchung der Möglichkeit, in Australien Schadinsekten zur Bekämpfung der Kakteenplage einzusetzen. Kakteenschädlinge werden erstmals in Australien eingeführt. Unter anderen sind dies *Cactoblastis cactorum* aus Argentinien sowie Schildläuse (*Dactylopius ceylonicus* und *D. greeniaus)* aus Indien, Ceylon und Südafrika.

1913 Opuntien werden durch den Einsatz von Arsenchlorid-Verdampfer vergast.

1914 Erste Zuchtversuche mit Cactoblastis-Motten scheitern; die Larven erreichen ihre Geschlechtsreife in Australien nicht. Deshalb werden zunächst 3000 Eier aus Argentinien importiert. Die Hälfte davon wird an die «Chinchilla Prickly Pear Experimental Station» geschickt, die andere Hälfte kommt nach Brisbane. Eine Population von 527 Weibchen legt insgesamt 100 605 Eier. Die zweite Generation liefert 2 539 506 Eier. Am Höhepunkt der Aktion werden in Chinchilla bis zu 14 Millionen Cactoblastis-Eier gewonnen.
Die Kakteenmotte *Cactoblastis cactorum* und die Schildlaus *Dactylopius confusus* werden erstmals ausgewildert.

1916 Erfolgreiche Experimente mit Cochenilleschildläusen in Dulacca veranlassen das «Queensland Department of Lands», die biologische Bekämpfung der Kakteenpest mit allen Kräften voranzutreiben.

1917 Die meisten Bestände von *Opuntia monocantha* in den Regionen Charters Towers, Townsville und Bowen (Queensland) sind vernichtet.

1920 Die Verbreitung der Opuntien ist außer Kontrolle geraten. Etwa 24,3 Millionen Hektar Land in Queensland und New South Wales können landwirtschaftlich nicht mehr genutzt werden. Die Kakteen verbreiten sich in einem geschätzten Tempo einer Million Hektar pro Jahr. Mechanische und chemische Vernichtungsprogramme bleiben erfolglos.
Das australische Commonwealth sowie die Regierungen von Queensland und New South Wales gründen die «Prickly Pear Commission.» Dieses Gremium untersucht Empfehlungen ihres Fachausschusses zur Bekämpfung von *Opuntia stricta* mit biologischen Mitteln.
Australische Wissenschaftler nehmen im November 1920 im Umfeld der Stadt Uvalde (Südwesttexas) erste Feldstudien vor und richten dort eine Insekten-Zuchtstation ein.

1921/22 In Sherwood, einem Vorort von Brisbane, wird ein Labor mit einer Zucht- und Quarantänestation unter dem Namen «Alan Fletcher Research Station» aufgebaut. Zwölf Insektenarten werden zur Bekämpfung von besonders invasiven Kakteenarten freigesetzt. Dazu gehören Zünslermotten (*Olycella* sp.), zwei Arten von Kaktuswanzen (*Chelinidea* spp.), Rote Spinnmilben *(Tetranychus opuntiae)* und verschiedene Cochenille-Arten (*Dactylopius* spp.). Der Erfolg bleibt schwankend, zumal die freigesetzten Insektenarten nur bestimmte Opuntienarten schädigen.

1923 Experten der «Prickly Pear Travelling Commission» weiten ihre Freilandstudien von Südwesttexas nach Florida und später nach New Mexiko, Arizona und Kalifornien aus.

1924 Eine Eisenbahnrundfahrt überzeugt die Parlamentarier von New South Wales von der Ernsthaftigkeit des Opuntienproblems. Zuchtversuche mit Cactoblastis-Motten werden fortgesetzt.

1926–1927 Nach einer Massenzucht von *Cactoblastis cactorum* werden 10 Millionen Eier auf 61 Orte der betroffenen Gebiete verteilt.
Die Motteneier sind in Schachteln verpackt. Jede Schachtel enthält 100 000 in Papierhülsen eingerollte Eier sowie Anweisungen an die Landwirte zum korrekten Einsatz. Eine Flotte von sieben Lastwagen und hundert Männern verteilt die verpackten Eier in ganz Queensland.
Um die Verbreitung von Kakteensamen einzudämmen, fördert ein Prämiensystem den Abschuss von 200 000 Vögeln und die Vernichtung von 100 000 Emu-Eiern.

1927 Weitere 2,2 Milliarden Motteneier werden gestreut. Daneben propagiert die Firma O.C. Roberts in Wallangarra den Einsatz einer Giftmischung aus achtzig Prozent Arsenpentoxid und zwanzig Prozent konzentrierter Schwefelsäure.

1930 Bisher sind eine halbe Million Insekten (52 verschiedene Arten) nach Australien verschifft worden.

1932 Cactoblastis-Larven haben den allgemeinen Zusammenbruch der ursprünglich meist dichten Opuntienbestände bewirkt. Das zurückgewonnene Weideland kann 1165 Siedlern zur Verfügung gestellt werden. Gemeinden, die in den 1920er Jahren stagnierten, beleben sich wieder.

1933 Schätzungsweise achtzig Prozent der befallenen Flächen in Queensland und fünfzig bis sechzig Prozent in Neusüdwales sind wieder urbar.

Opuntien und Kaktusmotten halten sich seither die Waage. Die Gefahr einer erneuten Ausbreitung der Opuntien scheint gebannt zu sein.

Kakteenarten in Australien

Die in Australien besonders invasiven Kakteenarten sind **halbfett** ausgezeichnet. Im Fließtext aufgeführte taxonomischen Bezeichnungen entsprechen der üblichen wissenschaftlichen Nomenklatur zur Zeit des Geschehens. Da taxonomische Zuschreibungen im Laufe der Zeit immer wieder geändert werden, sind die aktuellen Namen nach David Hunt (2006) in Klammern beigefügt.

Sechs in Queensland invasive Kakteenarten sind heute verboten und hier mit einem Asterisk markiert. Wer welche sichtet, ist verpflichtet, sie der «Biosecurity Queensland» zu melden.

- *Acanthocereus pentagonus* (L.) Hummelinck, (syn. *Acanthocereus tetragonus*; (Sword pear), Seiten 47, 100
- *Austrocylindropuntia cylindrica* (Lam.) Backeberg; (Cane cactus)
- *Austrocylindropuntia subulata* (Muehlenpf.) Backeberg; (Eve's needle cactus), Seite 124
- *Cereus peruvianus* (unspezifische Bezeichnung mehrerer Arten von Säulenkakteen), Seite 30
- *Cleistocacus baumannii* Lemaire
- *Cylindropuntia fulgida* var. *mamillata* (A. Schott ex Engelm.); (Boxing-glove cactus, Boxing Glove Cholla, Coral cactus), Seite 124
- *Cylindropuntia imbricata* (Haw.) De Candolle; (Devil's rope pear), Seite 47, 165
- *Cylindropuntia kleiniae* (DC.) F.M. Knuth; (Klein's cholla)
- *Cylindropuntia leptocaulis* De Candolle; (Pencil cactus)
- *Cylindropuntia pallida,* (Rose) F.M. Knuth, (syn. *C. rosea*); (Hudson pear, white-spined)
- *Cylindropuntia prolifera* (Engelmann) F.M. Knuth; (Jumping cholla), Seite 124
- *Cylindropuntia spinosior* (Toumey) F.M. Knuth; (Snake cactus / Walking stick cactus)
- *Cylindropuntia tunicata* (Lehmann) F.M. Knuth; (Hudson pear, brown-spined)

- *Echinopsis multiplex* (Pfeiffer) Zuccarini
- *Echinopsis oxygana;* (Bauernkaktus)
- ***Eriocereus martinii,*** (heute *Harrisia martinii)*, Seite 24
- *Eriocereus regelii* Weng; (Harisia cactus)
- ***Harrisia martinii*** (Lab) Britt; (Harrisia cactus / Moonlight cactus), Seiten 47, 101, 111, 131, 137
- *Harrisia tortuosa* Forbes; (Harrisia cactus)
- *Nopalea chochnillifera* (Linnaeus)
- *Nopalea dejecta* Salm-Dick
- *Nyctocereus serpentinus* (Lagasca & Rodrigues) Britton and Rose, (syn. *Peniocereus serpentinus)*, Seite 111
- *Opuntia* aff. *polyacantha*
- *Opuntia amyclaea* (Tenore)
- ***Opuntia aurantiaca*** Lindley; (Tiger pear), Seiten 47, 123
- *Opuntia dillenii* (Ker-Gawler) Hawoth; (heute *O. strica*, dornige Form), Seiten 47, 123
- *Opuntia elata,* (syn. *O. paraguayensis)*, Link & Otto ex Salm-Dyck; (Riverina pear)
- *Opuntia elatior* Miller; (Red-flowered prickly pear)
- *Opuntia engelmannii* Salm-Dyck ex Engelmann; (Engelmann's prickly pear), Seite 168
- *Opuntia ficus-indica* (Linaeus) Miller; (Indian fig), Seite 41
- *Opuntia gosseliniana** Weber
- *Opuntia humifusa* Rafinesque-Schmaltz; (Devil's-tongue)
- *Opuntia imbricata* (heute *Cylindropuntia imbricata)* Seite 47
- ***Opuntia inermis*** De Candolle, (syn. *O. stricta)*; (Spiny pest pear / Common pest pear), Seiten 43j., 46f., 85, 93, 112f., 115f., 120, 155f., 172
- *Opuntia leucotricha** De Candolle; (Aaron's beard cactus)
- *Opuntia lindheimeri* (Engelmann), (syn. O. engelmanni)
- *Opuntia megacantha* (Salm-Dick)
- *Opuntia microdasys* (Lehmann) Peiffer; (Bunny ears / Golden bristle cactus), Seite 123f.
- ***Opuntia monacantha*** Haworth; (Drooping tree pear), Seiten 47, 84
- *Opuntia optuntia,* (Linnaeus) Britten and Rose
- *Opuntia pachona* Griffiths

- *Opuntia puberula* Pfeiffer; (Blind Prickly pear)
- *Opuntia robusta** H.L. Wendland ex Pfeiffer; (Wheel cactus), Seite 94
- *Opuntia rufida** Engelmann; (Blind cactus), Seite 123
- *Opuntia schickendantzii* F.A.C. Weber; (Chicken dance cactus)
- *Opuntia streptacantha* Lemaire; (Westwood pear / Cardona pear), Seiten 47, 95, 122
- ***Opuntia stricta*** Haworth, (syn. O. tuna und O. bentoni?); (Erect prickly pear / Spiny pest pear), Seiten 46f., 85, 91, 112, 115, 139, 153, 153, 155, 189
- *Opuntia subulata* Engelmann
- *Opuntia sulphurea** Lemaire; (Sulphur cactus)
- ***Opuntia tomentosa*** Salm-Dyck; (Velvet tree pear / Velvety tree pear), Seite 47
- *Peniocereus,* (syn. *Nyctocereus serpentinus)*

Weiterführende Fachliteratur

- Alexander, Wilfried Backhouse: The prickly pear in Australia, in: Bulletin (Institute of Science and Industry (Australia); Nr. 12, Melbourne 1919.
- Allkämper, J.: Chancen und Risiken im Anbau und in der Nutzung von Opuntien, in: Giessener Beiträge zur Entwicklungsforschung, Reihe I, Band 11, Giessen 1984.
- Bartl, Ernst: Egerland einst und jetzt: Egerland once and now, Geislingen 1959.
- Cameron, Margaret M.: C.C. the miracle bug, Brisbane 2007.
- Cigler, Michael: The Czecks in Australia, Melbourne 1983.
- Dodd, Alan P.: The Biological Campaign against Prickly Pear, Brisbane 1940.
- Dodd, Alan P.: The Biological Control of Prickly Pear in Australia, Council for Scientific and Industrial Research, Bulletin No. 34, Melbourne 1927.
- Dodd, Alan P.: The progress of biological control of Prickly Pear in Australia, Brisbane 1929.
- Fugger, Brigitte / Bittmann, Wolfgang: Reiseführer Natur Australien, München u.a. 1990.
- Domico, Terrg: The Great Cactus War: True Story of the Greatest Plant Invasion in History, Sydney 2018.
- Hernandez Garcia, Julio: La cochinilla en las Islas Canarias: Introducción, expansión, auge y decadencia, in: Revista Aguayro, Las Palmas de Gran Canaria 1977.
- Hunt, David Richard et al.: The New Cactus Lexicon, Milborne Port 2006.
- Julien, Mic / McFadyen, Rachel/Cullen, Jim (Hrsg.): Biological Control of Weeds in Australia, Clayton (Au) 2012.
- Mann, John: Cacti naturalised in Australia and their control, Queensland 1970.

- Schumacher, Yves: Cochenille-Zucht in Lanzarote: Opuntien bringen Farbe auf die Lippen, in: Kakteen und andere Sukkulenten, Heft 3, Jahrgang 47, Adelsdorf März 1996.
- White, G.: Biological control of Prickly Pears in Queensland, Sherwood 1975.
- Wright, Margaret Dorothy: The effects of inbreeding and laboratory rearing on the moth Mimorista pulchellalis Dyar (Lepidopter: Pyraustidae) imported for the biological control of jointed cactus in South Africa, (Dissertation), Grahamstown, Makhanda (ZAF) 1987.
- Zimmermann Helmuth G. / Bloem, Stephanie / Klein Hildegard: Biología, historia, amenaza, monitoreo y control de la palomilla del nopal, Cactoblastis cactorum = The biology, history, threat, surveillance and control of the Cactus moth, Wien 2007.

Danksagung

Zwischen Streifzügen in Böhmen, Irrfahrten im australischen Outback und ersten Wortverpuppungen liegen Jahre. Dann folgte eine lange Metamorphose, bis erste verbale Imagines endlich den Weg aufs Papier fanden.

Vielleicht war es das neue ökologische Bewusstsein, das meinen Zürcher Verleger Bernd Zocher veranlasste, sich meiner dornigen Geschichte anzunähern. Die Entscheidung, sein Sachbuchprogramm mit diesem Spagat zwischen naturwissenschaftlichen Ausführungen und einem literarischen Essay zu sprengen, zeugt von verlegerischem Wagemut. Ihm gehört mein aufrichtiger Dank.

Ohne Unterstützung zahlreicher Institutionen und Privatpersonen in Queensland wären meine Recherchen wohl im Sand verlaufen. Ihnen allen richte ich ein herzliches «Thank you» aus.

Ein später, aber nicht minder großer Dank gebührt dem Bonstetter Berater für Berufsbildungssysteme Arthur W. Glättli. Er hatte sich in Uvalde (Texas) nach Spuren der australischen Insektenforscher umgesehen, die Witwe eines Zeitzeugen befragt und wertvolle Dokumente ans Licht gebracht.

Zahlreiche Freunde und Bekannte leisteten bei der Produktion dieses Buches Geburtshilfe. Besonders dankbar bin ich dem Naturwissenschaftler Dr. Thomas Bolliger, der als Präsident der Zürcher Sukkulentensammlung und Sammler von winterharten Opuntien mein Manuskript einer strengen Fachkontrolle unterzogen hat. Die Philosophin und Latinistin Anina Föhn sowie PD Dr. Jürg von Ins haben sich mit meinem Manuskript literarisch auseinandergesetzt und mir wertvolle Anregungen gegeben. Ihnen zolle ich einen großen Dank. Ein herzliches Dankeschön richte ich auch dem gebürtigen Tschechen Jiri Andreska aus, ohne dessen Hilfe mir heimat- und sprachkundliche Erläuterungen zur böhmischen Heimat von Stanislaus Kurz wohl durcheinandergekommen wären. Für aeronautische Einzelheiten beriet mich Mac Lang; und Gabriella Wyss, Leiterin der Sukkulenten-Sammlung Zürich, stellte mir Pflanzenaufnahmen zur Verfügung. Herzlichen Dank!

Nicht zuletzt bin ich dem Zürcher Künstler Heinz Niederer für seine behutsame Bildbearbeitung verbunden. Ohne sein Dazutun wären viele Illustrationen flach und verblasen geblieben.

Bildernachweis

Die historischen Aufnahmen aus Australien sind gemeinfreie Bilder und stammen aus dem Queensland Historical Atlas bzw. aus dem Bestand des Queensland Museums. Die Mehrzahl der vierfarbig gedruckten Kakteenaufnahmen sind ebenfalls gemeinfreie Bilder.

© Archiv der Sukkulenten-Sammlung Zürich: Seiten 92, 97, 99, 100, 101
Imago Images (Bild-Nr. 0062451571): Seite 34
Yves Schumacher, Zürich: Seiten 67, 153
archive@historichotelsthenandnow.com, Seite 45

Trotz sorgfältiger Recherche konnten die Rechtsinhaber einzelner Fotografien nicht ermittelt werden. Entsprechende Rechtsinhaber mögen sich bitte mit dem Verlag in Verbindung setzen.

Yves H. Schumacher

Sklaven und Hofmohren

Afrikaner in Europa
zwischen dem 15. und 19. Jahrhundert

gebunden, 432 Seiten, 12,5 x 20,8 cm
978-3-907159-32-3

Europa und Afrika sind nicht nur durch die Geschichte der Sklaverei verbunden, sondern auch durch die Art und Weise, mit der sich der europäische Adel der schwarzen Menschen bediente.

Im großen Stil war der Sklavenhandel ein transatlantisches Massengeschäft. Demgegenüber war der europäische Kontinent für Sklavenhändler eher ein stark segmentierter Nischenmarkt. Während Sklaven auf der iberischen Halbinsel als Arbeitskräfte und Prestigeobjekte so beliebt waren, dass Zuchtanstalten betrieben wurden, galt in Frankreich die Regel, dass jeder Mensch, der die Landesgrenze überschritt, frei war.

Doch im Prinzip waren Sklaven Rohstoff, Dinge. Noch in den 40er-Jahren des 19. Jahrhunderts konnte sich der amerikanische Supreme Court nicht dazu durchringen, Schwarze als Menschen zu verstehen – sie blieben Gegenstand und Eigentum.

Yves Schumacher erzählt Geschichte und Geschichten über das schreckliche Verhältnis der Ausbeutung von Menschen durch Menschen.

2022 by zocher & peter verlag kmg | CH 8032 Zürich
Telefon ++41 (0)44) 382 82 10 | www.zocherpeter.ch | info@zocherpeter.ch
 | ISBN 978-3-907159-43-9

Umschlag: Alex Werth, Zürich unter Verwendung eines Bildes aus Wikipedia
Druck: CPI Direct, D 25917 Leck
Gesetzt aus der Adobe Garamond 10,5/13 LW5, Lucida Calligraphy und Gotham Narrow 12/13

Bibliographische Information der Deutschen Bibliothek:
Die Deutsche Nationalbibliothek verzeichnet diese Publikation in der Deutschen Nationalbibliografie; detaillierte bibliografische Daten sind im Internet über http://dnb.dnb.de abrufbar.